日暑有道难忘的弧

陈 石 著

东南大学出版社
SOUTHEAST UNIVERSITY PRESS
·南京·

图书在版编目(CIP)数据

日晷有道难忘的弧 / 陈石著. -- 南京：东南大学出版社, 2024. 10. -- ISBN 978-7-5766-1549-4

Ⅰ.I253

中国国家版本馆 CIP 数据核字第 2024KJ6991 号

日晷有道难忘的弧

Rigui You Dao Nanwang De Hu

著　　者	陈　石
出版发行	东南大学出版社
社　　址	南京市四牌楼 2 号（邮编：210096　电话：025-83793330）
出 版 人	白云飞
网　　址	http://www.seupress.com
策划编辑	孙松茜
责任编辑	孙松茜
责任校对	李成思
封面设计	王　玥
责任印制	周荣虎
经　　销	全国各地新华书店
印　　刷	广东虎彩云印刷有限公司
开　　本	700mm×1000mm　1/16
印　　张	18.75
字　　数	378 千字
版　　次	2024 年 10 月第 1 版
印　　次	2024 年 10 月第 1 次印刷
书　　号	ISBN 978-7-5766-1549-4
定　　价	88.00 元

（本社图书若有印装质量问题，请直接与营销部联系。电话：025-83791830）

以铜为镜，可以正衣冠，

以古为镜，可以知兴替，

以人为镜，可以明得失。

1992年6月22日上午,杨振宁教授闻讯《上海科技报》创刊20周年,应邀题词。图中后排左二是时任上海交通大学校长翁史烈院士

1992年6月23日晚上,恰逢60大寿的香港刘永龄先生(右二)与夫人纪辉娇女士(右一)一起在锦沧文华大酒店设宴,庆贺诺贝尔物理学奖获得者杨振宁教授(中)70华诞。图为与全国著名劳模、第一届"亿利达"发明奖获得者包起帆(左一)亲切交谈

扫码看原图

1998年11月10日下午,诺贝尔物理学奖获得者李政道教授在北京做完学术报告后,专门接受"上海科技论坛"秘书处领导和作者采访

扫码看原图

诺贝尔物理学奖获得者李政道教授(中)在北京接受采访后,与上海市科学技术协会秘书长、办公室主任张文琴(右一)和作者合影

扫码看原图

1998年9月,作者随时任上海市科学技术协会党组书记陈勇福(中)等领导赴英国访问皇家科学院、参加英国科技节等。《从科学家雇保镖说起》一文即在英国所见所闻

扫码看原图

作者与全国著名劳动模范包起帆相逢于学术礼堂

扫码看原图

作者任《上海科技报》副总编时,在办公室审阅稿件

扫码看原图

作者应邀给通讯员和同学们上课

作者与"幕后支持者"老伴葛蕾2018年10月在加拿大旅游时合影

扫码看原图

(上述图片由资深记者鲁鸣、臧志成、沈志荣等摄影)

从唐太宗的"三面镜子"说开去

（代序）

据《史纲评要》记载，魏征病倒在床上时，唐太宗李世民与儿子一起到他家里探望，并指令把衡山公主嫁给他儿子叔玉为妻。贞观十七年（643年），魏征死后，太宗亲自撰写碑文，并写在石碑上。他对身旁的大臣说："人们用铜当镜子，可以整顿自己的衣帽；借鉴古代史实，可以了解国家怎样兴盛和衰败；以他人作为对照，可以看清自己的优缺点。我曾经常保持有这三面镜子以防自己有过失。现在魏征去世，我丢失了一面镜子啊！"

（魏征始任谏议大夫，后被封为古代一等公爵郑国公。他多次直言进谏，对唐太宗的行动及施政给以极有益的影响，辅佐唐太宗共创"贞观之治"。）

"吾尝终日而思矣，不如须臾之所学也。"请摈弃搭"便车"之嫌，作者只是欲借用唐太宗所述"三面镜子"，对照一下《日暮有道难忘的弧》中160多篇故事和评论，是不是真的难以忘却，是不是值得向读者推荐。

说难忘，是书中的内容，虽时间不长，但是很大部分发表在20世纪80至90年代。当时，中国从文化桎梏中解脱出来不久，对待知识分子，特别是科学家和科技人员那种忽视、轻视甚至蔑视的冷漠态度，尚没有根本改变。"科学家遭遇冷落鼓与呼深表遗憾""基础研究落后明显 '诺奖'得主把脉诊断"等等，都需要从思想和理论上"检验真理的标准"。这些鼓与呼，或多或少为"春天的故事"加入了"科学家就是重要人物"的实例。

说难忘，是书中的评论，主要撰写于20世纪末21世纪初，面临世纪之交，充分认识21世纪是知识不断创新、科技突飞猛进、世界深刻变化的世纪。社会产业结构、生产工具、劳动者素质等生产力要素和人们的生产方式、生活方式、思想观念，都将发生新的革命性变化。为此，开始思考"思想属于知识范畴 思想能否投入经济""大批成果库存积压 是喜是忧畅谈转化""杠杆的支点在创新 小卒子过河吃掉车"等等。不管愿不愿意，知识经济时代已大步向我们走来。

说难忘，是书中陈述的事实，又都落笔在中国加入世贸组织的前夜。对于经

▶ 日暑有道难忘的弧

济全球化,很多人早已耳熟能详,对于科技全球化,国人兴许还觉得生疏。然而,科技全球化的浪潮顾不得这些因素,正在滚滚向我们涌来。君不见,世界范围内正在进行经济结构调整,科技突飞猛进,跨国公司的影响力日益增大。那么,怎样以创新开路,以崭新的姿态去迎接新世纪?"再忙也要自我'敲打' 面对差距找出短板""奖励岂能替代分配 专家待遇理应提高""创新呼唤科技产业化 创新善于发现新机遇"等等,在全面进行的经济体制改革中就显得尤为重要。

说难忘,是书中描写的科学家,相关报道往往是作者含着泪水采写而就。请阅"生死关口看言行 长使英雄泪满襟""彭加木考察时失联 老记者破弥天大谎""'塔梁索'饱含智慧奥秘 共和国竖起赞美拇指"等。当然,对于那些不正常的社会现象,作者也进行了善意的提醒和坚决的抨击,如"专家良言切勿小觑 诚信两字莫当儿戏"等。

虽然,上述都是作者当时从新近变动事实中,寻找典型的人和事,探索读者可能感兴趣的角度,或叙述或评论,或直言不讳或跌宕起伏,但是,"井底之蛙""难忘"的可能只是琐事碎事,只能请读者"学古之道,犹食笋而去其箨也"。

说来也巧,最近《人民论坛》有一则报道,说是在国家主席习近平发表新年贺词时,有细心的记者在其办公室书架上发现一本《群书治要》。这本书是贞观之初唐太宗下令由魏征等编纂的匡政巨著,可并未广泛传播,日本遣唐使却如获至宝携带到日本。直到20世纪90年代,我国原驻日大使符浩通过日本皇室成员才获得一套天明版《群书治要》。习仲勋亲笔为之题词"古镜今鉴"。

习近平总书记曾指出,今天遇到的很多事情都可以在历史上找到影子,历史上发生过的很多事情也都可以作为今天的镜鉴。据统计,《习近平谈治国理政》(第一卷)中的用典,来自经常阅读的手边书《群书治要》的就有80多条。

《日暑有道难忘的弧》是不能够与上述要求看齐的,作者仅是"码"字的"装卸工",把20~30年前的部分事实搬到纸张上而已。斗胆说一句,倘若读者通过"三镜",温故而知新,尚能从"难忘"中找到些许相关联的思想渊源,或者某些至今还未过时的观点,甚至以为还有一定的镜鉴作用,那么作者足矣。

目 录

第一部分　科学家遭遇冷落　鼓与呼深表遗憾
黄宏嘉——要走在世界前列 ………………………………… 3
黄培忠——大麦山巅的攀登者 ……………………………… 6
科学家就是重要人物 ………………………………………… 18
科学家还是重要人物 ………………………………………… 20
谁言寸草心　报得三春晖 …………………………………… 21
共和国不会忘记 ……………………………………………… 22

第二部分　思想属于知识范畴　思想能否投入经济
思想也是一种资本 …………………………………………… 25
9999∶1 ………………………………………………………… 26
学会自我保护 ………………………………………………… 27
巨款买"洋报告"的启迪 ……………………………………… 28
莫将知识经济作标签 ………………………………………… 29
"烂土豆"理论及其他 ………………………………………… 30
提防只念一本书 ……………………………………………… 32
知识成为商品的潮汐 ………………………………………… 33
注意力是金 …………………………………………………… 34
心思当挖空 …………………………………………………… 35
论天下大事　促科技进步 …………………………………… 36
宝贵财富 ……………………………………………………… 38
一切都是数 …………………………………………………… 39

第三部分　基础研究落后明显　"诺奖"得主把脉诊断
杨振宁——特别的活动庆贺特别的生日 …………………… 43
李政道——谈21世纪科学技术 ……………………………… 44

从"婴儿有什么用"谈开去 47
技术创新离不开基础研究 48

第四部分 科学家走出"象牙塔" 全社会欢迎"小儿科"

从科学家雇保镖说起 51
学学杨振宁演讲艺术 52
春江水暖鸭先知 53
环境·风景和心境 54
从草鱼咬人说开去 55
科普不是"小儿科" 56
科学使生活变得更美 57
让我们共同关注 58
16万：500万 60
但愿心中"节"常在 61
生活是本科普书 62
科学家的真情实感 63
托福了,科技 64
名人精子就能出名人吗 65
科普场所无人光顾吗 66
天不要怕 鬼不要怕 67
欺骗是不能持久的 68
法盲加科盲的悲哀 69
苹果,时装及其他 70
祝您与科学同行 71
春天是什么 72
让科普也精彩 73
要享受更要呵护 74
环保意识与环境意识 75
健康,也要开源节流 76
全民都来参加科技活动 77

第五部分 大批成果库存积压 是喜是忧畅谈转化

包起帆——探海 81

朱国凯——既是"领队"又是"前锋" ········· 83
花须连夜发　莫等晓风吹 ············· 86
毋忘牵线搭桥的"中介人" ············· 87
卖方与买方 ······················ 88
论文无下文及其他 ················· 89
拆除自我封闭围墙 ················· 90
事关上海存亡的战略 ················ 91
吆喝要到点子上 ··················· 92
为成果下个定义如何 ················ 93
难以掂量的500元 ·················· 94
市场企盼成果推销员 ················ 95
抱着金娃娃等什么 ················· 96
科技成果转化提法似过时 ············· 97
成果转化模式亦有亦无 ·············· 98
加速转化是面临的紧迫任务 ··········· 99
才要生财 ······················ 100
成果，想说爱你不容易 ·············· 101
成果转化要富有风险意识 ············ 102

第六部分　创新呼唤科技产业化　创新善于发现新机遇

惠永正——化学海洋的弄潮儿 ·········· 105
卡梅隆在为我们上课 ··············· 115
迎接知识经济时代的举措 ············ 117
该出手时就出手 ·················· 118
一封信带来一个大市场 ············· 119
中低技术过时了吗 ················ 120
"精工舍"挑战"欧米茄"的启迪 ········ 121
转机在于创新 ···················· 122
创新要善于发现机遇 ·············· 123
中小企业更需要创新 ·············· 124
从显在机遇中发现潜在机遇 ·········· 125
创新体系呼唤科技产业化 ··········· 126
国际名牌"亮家底"及其他 ··········· 128

间苗 …………………………………………………… 129
贯彻落实《决定》 加强技术创新 …………………… 130
这是一场攻坚战 ………………………………………… 131
创新要成为追求空间的时尚 …………………………… 132
亮出上海品牌风采 ……………………………………… 133
莲岛自有清香来 ………………………………………… 134
大胆跨越 后发制人 …………………………………… 135
变 ………………………………………………………… 136
初闻涕泪满衣裳 ………………………………………… 137
碗和锅 …………………………………………………… 139
担负起历史赋予的责任 ………………………………… 140

第七部分 再忙也要自我"敲打" 面对差距找出短板
程其耀——走出困境 …………………………………… 143
"敲打"中关村老总有感 ……………………………… 147
苟日新 日日新 又日新 ……………………………… 148
从院士主动"充电"说起 ……………………………… 149
全球化科技别无选择 …………………………………… 150
著名失败者 ……………………………………………… 151

第八部分 杠杆的支点在创新 小卒子过河吃掉车
许宏纲——寻找虎"迹" ……………………………… 155
章基凯——"鞭赶"自己的人 ………………………… 160
唐映——爬向高高的发射塔 …………………………… 163
戏说武松"滚龙刀" …………………………………… 166
人才并非越高级越好 …………………………………… 167
变"跟人头走"为"跟项目走" ……………………… 168
小改小革自有"杠杆支点" …………………………… 169
把工作变成创造性的艺术 ……………………………… 170
李洪涛的经验值得学习 ………………………………… 171
退而结网,福特起飞诀窍 ……………………………… 172
"百脚虫"变"千年虫"的创意 ……………………… 173
到西部去"淘金" ……………………………………… 174

叫卖 ······ 175
理财 ······ 176
概念 ······ 177
成功之"步" ······ 178

第九部分　生死关口看言行　长使英雄泪满襟

张仁和——海韵 ······ 181
华乐荪——梦在地层 ······ 188
郑秋墨——大海的对手 ······ 193
请记住陈松伟的遗言 ······ 199
长使英雄泪满襟 ······ 201
祖国利益高于一切 ······ 202

第十部分　奖励岂能替代分配　专家待遇理应提高

包起帆——鲜为人知的故事 ······ 205
张近林——金色的种子 ······ 208
为提高院士待遇叫好 ······ 212
让知识分子富起来 ······ 213
为按技术要素分配鼓掌 ······ 214
奖励不能替代分配 ······ 215
为科技功臣喝彩 ······ 217
祖国的骄傲　民族的脊梁 ······ 218

第十一部分　学历能力不该割裂　同行一家何必相轻

干你的,别理他 ······ 221
不宜提倡大学生休学创业 ······ 222
用知识打开再就业之门 ······ 223
让天下儿女都念书 ······ 224
功名只向马上取 ······ 225
李嘉图与"武大郎" ······ 226
变钻研学问为创造财富 ······ 227
愿同行变"相轻"为"相亲" ······ 228
要引进人才更要留得住人才 ······ 229

时间是个伟大的作者 …………………………………… 230
才与财 …………………………………………………… 231
科坛也要防"黑哨" ……………………………………… 232

第十二部分　专家良言切勿小觑　诚信两字莫当儿戏

"乱出手"与"不出手" …………………………………… 235
预则立，不预则废 ……………………………………… 236
面临灾害　并肩作战 …………………………………… 237
"三知"与"三不知" ……………………………………… 238
专家建议值千金 ………………………………………… 239
信息过强过滥都有害 …………………………………… 240
但愿不再是杞人忧天 …………………………………… 241
荷露虽团岂是珠 ………………………………………… 242
不履行诺言酿恶果 ……………………………………… 243
评价结论随意不得 ……………………………………… 244
莫等井涸知水贵 ………………………………………… 245
水也成害　旱也成害 …………………………………… 246
别把专家意见当耳边风 ………………………………… 247
科学管理拒绝愚昧作业 ………………………………… 248
拔与藏 …………………………………………………… 250
遗憾 ……………………………………………………… 251
不听专家言　坐牢在眼前 ……………………………… 252

第十三部分　彭加木考察时失联　老记者破弥天大谎

毛秀宝和她的科学家朋友 ……………………………… 255

第十四部分　"塔梁索"饱含智慧奥秘　共和国竖起赞美拇指

建筑群英——老将出山 ………………………………… 263
南浦大桥——共和国竖起大拇指 ……………………… 272
哦，斜拉索 ……………………………………………… 278
鸽子，稳健地飞翔吧 …………………………………… 279
横竖一丑牛　甘苦两秣马 ……………………………… 280

第一部分　科学家遭遇冷落 鼓与呼深表遗憾

　　海外媒体称黄宏嘉教授是世界五大"光纤之父"之一,所作报告"足使十亿同胞增辉",美国相关机场还特意升起五星红旗。然而国内没有引起人们注意,更谈不上轰动,与体育明星、歌唱明星被热捧的情景相比,落差甚远。面对众多的此类窘况,怎不叫人深表遗憾,纷纷从多个维度为科学家鼓与呼,为科学家唱赞歌。

黄宏嘉——要走在世界前列
——夜访上海科技大学名誉校长黄宏嘉教授

"祝贺你,黄教授,你又为祖国争得了荣誉!""不,不,这不是我的功劳,是我们中华人民共和国在国际上的威望。"

1987年9月9日晚上,黄宏嘉教授在堆满书籍和资料的寓所,接受了本报(《上海科技报》)记者的采访。

"足使十亿同胞增辉"

1986年10月,他作为中国的代表,应邀参加了在美召开的第十届国际光纤通信会议。他带去了《关于中国光纤研究与发展》《关于单模光纤研究与发展》两篇论文。在开幕式上作了报告后,引起了强烈反响。

记者从黄教授翻出的几份资料中看到,美国光纤情报公司主席波立舒克博士说,他的报告"对促进纤维光学的应用与国际合作起了巨大的作用"。纽约西南联大校友称赞他的报告"足使十亿同胞增辉"。当时,美国《光纤新闻报》还在头版头条的显著位置,刊登了黄教授和另4位科学家及大会秘书长的合影,消息中称5位科学家为"光纤之父"。在这5人中,唯有黄教授是中国人,其余都是外国人(1人为美籍华裔)。1987年4月,美国《华侨日报》又载文说:"黄宏嘉教授带领一批中青年科技工作者,在光纤研究中取得的突破性成就,使我国光纤位于世界前列。"

当被问及如何取得这样大的成就时,黄教授非常谦虚,始终不肯多谈。说来也巧,有位在澳大利亚留学的学生,趁回沪探亲之际来看望他,正好帮了记者的忙。

黄教授早在抗战时期就赴美留学。中华人民共和国成立后,20多岁的他,抱着强烈的赤子之心,第一批从美归国,在科学院任教,并从事微波等的研究。1979年至1987年4月,他任上海科技大学第一副校长,主持全校的工作,现是我国著名微波学专家、中国科学院学部委员、上海市科协副主席、上海科技大学名誉校长。他从20世纪60年代起就开始进行光纤的研究,在国内发表了有关研究文章

《从微波到光》。70年代以来,尽管对于发展方向是多模光纤还是单模光纤,国外学术界还未搞清楚,但是,粉碎"四人帮"带来的科学开始复苏的春讯,民族要兴旺、国家须富强的强烈欲望,促使他瞄准单模光纤这个目标,带领上海科技大学等单位的一批中青年科技人员,全面开展研究。经过8年奋斗拼搏,终于完成了上海市和国家科委安排的这项重大科研项目,在国际学术界首先提出了"超模式"概念,以及"导出超模式"的变换公式。这解决了国外学术界一直持有不同观点的"领结光纤"(一种折射率分布像领结的光纤)的机理难题。在常规光纤中,他又提出新的设计理论,把国外科学家分开研究的准匹配型和内凹型光纤统一起来处理。同时,先后在国外出版了4本专著,在国内外杂志上发表了数十篇论文。

"这一切都是上一个10年的事了(指70年代)。"黄教授不无感触地说,"那时主要是从无到有,研究非相干通信、关键器件和单模光纤。这一个10年(指80年代)世界热点之一是研究相干通信、关键器件和单模单偏振光纤。无疑,这是光纤研究的又一个突破口。我们国家也正在朝这个方向努力。"

"科学家就是重要人物"

黄教授接着介绍了应邀参加美国麻省理工学院电磁波及应用讨论会和演讲时,所看到的国外十分重视中国光纤研究的情景。黄教授原计划5月13日回国。谁知,多家研究所、大学和公司听闻他在美时,纷纷邀请他去演讲或参加讨论。于是,他不得不延期归国。谈到7月14日至16日应邀去康宁玻璃公司演讲时,他有些激动了。

康宁玻璃公司是美国也是国际上光纤技术最强的一家公司,由于远离纽约,他们就用公司的小飞机迎送黄教授。

那天,飞机抵达康宁研究中心时,陪同他的美国科学家巴固瓦士拉博士问他:"你看到了吗?广场上升起了你们的国旗。"

"今天我国有什么重要人物来访?"黄教授望着和美国国旗并排飘扬的五星红旗,不解地问。

"你呀。"巴固瓦士拉说,"正是为了迎接你,才升起你们的国旗的。在我们国家,科学家就是重要人物!"

黄教授的心情很激动,他深深地感到了中华民族在世界崛起的荣耀。当他来到康宁博物馆时,又看到了飘扬的五星红旗。他的心,再一次被打动了。

像他去年在西班牙和美国的3次国际学术会议上所作的5项报告一样,黄教授的讲学又一次受到了与会者的赞扬。

黄教授高兴地透露,他已写好长达15页的论文,将应邀去参加明年3月在联邦德国举行的赫兹发现无线电波100周年纪念活动。他说,这是一次重大的国际性活动,必将对世界科学发展起很大的推动作用。

"要紧盯研究趋势"

夜已经很深了。在窗外传来的滴答雨声中,黄教授兴奋地阐述光纤研究的重大意义。目前,无线电波正在从长波向短波、超短波、光波发展,携带的信息越来越大。光纤应用研究成功,将给国家建设和人民生活带来极大的变化。这对发展中国家来说,有着重大的作用。光纤研究由美籍华裔、香港中文大学校长高锟("光纤之父"之一)在世界上率先提出以来,发展很快,各国科学家的研究已朝着关键课题——相干通信、关键器件和单模单振光纤的理论和运用发展。其中,英国、日本和美国领先,有的已经敷设了实验线路……

这时,黄宏嘉教授沉思了一下说,我国要赶上世界研究趋势,除了我们这一代人须紧盯着世界新动向外,他们年轻人(他指了指那位学生)也要努力。然后,他重复道:"我们一定要走在世界前列!"

《上海科技报》1987年9月12日头版头条、获上海市好新闻二等奖

附:同时发表的消息

被国外新闻界列为五位"光纤之父"之一
黄宏嘉教授赴美讲学载誉归来
海外学人夸赞他"足使十亿同胞增辉"

本报讯 被美国《光纤新闻报》称为5位"光纤之父"之一的市科协副主席、上海科技大学名誉校长黄宏嘉教授,今年4月29日至8月8日,应邀赴美参加讨论和讲课期间,受到隆重接待,有两处地方特意升起中华人民共和国国旗。日前,他载誉从美国归来。

黄宏嘉教授是我国著名微波学专家、中国科学院学部委员。他从20世纪60年代起,带领和组织中青年科技人员研究光纤,并取得重大突破,使我国在这方面的研究位于世界前列。1986年10月,他应邀参加在美国召开的第十届国际光纤通信会议。开幕式上有5位科学家发表论文。黄教授以"关于中国光纤研究与发展""关于单模光纤研究与发展"为题作了报告,引起强烈反响。纽约西南联大校友称赞他的报告"足使十亿同胞增辉"。

今年(1987年),黄宏嘉教授又应麻省理工学院之邀赴美。其间,他多次被加州大学和康宁玻璃公司等请去演讲,受到极高礼遇,康宁研究中心和博物馆,都为他的到来特地升起中华人民共和国国旗。

▶ 日暮有道难忘的弧

黄培忠——大麦山巅的攀登者

一

车在草丛间的小路上奔驰,草在车的两旁退却。那草,几乎淹没车顶,足有一人一手高。偶尔,掠过一两只不知名的鸟。

远处,高高的白杨树,手挽手昂首挺立,在用自己的胸脯阻止大风的横行。让这山、这土,悄悄地孕育祖国大地的日月,孕育中华儿女的希望。

是第10年,是第11年来北大荒繁育、选育大麦?他记不得了,也无暇去记。于是,他揉了一下略微有点脱发的前额,浓眉下露出两道深邃的目光。那目光透过车窗,努力审视着早已看熟了的山,早已看熟了的土。那么认真,又那么执着……

黄培忠,你留校了。全校就留6个同学。

1961年10月,浙江农业大学的一位同学兴冲冲地把这个消息传给他。很快,他被分配在浙江省农科院作物所种子室的大麦育种课题组。别人告诉他,那是指导老师方任秋看中他,指名要他搞大麦。

面对面,老师呷了一口茶,语重心长地说,大麦是我国原产作物之一,全国现种植面积就有5 000多万亩,占世界第二位(苏联第一位)。但是,研究大麦的连你在内还不到10人。这项工作意义可大啊,它关系到我国大麦作物的发展前途。

他在大学的种子专业念了4年书,可没有上过一节有关大麦的基础知识课,连院里的藏书中都没有一本介绍我国大麦的书籍。后来,他明白了,我国栽培大麦的历史悠久,从《吕氏春秋·任地篇》的"孟夏之昔,杀三叶而获大麦"开始,就有了大麦这一名称。几千年来,祖祖辈辈的父老兄弟,创造了丰富多彩的栽培大麦品种,对人类文明与发展起到了重要作用。但是,对这一我国粮食生产的重要宝贵财富,前人尚未进行过系统的整理、研究。

可惜,东方大麦起源中心的文明古国;可悲,人口占世界第一,大麦种植面积占世界第二的耗粮大国。

言语不多的他,狠命地点点头。那厚实的双肩,掂得出老师嘱咐的分量。面对着800多份浙江省的未经整理、考证的大麦原始品种,他思绪飘逸了。突然,那黄灿灿的种子汇集在一起,垒成一座金子般的山峰。他命令自己往峰顶爬去、爬去⋯⋯

艰难的研究开始了。他通过种植每一份品种,然后准确无误地写出55个大类80多种特征。这800多份材料啊,与其说是对他的磨炼,不如说是对他研究大麦起步维艰的挑战。

一五、一十⋯⋯他拿着小竹片,在写字桌上细心地数大麦颗粒。数着、数着,手抖了,眼花了,一颗麦粒顽皮地坠落在地。他的心猛地收紧,慌忙搬开椅子。他把捡起的那粒麦籽放在手心中,轻轻地吹去灰尘。

一个试验小区有4行,每行可播种333颗种子。就在当年11月,在泥土里,在心田上,他同时播下了这些数好、称完的种子。

一天、两天、三天⋯⋯他蹲在麦田的小埂上,焦急地等待着,观察着。第六天,他终于掩饰不住心头的喜悦,颤抖着手,在800多份的材料中,写下了第一笔、第一行、第一例开始验证的数据:50%以上的芽鞘露出地面1厘米。

这以后,他每天蹲在、跪在麦田旁,侧着头,逐株逐行地检查大麦的生长情况。下雨了,他披着雨衣,打着伞,怕打湿记录本;结冰了,他不时地搓热手指,怕影响字迹。

植株第一分蘖自叶腋间出现,第一茎节露出地面,麦穗伸出剑叶鞘⋯⋯哦,成熟期到了。第二年的5月,试验区里的大麦,在微风的吹拂下,频频向他点头致谢。

他把具有原品种正常大小和色泽的籽粒筛选出来,装入新的种子袋,分别做好卡片。然后,他拿着某些产地特征不详的资料,翻山越岭,去寻找,去考证。

这一干就是3个寒暑。800多份材料通过他的手,经过试种、鉴别,剔去重复的,整理出700多份。其间,老师又交给他1 000多份外省市和美国、日本以及西欧的大麦品种材料,他都用同样的方法,极其认真,又极其专注地咀嚼、咀嚼,然后哺育成一份崭新的资料。

这是成熟了几千年的华夏国土第一份经过整理的大麦资料,这是中华人民共和国又一份农作物的宝贵财富。

事后,有人说,这资料整理工作量之艰难,就是3个富有经验的人干3年,也未必能完成。事后,他自己也说,真得感谢3年的"苦行僧"生活,要不就难以供给他近30年研究大麦的知识营养。直到如今,他只要托上麦穗看上几眼,马上就能认出这是嵊县无芒"六棱"、萧山立夏黄……那是平阳铁麦、黄岩陀头谷雨……

1981年,浙江农科院院长来信上海农科院,请他去帮助鉴别。他到了那里,一位女同志不知是有意考他,还是真心请教他,指着一行麦子,问他是什么品种。他蹲下身,仔细看了看后答道:"这是萧山高脚二棱。"到了另外一个地方,又托起一株麦穗问他。他看后,笑了笑回答:"这是同样的品种。"说着详细介绍了这一品种的特点。

神了,你真像活着的大麦品种志啊。那女同志惊讶地瞪圆眼睛。其实,这个品种早已由他收集在浙江省农科院的基因库里。

后来,他带学生了,也这样严格要求他们。学生来的第一天,他就说:搞我们这一行的,要练基本功,要吃得起苦。不然,就趁早离开。他还从政治上启发学生:为了祖国的大麦作物发展,希望你们超过我们,跑在世界的前头。

他的3个学生也真像他,也真有出息,都那么认真,那么执着。别人都这样说。其中一个叫秦国卫的,还参与了1986年他主编的《上海大麦品种志》的编写以及几篇论文的撰写工作。

二

那地方太遥远了。兴许在云与草相接的后面,兴许在日与月换岗的地方。

4个小时飞机,一天一夜火车。此刻,奔驰了半天的汽车,还在那草丛间的小路颠簸。许久,许久,山坡上,隐隐约约出现了几缕青烟。那烟与7月盛夏的蒸汽融合在一起,在天际描绘着不甚难看,也不甚好看的花边。又过了许久许久,拖拉机的声音由轻到重响了起来。他感觉到自己的心跳加剧,目光在草丛里,在防风林中,在山坡上,亲切地抚摸、拥抱。哦,我又来了。

突然,陡起的路面猛地把车轮子抬起,又重重地摔下。他的身子前后一摇,左手臂撞在前椅背上。顿时,一阵撕裂般的疼痛。他这才记起难熬的"漏肩风"还没有好。那是他风吹雨淋过度操劳留下的痕迹啊。

临出发前的晚上,老伴用药敷在他左手臂上烘着,望了一眼1989年7月18日的日历,唠叨开了:这次别去了,黄培忠,看你的手连旅行袋都提不起,还要逞能?他们原是高中时的同学,习惯直呼其名。

这怎么行,顾源若。他勉强笑了笑:我是课题组长,又是麦类室主任,这次是有重要任务去的呀。

每次到黑龙江去,都说重要。54岁的人啦,就是不考虑自己!

他挣脱手,强忍着疼痛挥了挥,又避开话题说:看,不是好了嘛。

唉,真对你没办法。老伴叹了一口气,眼眶红了、潮湿了。她理解丈夫的心,她熟知丈夫的性格;知道他固执、倔强,爱自找麻烦,爱自讨苦吃。只要是认准的事,明知前面有风浪,有激流,他也要下海去弄舟。

时间又回到他搞试验、整理资料时。那年翻山越岭去寻产地,做考证。他逐渐地发现有不少多棱大麦像喝醉了酒,麦穗中都呈现出赤红的霉斑。这是一种影响大麦生育的赤霉病。患上了这种病的多棱大麦,不仅品质差,而且人和牲畜吃了都会中毒呕吐。

为什么二棱大麦很少有这种病?夜晚,他和同住在单人宿舍里的方任秋老师议论开了。要揭开这个谜,要让农民的心血得到应得的报偿。初涉大麦世界的牛犊,要闯虎穴了。

他卷起裤腿,走进试验田,一会儿剥开多棱大麦的麦穗,一会扶直二棱大麦的茎秆。他那犀利的目光,像一把手术刀,剖开大麦的内脏。于是,多棱大麦的穗粒密、间隙小、水分蒸发慢、易患赤霉病,二棱大麦恰巧相反的因果,写在了这位高明郎中的记录本上。

培育"二棱"良种,减少赤霉病毒,改变我国农村栽培多棱皮麦或裸麦为主的现状。他和老师的目光碰撞在一起,产生了巨大的热能。显然,这个大胆的研究课题,将从根本上改写华夏沿袭几千年来的大麦种植史。

当老师把这一设想摆在汇报会的桌面上时,与会者惊愕了。良久,有人反对说:"二棱"成熟晚,亩产不高。又有人反驳道:"二棱"只能酿啤酒,作饲料,用途太小。还有人指责说:提出这样的课题太草率了。多棱转向二棱,失败的比例大于成功的比例,万一在生产上推广错了,造成的后果是什么?

夜晚,师生面对面坐着,谁都没说话,只是使劲划亮火柴,点上烟,在弥漫的烟雾中沉重地思索……

他到嘉兴去调查,那些患赤霉病的六棱大麦一亩仅留下七八十公斤。农民们指着患病的麦子说:这是我们庄稼人的心血啊。

父亲生病,他回上海,那映在列车窗玻璃上的麦田,几乎都红了,呼呼地,似乎在燃烧。

…………

不能再等了。明着搞研究不行,他们就暗地里搞。否则会被后人指着脊梁骨骂,会被洋人捂着鼻子笑。

老师频频点头。他为选中这样有才能的学生感到高兴。偶尔,老师又会叹一口气。他为学生冒这样大的风险而担忧。

就在1966年,他当上麦作组组长那年,机遇迎着他走来了,浙江省农科院从日本种子公司引进了15种大麦新品种。这些品种的优良程度如何?多棱与二棱的特征是否同以前自己测试的品种相同?摆在他面前的是一堆未知数,是一条他曾提出过的充满风险的路。

他反复筛选,苦苦研究。一种亩产可高达250至300公斤、高产田可达400公斤以上的"二棱"皮大麦品种被挑选出来了。那是仅引进40多克的名叫关东二条3号的品种。他托着试验田里的麦穗数了数,嗬,每穗结实22至25粒。那锤形的籽粒饱满,均匀。他扳着指头算了算,成熟期比一般二棱大麦品种早3至4天,感染赤霉病、网斑病什么的又轻微。显然,这是与我国稻、麦三熟制较适宜的搭配品种,能为我国大麦栽培从多棱为主改变成二棱为主铺路。

推广需要种子。他和老师打起背包进驻青海,那里海拔高达3 000米以上,大麦180天就成熟了。1969年,他俩带回了1 000多公斤麦种。

很快,这个被命名为"早熟3号"的良种引进成功,南至福建,北到内蒙古,从沿河平原到西北高原迅速推广开去。最多时总种植面积达到1 600万亩,超过全国大麦面积的28%,年经济效益1 000万元(这项成果于1985年上报,获得国家科技进步三等奖)。

丰收的季节,他望着田野里黄灿灿、沉甸甸的麦穗,真想加入收割的队伍。但是,仅靠"早熟3号"一个品种是远远不够的,何况它的身上还有不少弱点。他想。

他想了,也就干了。他是动脑型和动手型两者兼有的书生。于是,"米麦114""二棱裸大麦""沪麦4号""二棱皮大麦"相继在他和他的同事手中出世了。"沪麦4号"推广最多时栽培250万亩以上,翻开了我国历史上杂交育成后推广面积最大品种的一页(这项成果于1987年上报,获得国家科技进步三等奖)。

二棱大麦以老大哥的姿态,走进了我国广阔的田野,种植面积迅速扩大,是当时长江中下游占绝对优势的品种。

麦粒上了仓、进了库,庄稼人忙着添衣买家什,也就了却了这一年的心思。而后,衔上烟斗,呼哧、呼哧,重又点燃了明年的希望。

他对待丰收,仿佛很简单,又仿佛挺复杂。甜甜地喝上几杯浓茶,美美地抽上几支香烟,劳和累,艰难和风险,过去也就过去了。他知道,还有不少空仓少库的庄稼人,在跺脚,在怨天。于是,他的思绪又飘入了另一个空白,他要培育抗黄花叶病的高产良种。

在研究"早熟3号"的同时,他就已留意在蔓延的黄花叶病了。在嘉善的农田里,他看到大麦"枯缩"的茎秆上沾满黄斑斑的病毒。草长得倒比大麦高,比大麦密。他回到家乡南汇,听说县农场的大麦全都染病。乡亲们呼天喊地,点燃一把火,把近20亩地的"早熟3号"给烧了。那是在烧庄稼人的心,烧他的心啊。人叫"队长伯伯"的老农,拍着他的肩,难过地说:好兄弟,大麦患"癌症"啦,你得想法子救啊。

那时,日本人已研究出"抗黄花叶病1号"的品种,可不肯提供给中国。

外国人不肯,我们自己搞。他们能培育,我们就不能选育?中国人的脑细胞并不比他们的少!

这是他在向那麦子垒成的金字塔攀登又一层台阶;这是中国大麦种植业发展需要第二次转向的呼唤。

此时,已过了1973年,他调入了上海农业科学院,在作物育种栽培研究所任大麦育种课题组长。他十分清楚,培育既能抗黄花叶病,又能高产的良种比前一次转向困难更多,风险更大,万一失败了,就会影响整整15至20年的大麦育种啊!

果真,亲朋好心劝他:你的成绩不小啊,老黄,一心繁育"沪麦4号"吧,何必冒这么大的险。好友们善意对他讲:老黄,你不为自己着想,也得为你手下的4位同行考虑。失败了,大伙的脸往哪儿搁?

他紧绷着脸,大口大口地喷着烟。怎么不为庄稼人想一想,怎么不为大麦的发展考虑考虑?他的心横下了,即使没有试验田,也得干。

好在他是有心人,好在他不会无科学根据地说大话。在课题提出之前,他已积累了3袋100多份资料。

他默默地耕耘,默默地播种,默默地筛选……终于,默默地找到了驾驶到理想彼岸的船只。

用"六棱"与"二棱"杂交,保留两者的优点,筛去两者的缺点。一次杂交不行,两次、三次。耐"黄花叶病"的良种"沪麦6号""沪麦8号"相继在数千份资料中获得了新生,那产量在病区比"沪麦4号"高得多。

派人去市郊七宝蹲点试验,农民们高兴地接受了。消息传开后,浙江萧山已改种小麦的土地,又返回,播下了"沪麦6号"。

耐"黄花叶病"的麦种还不能100%地抵抗黄花叶病。他习惯了,每当一项或几项成果研究成功,只是眯着眼,斟满一缸茶;只是咧咧嘴,撕开一包烟。而后,重又投入自己设计的风险区域。

他出差到南汇盐仓,眼睛一亮,看到一份以前从未见过的二棱大麦材料。他名气响,人又和气,人家就送给了他。他和他的同事们用这份材料与"沪麦6号"杂交。成功啦!抗病高产的"沪麦10号"出世。后来,在1988年至1990年,全国

▶ 日暮有道难忘的弧

共推广种植了 200 万亩。

　　这一年已是 1987 年,从着手研究抗黄花叶病开始,整整耗尽了他宝贵的 10 个春秋。他的头发开始脱落,额头爬上了皱纹;眼睛也不好使了,只好备了一个碗口大的放大镜。

　　消息很快传到了国外。他和他的同伴撰写的论文《大麦抗黄花叶病的配合力分析》《大麦抗黄花叶病的遗传方式和育种策略》,包括 1980 年那篇《抗黄花叶病大麦亲本筛选与选育抗黄花叶病二棱大麦品种的途径》,刊登在《上海农业学报》《杭州大学学报》《中国大麦文集》中。英国、丹麦、法国的大麦专家来信了,说是祝贺这项成果的取得,说是要索取详细的资料。

　　1990 年 5 月,"沪麦 10 号"获得了上海市科技进步一等奖。这功劳应该归功于大家,没有他们的配合协作,我黄培忠哪能这么快搞出成果。他对上级这么说,他对自己这么说。其实,从 1979 年以来,在参与和主编的《中国大麦品种志》《上海大麦品种志》出版时,在得到 11 次省市以上奖励时,他也都这么说。

三

　　徐徐的青烟越来越浓,突突的拖拉机声越来越响。汽车在草丛、防风林拐了个弯,九三农管局农科所的农场出现了。那是在小兴安岭南面的山坡上,一大批被知青开垦又种"熟"了的热土;那是 1975 年以来被他和他的同伴们选中繁育大麦种子的沃土。

　　这里的日照长,温差大;这里的泥土肥,养料足。才种下一个多月的种子,已抽穗了。他钻进密密麻麻的麦垄,一只脚踩在土沟里,一只脚跪在麦株前,农服的前襟就合扑在泥土上了。他用充满暴筋的大手,托着麦穗,眸子紧粘在那饱满的、均匀的麦粒上。他感到满意极了,惬意极了。本来,几个小时过去了,草也拔得差不多了,他该回宿舍了。就在他返身时,麦叶刷刷地牵着他的衣裤,似乎还没诉完自己的成长史。于是,他又俯下身,侧着耳,聆听着大麦的窃窃私语。

　　该吃晚饭了,农科所的职工端着饭碗上食堂去,这才记起,他还在田里,下了车,还未曾歇过脚。好客的主人就分头去找他了。其实,大伙早就亲耳听到过,亲眼看到过,大麦在他心中的位置、分量。就是天快塌下来了,在生命与大麦间选择时,他也会选择后者。

　　1976 年唐山地震,波及这里。刚繁育成熟的 500 公斤"沪麦 4 号"惊恐地躲藏在麻袋里。长长的铁路线繁忙起来。由于加紧抢运抗灾物资,大麦一时托运不出去。

老黄，你们坐飞机走吧，这里危险。上海知青替他出主意。这时候，他却显得比往日更镇静，更沉着。他陪一位同来的上海同事看好病，而后，大口大口地喷烟……

这批良种是自己和同伴们花了几年心血育成的，田野里都等着播种，就这样一丢了事了？

不。大麦在，人在，不能让一颗麦粒被老天贪污！

老黄，我们和你一起守大麦，坚决不走！同伴也都这么说。

这里白天气温高，凌晨3时，太阳就爬上了坡；夜晚9时，还未见太阳换岗。这里气候也凉得快。8月底，白杨树哗哗地，开始催着人们穿棉袄。

好在没多久，水路托运畅通了。他们这才办妥了手续，启程离开这里。

第二年，他本该不来了，可是所领导还是派他来了。说是要繁育16亩种子，怕1名农场工人应付不了。他没有皱眉头，来就来了，单枪匹马也习惯了。可到了这里，原有的土地已安排种植大豆。他傻眼了，额头上的汗珠直坠下来。他去找农科所的领导，他去找熟人老韩。北大荒人心纯、心善。4个农场职工开着拖拉机来了，拖回了大豆种，装上了犁。翻耕、播种……

空气被烈日烤焦了，直冒紫烟。他的脸庞、背部火辣辣的，不小心，碰着一根树枝，鞭打似的。

许是雨神与太阳翻了脸，这里出现了50年来的特大旱灾。麦苗播下几天了，还不见一滴雨。

凌晨3时，太阳就辉煌起来。他两手撑着炕席，悄悄地爬出连翻身都困难的一席炕位，怕惊醒劳累了一天的农场职工。他拖着未曾消除疲劳的双腿，一步一步踩着泥尘，朝田野走去。渐渐地，被烤干了水分的泥尘，没过了他的鞋帮，直往鞋里侵袭。足有一节小手指般大的草蚊，紧跟着他。先是几只，稍许，就围上了一群。用手赶了几下，没有用，就随他去吧。

田野里，满眼是干燥的泥尘。他蹲下去，用手指轻轻地扒开。麦粒伤心地躺着。倔强的汉子忍不住了，泪水直往心头灌。

得想法子与老天斗！

他去买了水，托人拉到田边。他抱着消防龙头样的皮管子，把水均匀地喷向那试种"小材料"的3亩地。土地太渴了，张着嘴贪婪地吮吸。那水浇在上面，立刻就没了影。请给麦种留一口啊。他呼喊着，丢下水管，又忙去翻土。就这样，浇一行水，翻一行土。不一会，他成了泥人，来帮忙的农场职工也成了泥人。

终于，终于，"芽鞘儿"开心地蹦出泥土。他像见着刚生下的亲生子女，想伏在地上,去亲一下。北大荒人望着他那黑黝黝的脸庞,厚实的双肩,直爽地说:老黄啊,你和俺们睡一个炕头,喝一锅土瓜汤,又一块儿下地,俺看呵,你不像大麦专家,像俺庄稼人。

他咧开嘴,眯着眼,笑得好开心,好满足。

四

麦秆齐膝高了。麦穗弯着腰,托着成熟了的希望,在山风的指挥下,摇过去,摆过来,齐刷刷地唱着歌。该开镰了,北大荒沸腾了。一群痴情的鸟,围着田头转来转去,拍动翅膀翩翩起舞。

脚步子急匆匆的,扁担颤悠悠的,他挑着的两座麦垛子一起一伏,阳光下,折射出黄红赤橙绚丽的色彩。北大荒人不习惯用背驮、用肩扛,而用拖拉机拉,觉得他用扁担挑,好累,好怪!过后明白了,他担心做材料的各类麦子混杂起来。

中午,他把那麦穗分别装入布袋里,一手按着,一手挥起捶衣棒。一下又一下,轻重均匀地、有节奏地捶打着。慢就慢一点吧,这样才放心。他嫌弃脱力机太粗暴,太凶狠,把麦粒弄混,把麦粒弄丢。哪怕一粒,仅仅一粒,他也舍不得丢啊。

2 000多份材料做好了。他含上一支烟,划火柴的手颤抖了一下,已累得不听使唤了。于是,用目光去渗透布袋,去打量麦种。他要分析,要探索。那些抗黄花叶病的"沪麦10号",那些高产的二棱、多棱皮麦,有多少抗白粉病的基因?他要攻克新发现的又一天敌白粉病,他要降伏比"癌症"更凶恶的"艾滋病"。

显然,他要开垦的又是中国大麦世界的一块处女地。

真难为你了,我的妻子顾源若。跟着我累了大半辈,苦了大半辈。他突然想。

猛地,他被刺了一下。目光忙转移过来,这才发现双手手指、手心布满了芒刺。他想用心去挑,思绪却难以集中了。

风雨在发狂,东海在发怒。海山决堤了,携着汹涌的波涛,想吞没上海市郊南汇。睡梦中的他,被父亲一把拉起。当他家13口人爬上草屋顶时,大水已拔起了屋基。草屋顶在风雨潮水中飘荡了2里路。好在救星来了,解放军到了⋯⋯

那是1949年春夏之交,上海刚解放的时候。呼天喊地的哭嚎声,惨死在暴风雨中的小侄女,至今他还没忘,也不愿忘。

父辈贫穷,又遭大水洗劫一空。断续上了4年小学的他,不得不又停学了。早上,他割草、烧猪食。傍晚,他踩水车,推磨盘。14岁已学会了各种农活。

靠母亲养猪的钱,靠父亲耕地换回的粮食,他又断断续续念完了初中、高中。

去还是不去？那年，他考进浙江农业大学时，家里没钱，又缺劳力，心里矛盾啊。

去吧，孩子，别忘了庄稼人的辛苦。去吧，孩子，学好本事，好为农民造福。

父亲往他口袋里塞了借来的80元钱。母亲替他理了理亲手做的土布衣裤，含着泪把他送出了村。

他把这一切放在心底藏好了。他把每一分钱当成一角、一元钱用。学校放假，他怕花费3元多的车费，4年里只回家一次。那80元钱，也就整整花了2年！

1962年，他和顾源若结婚那天，指着简陋的家什，对她说：我苦惯了，就怕以后再连累你……

不，我不怕，黄培忠。

果真，他的话应验了。结婚才5天，他就返回杭州。等他下一次回来时，刚好大女儿出世。他想多陪陪坐月子的妻子，可是他听到了麦种的呼喊。3天，仅仅3天，他又离家了。第二个女儿出世后，他到南汇出差。他高兴地抱起大女儿。谁知，她伸出小手，挣脱着说：走开，走开，我不认识你。

他的眼睛模糊了，泪珠夺眶而出。

你啊，心中只有大麦、大麦，真不该和你结婚。妻子"责怪"他。可他还是走了，还是没有多待一天。

妻子把大女儿托给了母亲，背着小女儿去信用社上班。她也是一个要强的人，孩子断了奶就把她托给了公婆。

一家子分居四方，哪还是一家子啊。她想了，她也忍了。一晃就是几年。

小女儿大了，能自己吃饭了。她就把两个女儿领回来，让大了3岁的老大带老二。那天，她下班回到家，惊呆了。小女儿的背部被热开水烫伤，在大声哭。

怎么回事？她责问大女儿。原来老大替老二洗澡，不小心把开水泼了。懂事的老大低着头说：妈妈，是我不好。

她的心一酸，猛地，把两个女儿搂在怀里。于是，母女三人的泪水，汇集在一起。

1973年，他调入了上海农科院。又过了几年，一家子才团聚。两个女儿都大了，该成家了，都嗔怪道：我们再也不找科研人员当丈夫，像爸爸妈妈那样太苦太累了。

他知道，自己欠妻子、女儿的情太多，他要还。就想了想说：希望你们有一个住在我们身边。又说明不是招女婿。事后，直觉告诉两姐妹，父亲要了却心头的内疚，要多看看女儿，亲亲外孙。

打那时起，妻子对他更体贴，更理解了。早上，他起来就往田里跑，她把早饭送去。星期天,他还在办公室,她又冲了开水送去。一天,下着雨,有人带信来说,他的岳母病重。妻子急了,他急了,毕竟他是一个感情细腻的人啊。可是脚步就是提不起来,心里牵挂着试验田还未做完的记录。妻子打着伞,催他快走啊。他一愣,马上明白了,两口子一同来到田里,一个撑伞,一个观察……

1985年,上海农科院领导关心知识分子,请来医生为大家普查身体。副研究员黄培忠哪儿去了呢?原来,他还在田头忙,直到傍晚才去赶了末班车。量血压,透视。他清楚自己有高血压,哪里知道,脖子右面的锁骨下,检查出一个比鸡蛋大的甲状腺肿瘤。他记起了,以前老嫌妻子买的上装质量不好,领子斜斜的,横穿竖拉不服帖,原来是"鸡蛋"在捣鬼。

那可是能危及生命的癌呵。他却像没事似的还往田里跑,还外出开会。一天半夜,随着闪电,一阵罕见的狂风暴雨袭来了,打得窗框啪啪乱响。他猛地起床,推开窗户,望着试验田,一声又一声地呼喊着:那是大麦,我的大麦啊!他似乎看到大麦在发抖,又似乎听到大麦在呼救。他再也待不住了,拔腿冲向风雨里。

雨衣,雨衣。早已起床的妻子,知道他会这样……

时间久了,妻子不忍心,所领导也不忍心,都各处联系,托人求医。华东医院的通知来了,他只好住进了病房。谁知他开完刀,没休息两个月,又去和大麦亲热上了。

累了一天的他,晚上拧亮台灯还忙着做卡片,抄资料。妻子实在看不下去了,一把夺过资料稿:你去休息吧,我来抄。

他感激地笑了,她也欣慰地笑了。难怪人们说,在他的成果中,还该署上他妻子的名字。

五

车又在草丛间的小路奔驰,草又在车的两旁退却。

那山,那树,那草却渐渐远去,远去了。他伸长脖子,让深邃的目光,落在路的前方,再前方。许久,许久,满是血丝的眼仁浑浊了,凝固了。仿佛在用心想着什么,又仿佛什么都没想。

是呵,他的魂在哪儿?

(黄培忠,时任上海市农科院作物育种栽培研究所麦类室主任、副研究员,上海市首届科技精英奖获得者)

《大上海骄子》第一集 1990年11月

附：采访后记

叫声老黄对不起

  他钻进齐腰高的麦垄，一脚踩在土沟里，一脚跪在麦株前，上衣的前襟就合扑在泥土上了。他用充满暴筋的大手，托着麦穗，眸子紧粘在那饱满的、均匀的麦粒上。少许，脸上的肌肉抽动了几下，又很快舒展开去。他感到满意极了，惬意极了。本来，几支烟的功夫过去了，草也拔得差不多了，他该离开了。就在他返身时，麦叶刷刷地牵动着他的衣裤，似乎还没有诉说完自己的成长史。于是，他又俯下身，侧着耳，聆听着大麦的窃窃私语。很轻，很亲。

  那是1990年6月，采访上海市首届科技精英奖获得者、大麦专家黄培忠时亲眼看到的一幕；那是应《大上海骄子》编辑之约，所采写的报告文学《大麦山巅的攀登者》中的一个细节。

  从采访到定稿就一周时间，实在不能多给了。当时，那书的编辑如是说。

  怎么办？总不能让编辑朋友失望吧。平日里手中有版面要操作，只能"押宝"在星期天。两个多小时，一身臭汗。从浦东塘桥（当时居住地）挤公交到北新泾农科院，很快投入采访者角色。

  他丢一包烟在桌上，我往桌上丢一包烟；他好大烟瘾，我烟瘾不小。烟盒不断地空出香烟；烟缸不断地垒高烟灰。

  从浙江大学毕业说到在研究中屡屡攻克大麦"癌症"；从农科院的实验谈到北大荒艰苦地选种育种；从同事们的支持讲到妻子女儿的体贴。我大把大把出题目，老黄大口大口吐浓烟。

  实验室里谈"累"了，搬到他家中，一边包饺子一边谈；家里谈"累"了，搬到试验田去，一边察看大麦一边聊……

  将近傍晚，两只烟盒早被捏皱。采访结束时，至少60支香烟在我俩手中化为灰烬。

  12 000字的拙作如期脱手。书稿送审时，意外获悉，那天晚上，黄培忠病了，高烧发到39度，好几天都起不了床。哇，莫不是被10多个小时的连续采访"逼"的？许久，我的心里还是沉甸甸的。好几次碰到他，总有一种内疚感。又好几次都想寻机会，叫声老黄对不起！

《上海科技报》1996年1月10日、上海老新闻工作者协会《我们的脚印》第七辑

▶ 日暑有道难忘的弧

科学家就是重要人物

去年(1987年)七月,著名微波学家黄宏嘉教授再次应邀赴美国讲学。远离纽约的美国康宁玻璃公司闻讯后,就用公司的小飞机专程接他去讲学。那天,飞机抵康宁研究中心时,陪同他的美国科学家巴固瓦士拉博士问他:"看到了吗?广场上升起了贵国的国旗。"

"今天我国有什么重要人物来访?"黄教授望着和美国国旗并排飘扬的五星红旗问。"你呀。"博士说,"正是为了迎接你,才升起你们的国旗。""我只是一个普通的科学家呀!"黄教授有点纳闷。"在我们国家,科学家就是重要人物!"博士笑着答道。不要说黄教授当时的心情特别激动,笔者听了,心中一时也难以平静。

其实,回顾一下世界工业革命,不难看出,科学家确实就是重要人物。自1764年哈格里夫斯发明了手摇纺纱机——"珍妮机"后,瓦特于1782年又完成了新的蒸汽机试制工作,各项科技发明应运而生,于是加快了工业革命的进程,提高了人的认识能力,并使资本主义生产方式最终战胜了封建生产方式。

可以说,一些发达的国家,几乎都是依靠科学家的重大发明,依靠科学技术的进步而起家的。联系我国,在十年动乱中,大批的科学家、科技人员历经磨难。党的十一届三中全会以后,党中央多次提出要"尊重知识,尊重人才"。这样,科学家、科技人员的社会地位、政治地位得到了空前的提高。

但是,我们也不能不看到,现在还有一部分人对科学家、科技人员的作用没有引起足够的重视。比如,体育运动员在国际上获得了名次,回国后又是领导接见,又是晋级嘉奖。诚然,不是说不应该这样,问题是,当科学家在国际上赢得了重大荣誉,或者攻克了某一项世界各国都未曾解决的难题,就很少享有如此厚遇。前面提到的黄教授就是一例。他曾在第十届国际光纤通信会议上作了两次报告,美国《光纤新闻报》称赞他是世界五位"光纤之父"之一,海外学人称他的报告"足使十亿同胞增辉"。可他回国后,并没有引起人们注意,更谈不上轰动了,这不能不说是一个遗憾吧?

众所周知,社会主义初级阶段的根本任务就是发展生产力,而发展生产力就离不开科学技术,离不开科学家。资本主义国家尚能对科学家这么重视,我们有比资本主义更优越的制度,当前又正在进行经济体制改革,特别是上海处在困难和希望同时并存、挑战和机会一齐出现的重要转折时期,更需要广大科学家为发展外向型经济贡献力量。我们应当倍加重视、尊重科学家。在此不妨大声疾呼一下:"科学家就是重要人物!"

《文汇报》1988年3月31日

▶ 日暑有道难忘的弧

科学家还是重要人物

秋夜,细雨。

傍晚5时接到采访线索,7时已到黄宏嘉家门口。来不及详细准备,来不及过多思索。脱下湿淋淋的蓝长褂子(编辑工作服),揿响门铃。

1987年9月10日,刚访美归来的著名微波学家黄宏嘉教授,被美国《光纤新闻报》称为世界五位光纤之父之一。他在第十届国际光纤通信会议上所作的报告,曾引起强烈反响,海外学人称:"足使十亿同胞增辉。"

"这不是我的功劳,这是中华人民共和国在国际上的威望。"黄宏嘉好谦虚,采访已过一个多小时,他只提供了一大叠外文资料。《上海科技报》第一版头条的专访和400字的消息位置都已留足,总不能让其开天窗?说来也巧,一个学生从澳大利亚回来看他。于是,我赶紧抓住机会,向学生提问,请老师认可;向老师出题,请学生回答。终于,说到在国外讲课的情景时,黄宏嘉动情了。

那天,远离纽约的康宁玻璃公司听闻黄宏嘉赴美,就派公司的小飞机专程接他去讲学。飞机抵达康宁研究中心时,陪他的巴固瓦士拉博士问:"看到吗?广场上升起了贵国国旗。"

"今天我国有什么重要人物来访?"黄宏嘉望着和美国国旗并排飘扬的五星红旗,惊讶地问。"你呀。"博士说,"正是为了迎接你,才升起了中国的国旗。"

"我只是一个普通科学家呀!"黄宏嘉有点纳闷。

"在我国,科学家就是重要人物!"博士笑着答道。

我听了,心中一时难以平静。夜半归家,浑身湿透,忙温一壶酒,在公用厨房的昏暗灯光下(当时住房简陋),很快拟就题为"要走在世界前列"的专访和一篇消息。

此后,专访获上海市好新闻二等奖;此后,又以"科学家就是重要人物"为题,在《文汇报》《上海科技报》等媒体上发表了多篇杂文;此后,采访诺贝尔奖获得者杨振宁、李政道,第三世界科学院院士惠永正,中科院院士张仁和,抓斗大王包起帆,大麦专家黄培忠,大海的对手郑秋墨……总有意无意地想:科学家就是重要人物!

二十多年过去了,仍然忘不了那时的感悟:科学家还是重要人物!

上海老新闻工作者协会《我们的脚印》第七辑 2009年

谁言寸草心　报得三春晖

每逢佳节倍思亲。当伟大的祖国又增添一圈年轮光环时,我们特别思念作出和正在作出特别贡献的科学家与广大科技人员,可以说他们也是我们新时代"最可爱的人"。

上海这座在鸦片战争以后崛起的城市,无论是科学技术,还是经济发展,在我国近现代历史上都起着举足轻重的作用。尤其是近年来,基础研究和应用研究每年都取得上千项重要成果,且正逐步形成独立的科学技术体系,在促进和推动我国经济的恢复和社会主义建设中,发挥了巨大的作用。这一切似乎都在为我们科技工作者佐证。

记者曾采访过上海首届科技精英黄培忠。他是大麦专家,为了试种新的大麦,长期待在黑龙江的大兴安岭。有一次,妻子让大了3岁的老大带老二,谁知,下班回家时惊呆了。5岁小女儿的背部被开水烫伤,在大声哭。"你怎么带妹妹的?"她责问大女儿。原来老大替老二洗澡,不留心多加了热水。懂事的老大低着头说:"妈妈,是我不好。"做母亲的心一酸,猛地把两个女儿搂在怀中。黄培忠说,欠妻子、女儿的情太多,他要还。但他又做不到,依然经常出差,依然经常扑在大田里。

记者还采访过东海研究站的华乐荪研究员。他曾患胃癌等病,还坚持闯荡大海研究水声,最后第四次进了手术室。然而,倔强的他在思索:"外国人有的,我们为什么不能有?""我们有了,还要赶超国际先进!""外国人没有的,我们也要有!"于是,他在病床上的十个月,竟成了他搞科研项目的"十月怀胎",拿出了一份攻关项目的技术论证报告。

"谁言寸草心,报得三春晖。"我国光纤专家黄宏嘉教授曾在应邀赴美国参加讨论和讲课期间,受到热烈欢迎,多处还特地升起中华人民共和国国旗,并被海外称为"光纤之父""足使十亿同胞增辉"。他望着高高飘扬的五星红旗,动情地说:"这是我们中华人民共和国在国际上的威望。"是的,记者想,正是他们伟大的功勋为祖国增添了荣誉。

《上海科技报》1998年10月2日

▶ 日暑有道难忘的弧

共和国不会忘记

"1992年又是一个春天,有一位老人在中国的南海边写下诗篇……"沉浸在50周年喜庆气氛中的共和国土壤上,随时都可以听到《春天的故事》抒情歌声。就在那个春天,邓小平同志在谈到科技人员的作用时,深情地说:"我要感谢科技工作者为国家作出的贡献和争得的荣誉。大家要记住那个年代,钱学森、李四光、钱三强那一批老科学家,在那么困难的条件下,把'两弹一星'和好多高科技搞起来。"

是的,共和国没有忘记这些功勋卓著的功臣。国庆前,中共中央、国务院、中央军委在人民大会堂隆重举行表彰大会,对当年为研制"两弹一星"作出突出贡献的23位科技专家予以表彰,江泽民总书记还亲自为他们挂上"两弹一星功勋奖章"。

是的,共和国不会忘记这些功勋卓著的功臣,是的,共和国也不会忘记其他科技人员的贡献。是他们以极大的热情攻克了一个又一个难关,取得了不少令人瞩目的成就,为中国乃至世界科学技术的发展发挥了巨大的作用。其中,上海科技人员功不可没,本报(《上海科技报》)今日刊登的《上海,祖国为你喝彩》中的数据和实例就是很好的佐证。

当然,我们也必须清醒地看到,我国的科学技术水平同世界先进水平相比还有较大差距,远不能适应现代化建设的需要。例如,在许多关键技术的开发与设计能力方面还很薄弱,系统配套、综合集成的能力尤显不足,在许多领域还不能实现主要依靠自己的知识产权来发展生产,还未能把科学研究、技术开发与生产密切结合成一个统一体等,特别在国有企业改制转制过程中,急需科技人员进行技术改造、技术创新。为此,我们要学习研制"两弹一星"的科技专家,弘扬热爱祖国、无私奉献、自力更生、艰苦奋斗、大力协同、勇于登攀的精神,抢占高科技的制高点,增强我国的经济实力、科技实力和国防实力,尽快缩短与世界500强的差距。

"我们自己这几年,离开科学技术能增长得这么快吗?"那个春天,邓小平同志的话语似乎仍在耳边回响,我们深信,像那些功臣一样在继续为祖国作出贡献的广大科技人员,共和国不会忘记!

《上海科技报》1999年9月29日

第二部分　思想属于知识范畴思想能否投入经济

思想属于知识范畴,思想本身自然也是一种资本。不管人们接受不接受,知识经济时代正大踏步朝我们走来,已经在中国甚至全球产生重大的经济效益。可以说,过去经济的增长,主要依靠资金和劳力,今天,增长的真正动力是思想。其中,从海外到国内的案例借鉴,从中央到地方的政策鼓励,仍历历在目。

思想也是一种资本

截至1998年4月,美国经济已进入持续增长的第6个年头,且上升通道仍呈敞开之势。按美国联邦政府预算,1999年度的财政赤字将变为零,这是近30年来从未有过的。那么,美国经济靠什么提升呢？美国副总统戈尔在"硅谷之都"圣何塞的发言很能说明问题:过去经济的增长,主要依靠资金和劳力,今天,增长的真正动力是思想,因为思想总是推动着发明创造。现在,新思想的出现非常快。同时,从新思想的出现到应用于实际,速度之快,是人类历史上没有过的。

思想是客观存在反映在人们意识中经过思维活动而产生的结果。显然,思想属于知识范畴,思想本身自然也是一种资本。不管人们接受不接受,知识经济时代正大踏步朝我们走来,而且已经在全球产生重大的经济效益。再拿美国首富比尔·盖茨来说吧,其用知识作为资本,正以每周4亿美元的增资在发展。有人在1986年用2700美元购买的100股微软股票,今天已变成48.6万美元了。倘若有人说这似乎离我们太远了的话,那么我们就不妨看看眼前的事例:《泰坦尼克号》轰轰烈烈地驶进上海,一些有思想、有头脑的企业家纷纷登上巨轮,去扩大商品的市场份额,其中居前的是外商和合资企业。如春节刚过,国际著名品牌Lee和Motorola便开始商洽联动事宜。Motorola借机推出它的最新防水型BP机;Lee则推出了一系列的明信片、珍藏卡等促销手法。当然国内的声像、图书等企业也借此做活做大生意。令人遗憾的是,大多数企业没有看到(至少是没有看到太多)其中涌动的商业消费浪潮。

朱镕基总理在人代会上再次重申了科教兴国的重大战略思想,我们要借此东风尽快转变观念,把新的"思想"作为一项资本来考虑,大胆地投入企业的改制改造重组中去,投入市场经济中去,势必会收到意想不到的效果。

《上海科技报》1998年4月8日

▶ 日暑有道难忘的弧

9999∶1

兴许有人不知道这组数字的来历。

事情发生在20世纪初,美国福特公司一台电机发生故障,求助于德国科学家斯坦门茨。斯氏做了周密检查和计算后,用粉笔在电机外壳上画了一条线,说:"请打开电机,沿线将里面的线圈减少16匝。"开价是1万美元。当神情愕然的老板递上材料费用单时,斯氏填写道:"画一条线,1美元;知道在什么地方画线,9 999美元。"

9 999美元∶1美元,反映的是知识作为资本所产生丰厚回报的过程;反映的是科学家在生产发展中所起的重要作用。

邓小平同志曾在全国科学大会上说,我国知识分子的"绝大多数已经是工人阶级和劳动人民自己的知识分子,因此也可以说,已经是工人阶级自己的一部分"。这一英明论断已经深入人心,但是,不少人对于知识分子的作用与地位似乎并不十分明了,往往认为是"君子动口不动手",斯氏不也是这样,叫他动手拆线圈就不行了。其实,我们纵观古今中外历史,都可以看到科学家重大发明的巨大推动力。比如发明了蒸汽机,引起了世界首次动力革命和工业革命;发明了内燃机和硅片、电脑,引起了世界第二次动力革命和工业革命。现在,我们正处在社会重大变革过程中,人对自然的关系已经由只能解释过渡到控制,由直接加入生产过程的当事者,转变为监督者、调节者来控制整个生产过程。这样,工人阶级原有的文化素质往往难以适应知识高度密集的企业生产,其带头人就要由科学家、工程师和科技人员来担任。

20年前,邓小平同志在科学分析知识分子阶级属性的同时,进一步肯定了知识分子不但是工人阶级的一部分,而且是其中掌握文化科学知识较多的一部分,是科学文化知识的传播者。今天正逢国际劳动节,读来倍感亲切。

《上海科技报》1998年5月1日

学会自我保护

深圳一家外贸公司近几年来抢先注册其他企业不同类别的两百多件商标,其中一部分商标与"凤凰""熊猫""长虹"等公众熟知的商标相同。还有一部分商标与"广州浪奇""兰生股份""望春花"等几十家上市公司商标相同。

无独有偶,深圳还有一家信息技术发展公司,在因特网上抢注了中国著名企业商号、商标或社会机构的域名共 6 000 余个。这些事件在传媒披露后,引起了国家工商局、中国证监会、最高人民法院,以及有关企业等社会各界的密切关注。国家工商行政管理局和商标局近日还宣布,将起草《制止商标抢注暂行规定》,以保证我国正常的商标使用秩序。

好的商标、商号是企业身份的一个缩写,更是企业形象的一个重要组成部分。它往往要经过创业人员几年甚至几十年的惨淡经营,方才在激烈的市场竞争中树起一面旗帜。问题是,其本该受到社会公认和有关法律保护,然而我们的一些企业管理人员没有认真对待,更没有想到去注册,以致被人有意也好,恶意也好,抢注在先,造成了不必要的麻烦、不必要的损失。这样的事例不少,有的教训还很惨痛。如驰名中外的上海冠生园食品厂"米老鼠"奶糖,被广州一家食品厂抢注后,又被美国迪斯尼公司以千万美元收购。现该商标已在我国销声匿迹了。

好在知识经济的鼓声已在耳边响起,方方面面重视知识产权的意识也在不断增强,面对"抢注"的行为,各有关部门都在出面干涉、谴责。这里还要呼吁的是,保护商标、商号,最有效的办法是我们的企业管理人员改变观念,增强自我保护意识,变被动为主动,拿起法律的武器,及时去注册(包括因特网)。要知道篱笆扎得紧,野狗钻不进。舍不得小额的登记费,很可能会丢失一个大市场。

《上海科技报》1998 年 6 月 12 日

> 日暑有道难忘的弧

巨款买"洋报告"的启迪

不久前,专门从事高层管理咨询的美国麦肯锡公司,拿出一份"造就一个中国非碳酸饮料市场的领导者"的咨询书,要价 1 200 万元。面对这份厚达 260 页的蓝皮书,中山今日集团的老总何伯权的评价是两个字:"超值!"

兴许这也是国际惯例,海外的大企业,特别是一些发达国家的成熟企业,在其发展过程中,抑或在重大项目决策前,总要花钱请人做咨询报告。就从麦肯锡公司说起吧,全球最大的 500 家公司中有 70% 曾请其做过顾问。今日集团是它在中国的首家乡镇企业客户,难怪不少人对此颇有微词。

平心而论,我们的许多企业,特别是国有企业的决策者,在决定类似项目前,也想搞一些调查研究什么的,问题是往往说起来需要,忙起来次要,干起来不要(怕花钱)。中国有句老话:人无远虑,必有近忧。决策者既没有战略思想,又缺乏战术方法,企业自然难以兴旺,蛋糕也就难以做大。就这一点来说,今日集团的举措确实高人一筹。企业从 1989 年推出首批乐百氏奶,到 1997 年销售额已达 13 亿元。面对下一步的发展,他们并没有拍脑袋简单行事,而是花巨款请人做了这份报告。有理由说,他们很可能会收到所付出的数十倍乃至数百倍的回报。

都说市场不景气,都说国有企业难搞活,其实,围绕科技产业化、支柱产业升级、传统工业改造、新产品开发和保持优秀品牌等方面,我们的决策者不妨都来学一学何伯权的魄力。自然,并不一定都要请洋人作咨询,像正大联合企业管理顾问有限公司等国内的专业咨询机构也不错。经济尚不宽裕的,还可以自己组织专家,运用运筹学、系统动力学等方法进行运作,拿出可行性和反可行性的报告,这样企业就可避免或减少因决策失误所造成的遗憾。

《上海科技报》1998 年 6 月 18 日

莫将知识经济作标签

"知识经济"一词日趋走红,且已成为人们议论社会发展的"焦点"。这种空前重视知识的现象,是实施科教兴国战略的重要基石。然而,在拍手叫好的同时,我们也看到了事情的另一面,那就是个别企业,在调整结构、资产重组,特别是在与其他单位业务往来时,都戴上知识与资本的结合或者发展知识经济的重要举措等桂冠。似乎,知识经济时代猛地形成了。

应该承认,以知识作为资本来发展经济为特征的知识经济时代,的确在大步向我们走来。但是,其从出现到形成再到成熟,必然有一个漫长的孕育过程。中科院院士杨福家在《关于知识经济》一文中说得好:"我们必须认真研究,在知识经济逐步形成过程中及形成以后(我认为,即使在发达国家,知识经济从形成到成熟至少要 20 年时间),我们的经济发展应采取何种策略。"

面对现实,我们要真正重视知识经济,避免错失发展良机,就要小心陷入不管实质内容,只求"时髦"外衣的误区。特别是莫把知识经济作为商品的标签,随便往企业身上一贴,似乎就很时代了,就很效益了。殊不知,在千变万化的知识经济浪潮冲击下,反而会显得措手不及。

在迎接知识经济的挑战中,我们不妨冷静地思索一下,然后拿出颇富操作性的良策,做一个名副其实的"弄潮儿"。

《科技日报》1998 年 8 月 10 日

▶ 日晷有道难忘的弧

"烂土豆"理论及其他

据报载,成都张氏兄弟俩,6年前自筹资金3万余元开办一家打字复印社,经过短暂的原始积累,以40万元的资本,通过各种方法,先后合并收购9家中小企业,并把它们纳入农业产业化链条,既激活了这些企业,又使昔日的丑小鸭长成了拥有总资产2.5亿元的"金凤"。张氏兄弟在解释为何对资不抵债企业情有独钟时,曾打过一个比方:我们好比捡了一堆烂土豆,但是发现每个土豆都还有尚好的胚芽,把这一些胚芽剜下来,埋在土里,这就长成了现在的"金凤"。

张氏兄弟的比喻可谓"烂土豆"理论,其实质是瞄准面临倒闭企业内具有潜在活力的"胚芽",砍去不符合现代企业制度生存的枝蔓,及时注入优质资产、注入管理,特别是注入技术进步、技术创新体制和运行机制,令人信服地激活了这些"胚芽",使企业很快摆脱恶性循环。

从中可以看出,上述往外延扩张的做法注重可收购企业的"核",不是"壳"。遗憾的是,我们的不少企业在收购兼并中的做法恰巧相反,这就形成了表面上轰轰烈烈,实际上危机四伏的不正常现象。

据有关资料显示,近一年多来企业合并在全球蔓延,成交额屡创新高。1997年,有数据可查的共有23 000多笔,公司合并的总值增长到了令人难以置信的16 000亿美元。然而,麦肯锡咨询公司为全球公司联合做的一项调查表明,企业联合10年后,只有近四分之一的公司赚回了联合及与此有关的费用。另一家美国管理咨询公司默瑟在对300多项企业联合进行的调查表明:全部公司的联合交易中大约三分之二以股东的失败告终,特大收购交易中有三分之一遇挫。

有专家分析,这些问题的出现不外乎顺应潮流,盲目兼并;贪大求快,无限膨胀;机械照搬、多元投资等原因。同样,在这种潮流的影响下,中国的企业也出现了类似的情况。其中一个凸现的心态就如上述所言,不顾"核",只看"壳"。比如,面临倒闭的广元飞仙公司,先后有好多家大企业去收购,但大都只看中那个股份公司的"壳",其实,所开价的几十万元,连解散企业所需的费用都不够。那么,张氏兄弟是怎么做的呢?请听飞仙公司原董事长的一番话:"他们来,一是立即注入资金,恢复生产;二是全部接收职工。这正是我们做梦也想要的!"

兼并、收购或采用其他方法进行资产重组进行企业联合的现象方兴未艾,看来有必要提醒有关决策者,面对这股潮流,少一点冲动,多一点稳重;少一点幻想,多一点现实,特别是由方方面面的"好心"所促成的"拉郎配",则更加危险了。当然,"良农不为水旱不耕,良贾不为折阅不市"(《荀子·修身篇》)。研究一下"烂土豆"理论,该收购的、该兼并的、该联合的,还是要大胆出手,当仁不让!

《上海科技报》1998年10月14日、《文汇报》1998年11月9日

> 日暑有道难忘的弧

提防只念一本书

拉丁谚语"提防那只念一本书的人",未免有些尖刻,笔者冒昧软化一下,改为"提防只念一本书",意在提醒我们的好心读者,不要受那些广告语的影响,以为看一本书可能产生一场"革命"。

1998年底,有一家公司以巡回展览、报刊等全方位的广告攻势,向全国读者推荐《学习的革命》一本书,并且声称将为这一推广活动投资1亿元。这对好学的国人来说无疑是一个福音。一时间,工厂、商店、科研院所和大中院校到处都在议论《学习的革命》一书。听说有一所小学,连一年级的学生都动员起来,规定人手一册。现在,销售的实绩尽管没有达到预想的1 000万册,但也已销售300万册,该是相当可观的数字。显然,那封面上惊人的广告副题——"通向21世纪的个人护照"功不可没。

那么,这本书真有如此神通广大吗?中科院院士、著名脑科学家杨雄里坦言:此书仅能作参考。他还对该书中数量相当多的专业词的使用错误和翻译错误表示遗憾,比如,在涉及脑科学的内容中将"延髓"写成"髓鞘",将"初级运动皮层"写成"运动原皮层",特别是连中学生也应知道的小脑控制运动的常识,在书中也出现了相悖的笑话。华东师范大学教育系主任、教育学博导袁振国教授也列举了书中大量未经科学论证的观点,说明这本书本身缺乏基本的学术严肃性。连《学习的革命》原作者之一戈登·德莱顿也对此书在中国竟能达到如此大的销售量,感到又惊又喜。日前,来华商务旅行的他说,该书实践对象主要是互联网络十分普及国家的读者,目前在其他国家的销售量大约是14万册。他说,该书提供的方法必须与实践相结合,看来应为中国读者写一本《中国学习的革命》。

培根早就说过:"书籍是在时代波涛中航行的思想之船,它小心翼翼地把珍贵的货物运送给一代又一代。"当然,这不是一本书或者几本书所能担负的任务。任何拔高,或者过分扩大一本书的作用,只能误导读者,最终背离《学习的革命》那"改变你思维、生活、学习、工作和行为的方式"的初衷。

《上海科技报》1999年3月17日

知识成为商品的潮汐

1999年12月1日本报(《上海科技报》)刊登的《知本家风潮乍起多动荡》一文,引起读者的广泛兴趣。其实,这种"把知识变成可以在市场经济中流通的商品,因而赚到了钞票的知识分子"不仅出现在中关村,出现在科技界,而且已经出现在高校的大学生中。前不久,清华大学的"视美乐"创业小组就是一例。他们设计的多媒体超大屏幕投影电视,集光学、电子学、机械学等方面的专利技术,能够广泛用于家庭、教育、商业等领域,具有清晰度高、性能先进、功能齐全及价格低廉等特点,获得上海第一百货股份有限公司的风险投资5 250万元。目前产品处于第四代的中试及市场造势阶段。再有一例是,上月在重庆大学举行的"挑战杯"中国大学生创业计划竞赛决赛中,31个省市区和香港特别行政区及澳门地区的312所高校带来了651个项目,而且引起500多家企业的青睐。结果,在四天的决赛中,转让成果达43项,预计超过1.13亿元。

目前,全球范围正在掀起一场惊心动魄的人才争夺战。发达国家利用其雄厚的经济实力,千方百计地从广大发展中国家招揽优秀科技人才,说严重点是在掠夺这些国家的知识源。遗憾的是,由于我国在体制、机制和环境方面还存在诸多缺陷与不足,不仅难以站在同一起跑线上与他们竞争,而且在客观上出现了学术与市场的脱节、知识与产品的脱节、科技与经济的脱节、才能与财富的脱节等状况。于是,往往学术报告停留在讲台上,科技成果贮藏在实验室里……

好在知本家已从企业、社会走向高校。用不了多久,又会有知本家从校园走向市场。可以说,这是知识成为商品的一簇浪花。可以说,在从中央到地方构筑"尊重知识,尊重人才"良好环境的今天,这浪花会很快汇成中华民族冲击二十一世纪的大潮汐。

《上海科技报》1999年12月10日

▶ 日晷有道难忘的弧

注意力是金

  从我们呱呱坠地张开眼皮起,就睁圆眼球,贪婪地吮吸陌生的世界。当我们走进学堂时,老师握着教鞭,关照我们,集中注意力,捕捉每堂课的新内容。在我们学会用目光去采撷信息,抑或去审视市场时,我们又常常感到注意力不够。往往是,关注了这头,忽略了那头。不要说是潜在的"黑马"难以发现,就是"白马"也会从眼皮底下溜走。为什么?这很可能是世人刚刚在开始研究的"注意力经济",亦被称为"眼球经济"的雏形。

  有资料显示,最早提出"注意力经济"概念的是 Michael H. Coldhaber 先生。1997 年他在美国发表的《注意力购买者》文章中称,当今社会是一个信息极大丰富甚至泛滥的社会,而互联网的出现,加快了这一进程,信息非但不是稀缺资源,相反是过剩的。相对于过剩的信息,只有一种资源是稀缺的,那就是人们的注意力。3 年前,英特尔公司前总裁葛鲁夫也在一次讲演中认为,整个世界将会展开"争夺眼球"的战役。谁能够吸引更多的注意力,谁就能成为下个世纪的主宰。

  "注意力经济"这一词汇是新"炒作"的,其实如本文开头所言,对注意力的重视早就存在于人世间。当今,我们都在谈论提高创新能力,争夺国内外市场;我们都在狠抓提高科技含量,抢占高科技制高点,那么,不妨顺应"炒作"的潮流,研究一下"注意力经济",兴许,能从中淘到"一桶金"哇。

《上海科技报》2000 年 4 月 28 日

心思当挖空

车过隧道，驶入陆家嘴金融贸易区，倏地往右一拐，上海证券交易大厦别致的高楼映入了眼帘。"这大楼好奇怪，你看，中间挖空了。"有女乘客说。"这叫挖空心思！中空的部位就像孔方兄。炒股票嘛，不挖空心思行吗?!"有男乘客推一推眼镜答。哇……车厢内响起一阵会意的笑声。

尚不知道证券交易大厦的设计师是否真的有这个用意，但就那戴眼镜男乘客用嘲讽口吻说的"挖空心思"那词，却叫我咀嚼了好一番。

翻开字典一看，挖空心思确是个贬义词，意指枉费心机暗算别人。但依鄙人陋见，这样解释似乎有些草率，特别是给其戴上了一顶莫须有的贬义之帽，以至一提挖空心思，人们就胆战心惊，就躲避三舍，唯恐有不安分之嫌。其实，挖空心思是否还可以解释为人们为追求某一事物，聚精会神、专心致志，且有不达目的不罢休之意。本来嘛，在社会发展过程中，从钻木取火到核能的利用，从石器时代到电子时代，从嫦娥奔月的传说到载人飞船上天……都是人类千方百计、千辛万苦求发展、求进步的结晶，那么，其中是否包含着挖空心思的成分呢？

老人家曾说："世界上怕就怕认真两字。"挖空心思可谓是认真的组成部分。只有搜肠刮肚，动足脑筋，才能发现事物的发展规律，从而见别人难见之景，做别人难做之事。因此，发明、创新、改革直至生存，往往存在挖空心思之意，大可不必为挖空心思而脸红、汗颜。当然，那些得过且过"捣浆糊"，做一天和尚撞一天钟，或者算计别人、嫉妒别人的挖空心思，那就另当别论了。

《上海科技报》2000年7月28日

▶ 日暮有道难忘的弧

论天下大事　促科技进步

　　由上海市科学技术协会主办,科技界、学术界积极参与的2000上海科技论坛,昨天隆重开幕了。我们表示热烈的祝贺,并向参加论坛的所有科学家和科技工作者、远道而来的国内外贵宾,表示衷心感谢。

　　我们正站在世纪之交的融合之处,既面临着严峻的挑战,又拥有难得的机遇。回顾过去的世纪,是自然科学飞速发展的时期,科学技术不仅渗透到社会的各个领域,而且使人们的生产方式、生活方式和思维方式发生了巨大的变化,真正成为推动经济和社会持续进步的决定性因素。正在向我们走来的新世纪,在以经济实力、国防实力和民族凝聚力为主要内容的日趋激烈的综合国力竞争中,能否在高新技术及其产业领域占据一席之地,已成为焦点,成为维护国家主权和经济安全的命脉所在。特别是要在资源有限的国情制约下,使占全球人口四分之一的大国进入中等发达国家行列,单纯追求规模和数量扩张是注定没有出路的。因此,在这关键的时空交汇点,确立"世纪之交的思考"这一主题,是科技界责无旁贷的使命,是上海科技论坛理所当然的选择。正如江泽民同志最近所指出的:"我国历史上虽然有着伟大而丰富的文明成果和优良的文化传统,但相对说来,全社会的科学精神不足也是一个缺陷。鉴往开来,继承以往的优秀文化,弥补历史的不足,是当代中国人的社会责任。"

　　本届上海科技论坛在"世纪之交的思考"主题下,设置了10个综合报告、8个研讨会、36个专题讨论会、1个面向青年学者的论坛,并附设了一个"科技百年回顾展"。无论从内容的广度、深度,还是参与人员的广泛性来看,都超过了前两届论坛。论坛期间举行的"京、沪、港院士圆桌会议",更是一次科技界的高层次研讨会。30多位院士根据"世纪之交的思考"主题,结合21世纪科学技术发展的大趋势,从科学家的社会责任出发,研讨如何进一步提高我国科学和技术的原创能力,无疑将对实施科教兴国战略和推动科技创新产生积极影响。

　　本届论坛最重要、最精彩的10个综合报告,从昨天开始了,并由上海市市长、中国工程院院士徐匡迪作了首场报告。可以说,通过论坛,通过媒体的推介,我们广大科技工作者、各界人士,将会同报告者一起进行学术观点的碰撞、"世纪之交的思考",诸如科学与技术的关系,对未来科学进步趋势的预测,科技创新的动力及其环境,科学的经济、社会和文化功能,高科技发展与学科的交叉融合,科学观及科学家的责任,中国及上海科技发展的机遇和挑战……

"论天下大事,促科技进步。"(周光召为论坛题词)将科技进步作为国民经济和社会发展的动力,是以江泽民同志为核心的党中央面向新世纪做出的一项伟大的战略选择。我们相信"世纪之交的思考",会给上海经济、社会发展递上一份满意的答卷!我们预祝2000上海科技论坛圆满成功!

《上海科技报》2000年11月8日

▶ 日暑有道难忘的弧

宝贵财富

　　这几天,大批著名专家、教授和院士,纷纷登上上海科技论坛,成为申城市民街谈巷议的话题。其中,本报(《上海科技报》)今日刊登的"京沪港院士圆桌会议"上,30多位院士各抒己见,更是为上海的科技、经济和社会的发展提出了前瞻性、深层次和对策性的建议。可以说,这一系列的"世纪之交的思考"是一笔非常宝贵的财富。

　　邓小平同志曾说:"我们的科学家、教师、工程师,走到工厂,走到地方,到处都受欢迎,到处都请你们谈战略,谈远景,谈规划。科学技术专家这样广泛地参加经济、社会决策活动,是我国几千年历史上从来没有过的。"江泽民同志最近也说:"科教兴国,全社会都要参与,科学家和教育家更应奋勇当先,在全社会带头弘扬科学精神,传播科学思想,倡导科学方法,普及科学知识。"这次上海科技论坛上,有这么多的专家教授本着对人类未来高度负责的精神,本着对科学技术的热忱,就上海科技进步及各项事业的发展,或跳出科技看科技、跳出上海看科技;或着眼科技看科技、着眼上海看科技。他们分析问题深入浅出,表达观点旗帜鲜明,提出建议实事求是,既有宏观的理论,又有具体的实例,为我们上了一堂堂生动的"世纪之交的思考"课。难怪这些讲座的门票尽管数百元一套,还是供不应求。显然,广大市民掂得出讲座的分量,听得出"思考"的价值。

　　上海科技论坛闭幕了,但是"思考"仍在进行中,特别是已经产生的或者正在产生的颇有价值的见解,有待我们去"消化"、去发掘其蕴藏的含"金"量。

《上海科技报》2000年11月10日

一切都是数

　　元旦是踩着数字的舞步，悄悄来到人世间的。这不，数字化通信、数字化家电、数字化装备、数字化校园、数字化社区、数字化城市……连影视也出现了《数字生活》。这一切，仿佛都在印证 2 500 年前，毕达哥拉斯的著名格言：一切都是数。

　　这位古希腊的哲学家、数学家认为，一切现存的事物最后都可以归纳为数的关系。顺着这条思路，与一组神秘的数字不期而遇。于是，他发现了黄金分割率：

$$(\sqrt{5}-1)/2 \approx 0.618$$

这个公式一直被造型艺术家们奉为美学的金科玉律，而且令人信服地证明，不管是信手拈来还是刻意为之，几乎所有被世人称为杰作的艺术品，都在基本的美学特征方面近似或者符合这个公式。遗憾的是，这个可能也是其他领域需遵守的规律，但在漫长的时空隧道中，竟然很少走出艺术圈子。直到 1953 年，美国人 J. 基弗才发现，用黄金分割法来寻找试验点，能够最快地逼近最佳状态。他的这一发现被中国数学家华罗庚归纳为"优选法"。又让人遗憾的是，曾一度在中国广为传播的这个规律，似乎又被国人冷淡、忽略，甚至抛弃了。

　　真该感谢乔良和王湘穗两位空军大校。他俩顺着这条思路发现 0.618 如一条金带蜿蜒隐现于古今中外的战争中。于是，他们涵括战争与战法两方面内容，提出了应对新型战争的策略。最使人吃惊的是，类似"9·11"事件都在他们的预料、预测之中。

　　走笔至此，突然想到，倘若我们的一些有心人，不是赶时髦、欲用数字唬人的话，那就不妨深思一下，在入世的第一年，有意识地把东方思维与西方智慧相融，也顺着黄金分割率，剑走偏锋，去面对我们创造或倡导的数字，兴许真能抱个数字"金娃娃"呢。当然，记者反对从字面上去狭义地理解，而是要从本质上去把握其精髓。

　　恭祝诸位，新年读"数"有术，用"数"有方。

《上海科技报》2002 年 1 月 2 日

第三部分　基础研究落后明显
"诺奖"得主把脉诊断

  为什么美国、日本和欧洲一些国家比较发达,其中一个原因就是他们从早期就开始重视基础研究。我国与他们在这方面的投入大约相差10倍。李政道教授接受作者采访时曾这样感叹。那么,基础研究到底有多重要呢?有人把其比喻为"初生婴儿"。为此,诺贝尔奖得主杨振宁教授、李政道教授每次回国都排满学术活动,都不忘通过对话、演讲等为科技强国献计献策。

杨振宁——特别的活动庆贺特别的生日

杨振宁教授假 70 华诞之际回国参加一系列学术活动

世界著名美籍华裔科学家、诺贝尔物理学奖获得者杨振宁教授,于 1992 年 6 月 21 日清晨抵沪,假 70 华诞之际,参加一系列科技学术活动。同时来沪的还有香港亿利达工业集团有限公司董事长刘永龄先生和夫人纪辉娇女士。

来沪之前,杨振宁教授已访问了北京、天津和故乡安徽的好几所大学,并作了有关世界科技新动态的学术报告。到了上海后,他不顾疲劳又将日程排得满满的。22 日上午,杨振宁教授和刘永龄先生等人来到上海交通大学,参加每年一度的交大四项教学优秀奖颁奖仪式。在 48 名获奖教师中,第 1 到 16 名分别为"亿利达"优秀教师一等、二等和三等奖。这项奖由杨振宁教授倡议,刘永龄先生赠资创立。当天晚上,市委书记吴邦国会见并宴请了杨振宁教授和刘永龄先生等人。

昨天上午,杨振宁教授和刘永龄先生等与上海电视台及本市新闻界领导人座谈有关世界科技的新动态。下午,他又赶到科学会堂,作了精彩的学术报告,赢得满堂掌声。

昨晚,恰逢 60 大寿的刘永龄先生与夫人一起在锦沧文华大酒店设宴,庆贺杨振宁教授 70 华诞。

据悉,今天下午,杨振宁教授等人还将再次赴交大,参加"亿利达青少年发明奖"颁奖仪式,晚上将参加电视台直播的青少年发明奖颁奖文艺晚会。

杨振宁教授听闻本报(《上海科技报》)创刊 20 周年,应邀高兴地题词:"祝上海科技报工作顺利!"

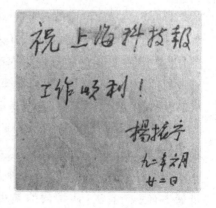

《上海科技报》1992 年 6 月 24 日头版头条

> 日暑有道难忘的弧

李政道——谈21世纪科学技术

编者按 诺贝尔物理学奖获得者李政道教授原定在1998上海科技论坛上作"本世纪科学技术发展回顾与21世纪科学技术发展展望"的专题报告,后因11月19日赴瑞士有重要活动,不能来沪。为此,11月10日下午,李政道教授在北京专门接受了上海科技论坛秘书处和本报(《上海科技报》)记者的采访。

李政道教授的谈话观点鲜明,生动风趣,偶尔还插上一两句上海话,使人倍感亲切。采访结束后,他高兴地应邀题词"创新出于青年"和"祝'98上海科技论坛圆满成功"。采访的录像今天下午在'98上海科技论坛闭幕式上播放。这里刊登的是他谈21世纪科学技术的部分内容,标题为编者所加。

微观与宏观的联合、定量性的发展,很可能是21世纪新科技开始的第一步

21世纪科技的发展,很可能是我们处在20世纪的科学家很难想象的,就像我们现在的成就,在19世纪的科学家很难想象一样。这是由于物理与其他科学都面临很大的挑战,而它们之间最后的解呢?现在我们说有可能性被解。那么被解开以后呢?生活都会受相当大的影响。拿宇宙来说吧,像类星体这样的来源,存在我们知道,还有什么我们不知道;暗物体的存在,全宇宙在90%以上,可它到底怎么构造,我们不清楚;真空是可以揭发的。

明年开始,相对论性的中离子对撞机就要应用,我自己在美国的哥伦比亚的理论组,就已经有些战略,可以探索到真空。早期真空是微观的基本粒子的世界,与宏观的真空是分不开的。这种关系是微观与宏观密切相连的原理。在科学的进展中有一个看法,认为大的是小的做成的,小的是更小的做成的;研究了最小的,就可以了解最大的。这个观点是不完全的,在20世纪中期我们慢慢在改。这里有个思想革命,跟着有一个科技定量性的革命,跟着不光是物理,对其他方面的科学发展同样是一个革命。相信对21世纪的生物科学会有很大的影响,对计算

机的运用也会有很大改变。现在计算机的芯片越小越好。那么,最小的叫什么呢?叫氢原子,里面应该比现在拥有更大的信息,这是比较宏观的、量子态的,这种计算机现在没有。因此可以说,微观和宏观的联合、定量性的发展,很可能是21世纪新科技开始的第一步。

注重基础研究不是口号,而是要有扎实的措施。中国在基础研究方面的投入与发达国家相比差距还比较大。21世纪要对此有充分认识

现在搞市场经济是很重要,但必须有一部分研究基础知识,尤其是要促进革命性的基础研究。为什么日本有教育方面的诺贝尔奖得主?就是因为日本从早期注重基础研究。美国的诺贝尔奖一直到20世纪50年代才出现的,那时有4位是在美国工作的,两位是美国人,另外是杨振宁和我是中国籍的。中国的人才很多,但是还没有适当的环境。什么是适当的环境?就是说基础研究不是口号而要有扎实的措施。在国内长期以来有一种说法认为日本是近年才注重基础研究,这与事实是相反的。在20年代30年代中国派到日本的留学生很多,日本如果没有基础研究方面的成绩,这些留学生出去学什么呢?所以我说,日本的发展第一步是搞基础研究,然后向美国转让。而美国正好相反,20世纪初政府是不注重基础研究的。因为他们与西欧来往很多,基础研究是在西欧发展的。现在发达国家都对基础研究进行大量的投入,而中国这方面的投入差距就比较大,大约相差10倍吧。

中国的历史文化悠久,发展也挺快,但发展是要有一定比例的,不是说大家都去做基础研究,而是要全面发展。面临21世纪,整个社会对此要有充分认识。

科学的科研的最大的成就出自青年,在所有的近代科学的发展历史中,那是没有例外的。21世纪的创新,还是在于青年

科学的科研的成就都源于青年。在物理上,从爱因斯坦、玻尔开始,都在20多岁就出成绩了。到了1925年量子力学时,他们也只有40多岁,可创造量子力学的又是20多岁的年轻人。然后到了五六十年代,又有一组新的年轻人出来。杨振宁和我就在那时获诺贝尔奖的。到了70年代,我的一个助教也得了奖。

要青年人出成绩,就要有培养的环境。经费是需要的,但更要讲究培养的手段。这像孩子一样,你给他很多玩具,而不教他玩的方法,就很可能把玩具弄坏了。培养运动员也是这样,要有特殊的训练方法,才能出冠军。所以培养要有适当的环境,适当的知识,适当的榜样。面临21世纪,整个社会要研究一下,怎样创造能够接受的环境。这次我请了32位美国与西欧的专家教授来中国讲课,费用都是他们自己承担的。这就是创造环境,培养训练140位中国青年人才。他们每天工作10小时、12小时,其中一项重要任务是使他们能够迅速发展中国的同步辐射。

我深信,科学的科研的最大的成就出自青年,在所有的近代科学的发展历史中,那是没有例外的。21世纪的创新,还是在于青年。

《上海科技报》1998年11月20日头版头条,与时任上海市科学技术协会的领导张文琴一起赴京采访撰写

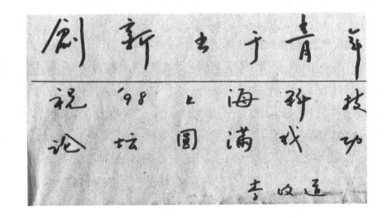

从"婴儿有什么用"谈开去

著名物理学家法拉第悉心研究电磁理论,并发明了发电机。当时有人问:"它有什么用?"法拉第引用一位哲学家的话反驳道:"请问新生的婴儿有什么用?"

"婴儿有什么用?"听了似有点滑稽,其实包含了对事物发展规律的正确评价,对基础理论研究是一种不可忽视的潜在生产力的阐述。不是吗,牛顿力学在建立初期,技术应用价值并不明显,但以后对现代机械等工业的应用价值不可估量;生物学家致力于研究青蛙和昆虫的眼睛时,人们曾讥讽他们脱离实际。可谁曾料到正是这些研究,后来在雷达技术上得到了应用,且导致了1960年仿生学的诞生。现在可以说,已经没有人怀疑他们研究的划时代价值了。

基础研究是人类文明进步的动力,是科学技术发展的基础。我们不能以为它从当时或在可能预见的将来,往往只有学术价值,一时尚看不出应用它的技术价值、经济价值和社会价值而轻视它。正如江泽民同志所指出的:"基础研究很重要。人类近现代文明进步史已充分证明,基础研究的每一个重大突破,往往都会对人们认识世界和改造世界能力的提高,对科学技术的创新、高技术产业的形成和经济文化的进步,产生巨大的不可估量的推动作用。"

改革开放以来,我国对基础研究工作空前加强。但也应当承认尚存在不少薄弱环节和问题,特别是一些研究院所和企业的"掌门人",在认识上的差距颇大,就说资金投入吧,明知基础研究的重要性,还是钟情于"立竿见影"的"短平快"项目,这样难免患上"近视眼",使技术储备出现"亏缺",使经济发展无持续可言。

不久前,李政道教授应邀接受记者采访时曾感叹道,为什么美国、日本和欧洲一些国家比较发达,其中一个原因就是他们从早期就开始重视基础研究。不是说都要去搞基础研究,而是要平衡发展,因为以前我们对此投入太少了。记者在想,站在21世纪的门口,国人经常设问一下"婴儿有什么用",可以讲,对企业、对国家增加实力和后劲,尤其是增强高科技竞争能力大有益处。

《上海科技报》1999年1月1日

▶ 日暮有道难忘的弧

技术创新离不开基础研究

我们正在加深对技术创新的认识,把其作为"四两拨千斤"的支点,撬动世纪之交的经济跨越式发展。然而,要掌握科技发展的主动权,提高自主创新能力,特别是孕育重大创新成果,离不开基础研究,离不开基础研究的强化和发展。

综观一些发达国家,几乎都是把重"砝码"压在基础研究上,才使经济的大秤盘持续上扬。一年前,笔者在京采访李政道教授时,就听到他坦言,注重基础研究不是口号,而是要有扎实的措施。但是,中国在这方面的投入与发达国家相比差距比较大,大约有10倍吧。他还举例说,为什么日本有教育方面的诺贝尔奖得主?就是因为早期就注重基础研究。二十年代、三十年代,中国派到日本的留学生很多,如果没有基础研究方面的成绩,这些留学生去学什么?应当承认,我国基础研究存在的突出问题的确较多,除了经费投入不足外,诸如优秀中青年学术带头人严重短缺;研究队伍年龄结构不合理;研究目标不集中,重点不突出;缺乏鼓励创新的机制和环境等等的制约,导致了我国基础研究的实力和水平不高,原始性、创新性重大成果不多等现状。

综上所述,技术创新离不开基础研究,基础研究是技术创新的源头。近年来党和国家领导人都十分重视这项工作,江泽民总书记还在有关会议纪要上批示:"基础研究很重要。"各省市遵照党中央的指示,也在基础研究方面出现了可喜的现象,比如,上海由于加大对基础性科学研究工作的资金投入,已形成一支500人左右的精干研究队伍,并通过"启明星计划"等资助科技人员达1 400余人。但是,由于众所周知的历史原因,上述的"欠债"一时还难以完全消除,为此,我们必须把基础研究放到实施科教兴国战略的高度来认识,针对基础研究发展的新情况、新特点、新问题,营造有利于基础研究发展的良好环境,营造有利于提高技术创新能力和档次的良好环境。

《上海科技报》2000年2月23日

第四部分　科学家走出"象牙塔"　　全社会欢迎"小儿科"

兴许是出于谦虚或者谨慎吧,很大一部分科学家不愿或较难公开自己研究的内容,更谈不上像国外那样"冒着生命危险"走上讲台普及科学。好在一些专家教授的精彩演讲,博得了阵阵掌声,这实在是令人振奋的消息。期待科学家都能抓住机会走出"象牙塔",形成提高全民科学文化素质,尤其是宣扬人类信赖科学、发展科学、追求科学从而改造世界、改变生活的氛围。如此,"草鱼咬人""名人精子能否出名人"等等疑问,都可以迎刃而解。

从科学家雇保镖说起

英国科促会会长 Colin Blakemore 在前不久举行的英国科技节上,用洪亮的声音、生动的事例,就生物科学的现状和发展作了两个多小时的演讲。其间,不断被掌声打断。可有谁知道,他是冒着生命危险走上讲坛的。会议一结束,他就被两位彪形大汉簇拥着离开了卡迪夫大学的演讲厅。

原来,这位会长是生物学家(与张香桐院士、吴建屏院士等我国科学家交往甚深),由于他在动物实验中取得不小的功绩,类似"动物保护主义者"的组织,早就扬言要对他进行抗议。果然,这天演讲尚未开始,阶梯演讲厅门口已挤满了人。有的牵着狗,有的在散发材料,气氛异常紧张,以致警察也不得不开着警车来干涉。

事后,记者随上海市科协赴英访问团拜访了会长,才知道为了宣传普及科学知识,特别是让公众了解科学,他经常带着保镖外出演讲。说来也巧,在伦敦访问时,也听说,英国皇家学会、英国皇家研究院和英国科促会这三家英国科学技术的权威机构还联合组建了一个"让公众理解科学"的组织,鼓动和组织大批科学家走近公众、走入公众,向公众宣传自己乃至学界正在进行的科学研究活动(包括新的科学思想),从而得到公众的理解、支持和帮助。

科学家雇保镖外出进行演讲,在我国恐怕尚未听到过。相反,我国科学家中有很大一部分人兴许是出于谦虚或者谨慎吧,不愿或很难公开自己研究的内容,更谈不上袒露自己的科学思想。特别是当记者去采访时,往往推三推四,能少讲、能不讲的就尽量少讲不讲,甚至避而不见。自然,我国的科学家经长期的教育,对重大科研项目的警惕性、保密性的确是需要的,然而,却忽视了主动出击进行正常宣传、普及科学的重要意义,这就很难形成提高全民科学文化素质,尤其是宣扬人类信赖科学、发展科学、追求科学从而改造世界、改变生活的氛围。

近闻在 1998 上海科技论坛上,专家教授们的演讲博得了阵阵掌声,这实在是令人振奋的消息。乘此机遇,记者呼吁我们的广大科学家都能这样抓住各种机会走出象牙塔,理直气壮地挺起胸膛,向公众鼓吹科学技术,鼓吹知识创新,鼓吹第一生产力。

《上海科技报》1998 年 12 月 2 日

> 日暑有道难忘的弧

学学杨振宁演讲艺术

"对称与物理学",深奥、枯燥。然而,著名科学家杨振宁教授站在北大百年校庆的演讲台上,从自然界的雪花讲到中国的青铜器,从古建筑讲到中国的诗歌、外国的音乐;小到厕所的地板、传说中的海螺,大到天体的运行轨道,在阵阵的笑声与掌声中,把这道现代物理学的题目注释得清清楚楚。一位研究生说:"我觉得听杨振宁教授讲课,学到的不仅是知识,而且是做学问的方法。"多年前,笔者赴上海交大采访杨振宁教授,正逢他在演讲,想来颇有同感。

平心而论,我们平时所聆听的学术交流、科普报告(也包括部分官员的讲话),难得有类似的好效果。说来与没有讲究发言技巧、演讲艺术有很大的关系。有的报告内容往往从理论到概念、从公式到数据、从专用名词到抽象表述,听众的血液里难免二氧化碳增加,造成哈欠连天。甚至,有的报告者一开头就把与会者拉入难以接受的"泥沼"。比如,常听到这样的官腔:"同志们,我的工作很忙,没有时间做准备,就与大家随便聊聊……"或者是那样的谦辞:"刚才几位的发言很好,我也没有什么意见,就补充几句吧……"如此这般,听众自然要问,既没有准备,干吗还要浪费别人时间?既是补充,为何滔滔不绝几小时?

学术交流、科普报告,能引导人们确立科学精神,驱除愚昧落后,从而增强认识世界、改造世界的能力。但是,好的形式势必要配好的方法。拿科普报告来说吧,至少要把握好深奥与通俗的关系、知识性与趣味性的关系、现代技术与未来科学的关系,以致用形象来说明抽象、用事例来注释概念、用已知来反映未知,使听众感觉有滋有味有趣还有所思。

海外有谚语道:"艺术并不超越大自然,不过会使大自然更美化。"我们在作学术和科普报告时,欲想获得事半功倍的效果,那就不妨学一学杨振宁演讲的艺术。

《上海科技报》1998年5月15日、《解放日报》1998年5月20日

第四部分 科学家走出"象牙塔" 全社会欢迎"小儿科"

春江水暖鸭先知

打开一大叠报纸,读了最近两则有关科普的消息,颇有点"春江水暖鸭先知"的感觉。

一则是说,《院士科普书系》启动。组织和出版单位原计划请100名院士,选定100个21世纪初的科技热点,编写100本科普书。谁知,这项工作得到了许多科学家的响应,现已有176名两院院士与出版社签订了出书协议,其中中科院外籍院士李政道也加入创作行列。

另一则是说,上海书城人流量平时1天数千人,双休日1万人,而春节期间每天超过1.5万人,初四、初五均超过2万人,且营业额达58万元以上,是平时的2倍。更令人高兴的是,图书售出数量最大的四类中,包括了电脑类和科普类。

新闻是新近变动事实的传播,这两则事实本来都不是新闻。随着科学技术的普及,国民的科学文化素质不断提高,撰写科普书籍、争购科普书籍岂不正常。令人遗憾的是,这又不能不说是新闻。别的暂且不谈,就说农村日渐泛滥的迷信愚昧活动吧,据中国科协会同各地方开展的调查表明,其已出现影响广泛、活动公开、形式翻新的新特点。比如,结婚前要测八字,盖房筑坟要看风水,婚丧嫁娶、出远门要择吉日,遇病逢灾、升学求官、祈福招财要进香拜佛等等行为,在农村似乎已成"习俗"。看来,要扼制这些愚昧迷信活动,其中一项重要的工作就是我们的广大科技工作者要身体力行,宣传普及科学知识、科学精神、科学思想和科学方法,从根本上动摇和消除封建迷信赖以生存的社会基础。

《中共中央 国务院关于加强科学技术普及工作的若干意见》指出:"贫穷不是社会主义,愚昧更不是社会主义。""要鼓励从事科技工作的专家、学者,特别是院士、老科学家走向社会,到青少年中去,带头宣讲科技知识。"记者想,院士和市民热衷科普书籍的现象,分明是"学科学、爱科学、讲科学、用科学"的春汛。

《上海科技报》1999年3月10日

▶ 日暑有道难忘的弧

环境·风景和心境

"不会爱护环境,不会欣赏风景。"苏州虎丘塔附近的这幅告示标语,颇富哲理性。它不仅诉说了美好的风景来自游客的小心呵护,而且揭示了人与自然的辩证关系。从中我们可以进一步感悟到,人们的感情状态即心境,也始终受生态环境和周围风景的影响。

由山水、花草、树木、建筑物以及某些自然现象所构成的可供观赏的区域,是人们公认的风景地段,更是陶冶情操、增强健康的好去处。有专家的研究早就显示,风景区的绿化丛林释放出来的芳香物质,有各种各样的杀菌能力。据说,松柏分泌的杀菌素,可杀死结核、霍乱、痢疾、伤寒和白喉等病原体;柠檬、桉叶释放的杀菌素,可杀死肺炎球菌、痢疾杆菌及流感病毒。其实,风景区是这样,都市里的街心花园、绿化地带也是这样。那些花草树木还可以吸收近地层中的许多粉尘、油烟、铅、汞等有害物质,同时,又吐出大量的负离子。正是这种"空气的维生素",能调整机体新陈代谢,提高免疫能力。

综上所述,良好的环境是人们生存的必要条件,花草树木是城市发展的活力所在。遗憾的是,人们对此认识往往是说起来重要,碰到具体问题就变成"次要",甚至"不要"。就说都市内已少得可怜的空地吧,人们一直在呼吁要"见缝插绿",然而,有关部门却总是"见缝插楼"。再从小处来看,在一些好不容易建造起来的绿化地带中,随处可以看到纸屑(大多是乱丢的餐巾纸)、易拉罐和薄塑料袋等杂物。这样的环境自然无欣赏的风景可言,自然无良好的心境可言。

"不会爱护环境,不会欣赏风景。"为了营造良好的生态环境构成美好的风景,为了国人每天都有一个好心境,我们不妨从每天每个小处做起,用心呵护一草一花一木,就像昆明花博会一幅告示标语说的那样:"小草也有生命,敬请脚下留情。"

《上海科技报》1999年5月19日

第四部分　科学家走出"象牙塔"　全社会欢迎"小儿科"

从草鱼咬人说开去

报载,湘潭16岁的欧阳小静,去年暑期到射埠乡外婆家玩耍,在与表兄弟一起到门前水塘游泳时,突然,几条大草鱼向他发起进攻。两三分钟后,鱼儿越聚越多,增至几十条围上来轮着咬他。被咬得抵挡不住的小静,最后在3个表兄弟的协助下,才游到岸边。小静返回湘潭后,父母及邻居闻之他被草鱼围咬之事,甚感奇异。一位年长者说:"这是被草鱼精缠住了!赶快去'还愿'!"当时,谁也不相信这话。可是几天后,小静住进了医院,约20天便结束了生命。那么,他是否真被草鱼精咬死的吗?当然不是,原来,小静患有再生障碍性贫血病,但未被发觉,只是牙根经常出血。其实,他的全身微血管已通过汗毛孔向体外渗血,肉眼虽不易看到,但嗅觉灵敏的鱼类对这种血腥气味特别感兴趣。平时钓鱼者常用猪肝、蚯蚓等做鱼饵,也就是这个道理。

欧阳小静死得很可惜,其父母却很开明,并没有相信个别人所说的"是被草鱼精缠住了",只是根据医生的科学诊断,为没有及时发现儿子牙根出血所潜伏的重病隐患痛惜不已。对照此事,遗憾的是我们的周围却还存在许多不可思议的封建迷信现象,有的患者甚至信奉什么魔法,不相信医生。如本市(上海市)某地区一位女干部,患上了肿瘤病后,不去医院就医,整天与丈夫一起口中念念有词,以为会产生魔法,帮她祛除肿瘤。后来病倒在床上,几乎喘不过气,才在大学同学的强劝下住进了医院。谁知,没多久,病情好转,出院后还能散步时,她却又不坚持用药,并不再经常上医院治疗,只是整天"苦练"魔法。就这样失去了医治的时机,几天前离开了人间。

有言道:"每一个研究人类灾难史的人可以确信:世间大部分不幸都来自无知。"科教兴国战略的实施有一项重要任务就是提高国民的科学文化素质。草鱼咬人固然奇怪,但毕竟有科学道理。那过早逝世的女干部相信魔法,自然没有丝毫科学依据可言。善良的国民们,别再以自己的生命开玩笑。

《上海科技报》1999年6月18日

▶ 日暑有道难忘的弧

科普不是"小儿科"

都说科教兴国是一项重要的战略措施,都说科学普及是科教兴国战略中提高国人科学文化素质的重要组成部分。然而,在实际工作中往往是说起来重要,干起来次要,忙起来不要。我们在采访时常看到听到这样的事实:通知领导干部参加科普讲座,他们往往推托没有空。有时还会说,这个讲座嘛,随便叫个职工去坐坐就是了。邀请某专家教授来企业上一堂科普课,企业负责人往往婉言谢绝,友好一点的可能叫副手或者随便拉一个人去应付一下。显然,科普工作已被人误认为是"小儿科",上不了大场面。久而久之,理应知道的科学知识,在生活中出现了盲点,理应不用解释的社会常识,在思想上出现了空白。于是,蛊惑人心的语言辨不清,歪理邪说的谬论听得进,被人利用了不知道,被人耍了还要理直气壮。呜呼,这是国人的悲哀。如若不信,请看事实。

众所周知,"从来就没有什么救世主,也不靠神仙皇帝……"而以"救世主"自居的李洪志大言不惭地说:"我是第一次把修炼的东西留给人,这是从来没有的,我做了一件前人从没做过的事,给人留了一部上天的'梯子'。"

众所周知,建立在人类社会实践基础上的科学表明,人的认识能力是无限的,但每个人的认识、每一时代人们的认识则有一定的局限性。李洪志和他的"法轮功"组织,大肆宣扬反科学的观点,散布"地球爆炸""末日来临",还说"现在的问题哪个政府也解决不了,整个人类也解决不了",只有"法轮功"这个宇宙根本大法才能"度人去天国"。

这些胡言乱语有没有人信?有人信!而且全国有数百万!

综上所述,科学普及并非"小儿科",实质是牵涉科教兴国战略的具体实施,牵涉我们党和国家的生死存亡问题。为此,我们广大科技工作者务必高举科学大旗,理直气壮地去普及科学技术,弘扬科学精神,让那些封建落后的迷信活动和现象没有滋生之地。

《上海科技报》1999 年 8 月 6 日

第四部分 科学家走出"象牙塔" 全社会欢迎"小儿科"

科学使生活变得更美

不知从什么时候起,我们开始整筐整箱地品尝水果。遗憾的是,我们又不能一口气抑或一天把整筐整箱的水果享用完毕。于是,就带来了如何逐个对付的战术问题。简而言之吧,面对个别已经出现霉点的整箱苹果,到底是先吃好的呢,还是先吃烂的?按传统习俗,人们总喜欢先挑选烂的吃,最后再吃所谓好的,还认为这才符合"勤俭节约"的生活方式,其实,这是一个误区。科学方法是先吃好的,最后那个烂到不能吃了,就丢弃吧。究其原因,说来也很简单,你先挑选烂的吃,那么永远是吃"相对烂"的;你先挑选好的吃,那么永远是吃"相对好"的。在这种意识作用下,人的心态完全两样,人的生活质量也就完全两样。这就是科学给生活带来的恩惠。

再说穿着吧,有人不乏好身材,也不乏挑选服装的审美意识,可就是买了衣服喜欢藏起来,以前叠在樟木箱里,现在吊在大橱内。特别是对合身的价格昂贵的自我感觉特别好的穿得更少,藏得更深。其实这又违反了科学原理。正确方法是,像这类服装越是钟爱越是要多穿,这才能最大限度地体现其使用价值,这才能把自己的形象包装得更潇洒或者更亮丽。这也是科学给生活带来的恩惠。

众所周知,现代自然科学的进展不仅向人们奉献了丰富的知识财富,而且也给人们提供了更珍贵的智慧财富——科学思想、科学方法和科学精神。其中,科学精神是指贯穿于科学发展总体过程或者某一较长历史时期普遍的科学生活意识,它包括了信仰意识、价值观念、思维方式以及社会时尚等文化因素。国人拥有这种科学精神,就不会信什么"地球爆炸"唯有"法轮大法"才能拯救人类;就不会信什么不吃药、不打针,只要口中念念有词,病毒自然排除,肿瘤自行消退;就不会相信诸如此类的伪科学、反科学的封建落后又愚昧迷信的歪理邪说。一句话,科学指导生活,生活需要科学。

有哲人曾说:"科学是使人的精神变得勇敢的最好途径。"其实,科学也是使人的生活变得更美好的最佳途径。笔者这样以为。

《上海家庭报》1999 年 8 月 18 日

> 日暑有道难忘的弧

让我们共同关注……

19世纪初,匈牙利有对超级长寿夫妻,男的叫詹诺斯·寿山是172岁,女的叫萨娜·寿山是164岁。其实,在这以前日本曾出现更长寿的夫妻,那是农民万部寿山194岁,他妻子173岁,儿子152岁,孙子105岁。世界上独一无二越过"两百"的寿星,是英国的费姆·卡恩,他终年207岁。

我国的长寿老人在增加,人均寿命在提高。那么,人的寿命到底能有多长?人对自身的了解到底有多少?兴许,你在发问,你在探索,你在关注。

大西洋百慕大群岛附近的三角海区,曾经有许多飞机、航船在这里倾覆沉没,人称"魔鬼三角区"。在它的东邻海域却风和日丽别有一番天地,但就在这平静的海面上常有飞机坠落、摩托艇沉没,连"魔鬼三角区"与其相比,也是小巫见大巫。

面对突如其来的地震、海啸和暴风狂雨等天灾,如何理解?如何运用现代科技手段掌握规律减少损失?兴许你在发问,你在探索,你在关注。

美国一青年放弃了哈佛大学的学业,创立了微软公司。1986年初,三十而立的比尔·盖茨已有10亿美元。有人在当时用2 700美元购买100股微软股票,至今已成48.6万美元。这一现象被称为是知识经济带来的丰厚回报。

知识经济时代大步向我们走来,怎样把企业作为创新的主体?怎样帮助国有企业摆脱现有的困境?兴许,你在发问,你在探索,你在关注。

兴许,兴许,你的视野更宽广,你的思维更敏捷,你的问题更尖锐。比如,科技体制改革引起的阵痛,如何理解和实施按生产要素分配。比如,科学的发展推动了社会的进步,下个世纪科学还将为人类带来什么恩惠?再比如,愚昧落后封建迷信和伪科学风行,是否与科普的淡化、信仰的缺乏有关……

总之,你的发问,你的探索,你的关注,就是我们的发问,我们的探索,我们的关注。于是,我们试着在第一版挪出宝贵的版面,在新近变动的事实的前提下,从知识性、科普性、政论性、故事性中选择一样或兼有几样,以科学姿态直面人间喜怒哀乐;从科技角度解释天地稀奇古怪,以求弘扬正义,鞭挞丑恶,崇尚科学,揭露愚昧。这,权作为本报(《上海科技报》)同仁献给新中国50生辰的礼物吧!

"立志欲坚不欲锐,成功在久不在速。"我们的聚焦,抑或带有很大的局限;我们的解释,抑或远不能满足受众的要求,但是我们会努力去实践,努力去追求,努力去关注。

《上海科技报》1999年9月17日

▶ 日暑有道难忘的弧

16万∶500万

这组数字是从报端一则消息移植过来的。报道引用有关人士的话说,中国科普作家协会10年前的会员是16万人,10年后增加了0.8万人。而现在算命先生有500万人之多。这样就引出了16万科普作家要对付500万算命先生的命题。

数字来历的可靠性尚不得而知,但是记者相信这是真实的反映,而且可以说,生活中的现实有过之而无不及。我们不妨先来看一看科普队伍。本来科学普及是一项功在当代、利在千秋的事业,然而就是难以引起公众的充分关注和重视。我们说,科学普及的行为主体主要是科学家、教师以及所有有知识的人,使人摇头的是,其中能够进行科学普及的比例极低,往往是把"重要"挂在嘴唇上,把"次要"甚至"不要"落实在行动上,当有单位来请人上科普讲座时,常会听到这样的哈哈:"科普嘛,这事,嘿,请别人吧,我忙。"有的还对科普协会发给的会员登记表都不屑一顾,往纸篓里一丢了事。

我们再来看一看算命先生,可以说在各旅游胜地几乎都有,少则几个,多则成群结队数十个,摊头前还挂有某某单位批准的合法的营业证书,似乎成了不可或缺的一个"新景点"。其生意也极其"兴旺",人员中有知识分子,还有党员干部。请人算命的内容都是升官、发财、消灾、消祸、生男、生女和其他与个人前途有关的话题。于是,算命先生越算越"神",越算越"灵",越算自身的队伍也就越庞大。这实在是国人的悲哀。

16万∶500万。的确数字很能说明问题,这么弱小的科普队伍怎抵得上"强大"的算命"集团"。数字又不能说明问题,因为,随着科教兴国战略的实施,国民的科学文化素质逐步提高,科普队伍会迅速壮大,算命先生特别是那些"托儿"和盲从者会"树倒猢狲散",日趋走向没落。但愿,要不了多久,那比例会改写成500万∶16万,甚至差距更大。

《上海科技报》1999年9月24日

第四部分　科学家走出"象牙塔"　全社会欢迎"小儿科"

但愿心中"节"常在

都说国人的科学文化素质提高难,都说科技与经济"两张皮"黏合难,然而,从上海第五届科技节传来的信息却叫人拍手叫好。

从科技节开幕到闭幕的一周内,参加各类科技节活动的市民达300多万人次,其中参加科技博览会的观众达61万人次,特别令人感动的是,出现了用高价钱买票听取主题报告的盛况。当左焕琛副市长、美国杜邦公司副总裁彭定中、两院院士王选、联想集团总裁柳传志、国家科技部副部长徐冠华等在演讲时,不时有掌声响起。从本报(《上海科技报》)前几期的报道内,细心的读者也会发现,在整个科技节活动过程中,从浦西到浦东,从企业到社区,从领导到市民,都在开展各类科普活动,都在谈论科技带来的恩惠。

今年的上海科技节还把黏合科技与经济"两张皮"作为重头戏,在科博会上,打破地域限制,打破单纯的为成果找婆家的做法,600家投资机构每天在1 000多项高新技术成果中"淘金",想方设法为成果转化"输血"。就这样,在短短的5天内,有106项成果找到"婆家",其中八成以上"一见钟情",成交额逾8.5亿元,另外达成成交意向和签订项目的有160项,为进一步贯彻实施《中共中央　国务院关于加强技术创新,发展高科技,实施产业化的决定》迈出了可喜的一步。

"满眼生机转化钧,天工人巧日争新。"第五届上海科技节昨夜降下了帷幕,但是,科技节的各项活动,特别是"创新——迎接新世纪的挑战"主题能否继续更新我们的观念、改变我们的行为方式,就看我们每一位市民能否继续高举科教兴国的大旗,处处、事事倡导科学思想、科学方法和科学精神。一句话,但愿心中科技的节日常在。

《上海科技报》1999年10月15日

▶ 日晷有道难忘的弧

生活是本科普书

　　不知你有否这种经历,长期待在奥菲斯,在诱人的香水熏陶下,常会有头昏、头痛,甚至恶心、呕吐的感觉;不知你有否这种体会,走进歌舞厅,在黑光灯、旋转滚动灯、荧光灯的闪烁下,常有倦怠、焦虑不安等症状。你知道这是什么原因吗?原来,香与臭是相对的,但对环境污染是绝对的。从化学角度看,香水含有多种易挥发的有害化合物,会扰乱人体的神经系统;原来,歌舞厅、夜总会产生的彩色光源,会对人体的心理产生不良影响。卫生部曾对黑光灯进行检测,结果表明,黑光灯可产生250至320纳米的紫外线,其强度大大高于阳光中的紫外线。

　　随着生活水平的提高,污染源已不仅仅是粉尘、污水和废杂物品了,问题是类似上述那样的另一类污染,往往不被人们所认识,自然也就难以进行有效的预防和排除。比如,公用电话带菌数几乎都超过国家规定的卫生标准,其中超标50倍的达30%。公用电话已成为传播流感、流脑、皮肤病、肝炎等十几种疾病的重要途径。遗憾的是,我们怎样面对,怎样预防,似乎了解知识的人就不多了。

　　本来,生活就是一本科普书,更何况现代人的生活要求日益提高,这本科普书也在日益加厚。可以说,你的阅历越丰富,掌握的知识越多,你的生活也就越充实,生活的质量也就越高。由此看来,传播科学思想、弘扬科学精神,以清新、生动的科学知识来满足生活的需求,应成为现代人的一种追求、一种时尚。正如江泽民同志致信全国科普工作会议所强调的,要把科普作为实施"科教兴国"战略的重要任务和社会主义精神文明建设的重要内容。

《上海科技报》1999年12月17日

第四部分　科学家走出"象牙塔"　全社会欢迎"小儿科"

科学家的真情实感

你看过《穿过地平线》《彼此的抵达》《凝动的音乐》和《看风云舒卷》四本书吗？你知道近年出版的这4本书的作者吗？其实，只要稍稍回味一下书名，兴许就能猜出一二。可不，这4本书的作者依次是地质学家李四光、桥梁专家茅以升、建筑大师梁思成和气象学家竺可桢。

这4位作者都是著名的科学家。在过去的世纪里，在他们所进行研究的科学领域，为中华民族的崛起，为全人类的进步，都作出了卓越的贡献。叫人信服的是他们的文笔也如此精彩，引人入胜，把我们带入了科学宫殿，用那浅显易懂的事例，娓娓道出了深奥莫测的科学现象，那字里行间，充满了人情味，充满了人生哲学。和他们的科研成果一样，这些思想闪光点，是我们宝贵的知识财富。

当然，我们不能不承认，世人对科学家的定势往往定格在严肃有余、活泼不足上，甚至把他们看成是整天扑在实验室、资料堆中，不谙人情，不食"烟火"的痴呆。比如，《哥达巴赫猜想》推出了陈景润后，有关科学家的神话也开始见诸报端。最使人发笑的是有文章说，陈景润有一次上王府井买东西，回到寝室后，发觉营业员少找他2角钱。于是，他折回身，花了5角钱的车费，取回了2角钱。文章本是要烘托陈景润为攻克哥达巴赫猜想已到了发痴发呆的地步。其实，这实在是一个天大的误会。正如陈景润看了报道后指出的："我是搞数学的，2与5之比，难道也不会解了？"

掀开新千年的扉页，我们又欣闻许多著名科学家出版了一大批科普书籍，其中有93本(套)被中科院、科技部和中国科协推介为20世纪科普佳作。同样，那书籍不仅将为提高群众的科学文化素质起到阶梯作用，而且再次袒露了科学家们对大自然和人世间的真情实感。我们当珍惜科学家在新千年献给国人的这份厚礼。

《上海科技报》2000年1月5日

▶ 日晷有道难忘的弧

托福了,科技

"托科技的福,几个月赚了十几万元。"股市收市,就有朋友来电,说是涉市不久,收获不小;说是科技是金,阳光普照。

原来,这位朋友进入股市时,恰逢科技股在跌宕起伏的股海中浮出水面。他把6万多元全部认购了清华紫光和上海梅林,其中电子商务股梅林就从7元多跳到24元(抛掉时的价格),净增资金3倍多。他是股市的幸运儿。真如他自己所说,是科技给他送来了这份惊喜。

其实,科技股的上扬并不偶然。据统计,在近千家上市公司中,有70%是高新技术企业。另外,通过资产重组的上市公司,也都纷纷增加了其科技含量。这些上市公司对整个股市举足轻重,特别是开年后,证监会领导披露,中国将出现一个类似美国纳斯达克式的高科技市场(即高新技术板),并将给以更多优惠。于是,以亿安科技、清华同方等为首的高科技股一路凯歌。其中,亿安科技创下每股90多元的奇迹。于是,股评家们对春节后的股市评价三句不离"科"字:科技不倒,大盘仍好;紧跟科技,择强弃弱;政策利好,科技恒强……

股市是市场的缩影,是经济的荧屏。科技股一路走好〔见本报(《上海科技报》)1月14日第1版特别报道〕,高新技术企业的发展前景看好当然是前提。本来嘛,科学技术迅猛发展,才会带来经济结构和生产方式的变革,才为生产的发展开辟了广阔的途径,才使我们的生活有滋有味增添了质量。随着知识经济时代的逼近,可以说,科技对人类的贡献越来越多,也越来越明显。可以说,靠科技脱贫,靠科技致富,靠科技发展,正成为国人追求的时尚。

明天就是大年初一了,祝诸位在新的一年里都能享受或者享受更多的科技恩惠。托福了,科技!

《上海科技报》2000年2月4日

名人精子就能出名人吗

自某市建立"名人精子库",并已采集了7位自愿献精者的精液后,一些媒体就"名人精子"这一新近变动的事实,炒得沸沸扬扬。据悉,两位多年不孕的妇女使用了同一位献精者的精子后,日前被证实妊娠成功。那么,"名人精子"果真能孕育出名人吗?

本来,设立"精子库"主要是为了帮助某些妇女解决不育问题,其关键在于精子提供者生理的健康,并不与名声的大小与好坏发生关系。当然,设立"名人精子库"的用意是好的,希望能提高人口的内在质量,为人口日益爆炸的地球村优生优育。但是,这种好心本身就有悖于科学。我们假设名人的精子能出名人成立的话,那么,所要设立的恐怕不是"名人精子库",而应是"名人之父精子库",因为名人的父亲才是真正的"名人精子"提供者。这戏说,可能要比"名人精子"出名人来得更使人信服一点。从现实生活看,名人的子女智商并不高的例子不少,其中比较典型的就有进化论的创始者达尔文,身体及智商是第一等的,可是生育的10个后代,仅1个成才,其余的不是有身体残疾、精神病,就是不育、早夭。

其实,"名人精子"到底能否出名人,科学家都有过科学的阐述。暨南大学教授梁志成指出,任何类型的名人,在其基因中都有优秀的和劣质的两部分,目前医学上还无法做到分取其一。中科院院士夏家辉教授说,人体有23对染色体,10万多个基因。如果要保持名人的基因重组不变,其几率小到基本上不可能。

爱迪生曾说过,"天才,就是1%的灵感加上99%的汗水。"企图天生一个天才,天生一个名人,那仅仅是那个年代的"老子英雄儿好汉,老子反动儿混蛋"的翻版。看来名人精子能否出名人,不用再回答了。

《上海科技报》2000年6月14日

▶ 日暑有道难忘的弧

科普场所无人光顾吗

说是娱乐场所越来越多,谁还会去光顾科普活动;说是生活节奏越来越快,谁还有闲去接受科普教育?此话对也不对。说对,是因为我们常看到或者听到某某歌舞厅、卡拉 ok 厅、电子游戏机房等娱乐场所人头攒动的场面,却没有听说过某科普基地、科普活动也有如此的情景。尚能够留在记忆中的某科普场所,倒是由于"不景气"只好改为游戏机房或者挪为他用。对于这些情况本报(《上海科技报》)曾专门作过调查,虽隔了好长时间,但现在的情况仍无多大改变。说不对,是因为本报今天刊登的当代世界宇航科技文化展,就不是这样。尽管是 36 摄氏度的高温,连娱乐场所都纷纷打烊,尽管票价高达 100 多元,高出电影票价好几倍,可宇航展门口依然排着长队,甚至有"黄牛"暗地里在拉生意;宇航展厅 2.5 万平方米,挤满了人类探索太空的足迹,挤满了参观者好奇的目光。这种火热的日子里出现的火爆场面,叫组织者和参观者都"看不懂"!

《中共中央 国务院关于加强科学技术普及工作的若干意见》指出:"依靠科技进步和知识传播,促进社会主义物质文明和精神文明建设,维护社会稳定,是当前我国的重要任务,也是今后我国经济发展、科技进步和社会稳定的重要保证。"长期以来,科技工作者和科普工作者一道,为开展科普工作做了艰苦的工作,也取得了不少成绩,但是有的活动参与的人数不多,效果也不理想,究其原因是多方面的。这次宇航展的成功之处就在于都是科技前沿的展品,满足了人们特别是青少年的好奇心和求知欲,同时参观者可以直接参与操作,感受"空中"的感觉,增强了科普活动的魅力。

中国科协主席周光召在上月召开的全国科普创作研讨会上说:"科普的劳动价值绝不低于科研劳动的价值。"为了使各种科普场所、科普活动发挥应有的作用,不妨研究一下宇航展的火爆现象,可以说启示远不止上述这些。

《上海科技报》2000 年 7 月 14 日

第四部分　科学家走出"象牙塔"　全社会欢迎"小儿科"

天不要怕　鬼不要怕

"天不要怕,鬼不要怕,死人不要怕……"这是由毛泽东同志创办和主持的《湘江评论》在创刊号上提出的口号。时间虽然是在1919年五四运动以后,但现在读来仍然觉得非常重要。

本来,自然科学的进步和发展,不断更新和变革着人类的自然观,即关于自然界以及人与自然关系的总看法、总观点。而且,在我国古代就有反天命的唯物论,比如《逸周书》上说:"兵强胜人,人强胜天。"《天论篇》也说:"大天而思之,孰与物畜而制之。从天而颂之,孰与制天命而用之。"荀子提出的这种"制天"主张,与历代唯物论者见解相同。难怪邓拓先生在《燕山夜话》中说:"怕天,这是人类的一切神鬼的根源。因为对自然现象不了解,原始的人类才以为在冥冥之中有天神主宰一切。由于怕天,结果对一切神鬼都害怕。因此不怕鬼神的人,也一定不能怕天,也决不可怕天。"叫人难以理解的是,火箭能载人上天、潜艇能载人入海的今天,竟然还有不少人怕天怕鬼怕死人。不是吗,升官发财、养儿养女、生病治病,甚至为企业走出困境,都要请人算命,都要拜佛烧香,正如《中共中央　国务院关于加强科学技术普及工作的若干意见》所指出:"一些迷信、愚昧活动却日渐泛滥,反科学、伪科学活动频频发生,令人触目惊心。"

走笔至此,看到前几天的报端上有则奇闻,差一点笑出声来。说的是为争得小街上算卦的一席之地,一个初来乍到的外地"半仙"与石家庄本地一个老资格的"半仙"互相拆台,互相指责对方是骗子,甚至在众人的围观下大打出手。有趣的是,两位"半仙"还分别自称是南开大学和河北大学的本科生。这两位女骗子与其他"捣鬼"者一样,尽管伎俩拙劣,却仍如此嚣张,无非是冲着善良的国民或多或少还有点迷信而作恶的。其实,堂堂正正的中国人真不该去怕它什么,而且越来越多的民众已经并将继续高举科学大旗,去战胜老天,去揭露鬼怪……

《上海科技报》2000年9月8日

▶ 日暑有道难忘的弧

欺骗是不能持久的

前几天,本报(《上海科技报》)刚刊登过"天不要怕,鬼不要怕"一文,没想又读到一则利用死人造谣惑众的奇文,而且遭到污辱的竟是受人尊敬的杨靖宇将军。

事情是这样的,地处大别山革命老区的河南确山县朱古洞乡王岗村,一段时间内相继去世5名男青年,其中3人病亡,2人因车祸丧生。一时谣言四起,说村对面是杨靖宇将军纪念馆,"杨靖宇手拿望远镜,在朝村里招兵买马……""死者都是被挑到'阴间'当兵的,不把杨靖宇铜像拆除或移走,'灾'不会消,征'阴兵'的事不会完。"起先,村民们听信谣言,几次到纪念馆闹事,要挟工作人员迁走铜像,并扬言限期不办就砸烂铜像。后来县里派来调查组,弄清了村民不注意卫生,水源污染严重,3名病亡者皆被传染病菌所害。

生老病死原是正常的事情,没想到竟被少数人用作谣言惑众、制造事端的话头。其实,说怪也不怪,早在19世纪中叶,一些自称能"通神""通灵"的降神术士或"神媒"就在欧洲大出风头,并吸引了许多虔诚的信徒。100多年来,类似的闹剧似乎没有间断过,总有人心怀叵测,违反科学常识,弄神弄鬼,其中"法轮大法"的信仰者,还吹嘘能从广州或者美国"发功"到京城。

鲁迅先生曾说过,欺骗是不能持久的。可怕的是在反腐倡廉的今天,在我们身边类似《生死抉择》中的贪官还执迷不悟,欺下瞒上,绞尽脑汁,出口就是大话、假话、脏话、骗话,唯独没有一句真话。久而久之,既污染了国人的听觉和视觉,扰乱了社会的正常秩序,又暴露了自己想以此来掩饰捞取不义之财的狼子野心。当然,结局总是以害人开始,以害己告终。正如有关方面的一位领导最近撰文指出,言行不一是当前突出的问题,"我们党历来认为掩饰事实、欺骗群众是最愚蠢的"。

尊重事实的科学精神是与弄虚作假或者颠倒黑白的伪科学、反科学相比较而存在的。我们要高擎科学大旗,势必要把那些信口雌黄、造谣生非者绳之以法,从而使我们的生活和工作环境保持安宁,从而使我们尊敬的杨靖宇将军在九泉之下能够安宁。

《上海科技报》2000年9月15日

法盲加科盲的悲哀

写下题目,忍不住哑然失笑,两者本无关联,却要牵扯在一块。

先说酒。一窃贼趁山东平邑县蒙阳商厦职工下班之际,偷藏在柜台内,夜半时窃得"罗马"手表等物,而后,顺手连开两瓶陈列的"人头马"洋酒。一瓶咕噜下肚,刚开始喝第二瓶,就摇晃着脑袋醉倒了。次日商厦职工上班,将醉汉扭送警方。

再说铃。又一小偷翻墙窜入杭州卖鱼桥小学行窃。谁知小学门窗坚固,偷了3个小时还是一无所获。走到三楼时见有报警器,以为是"哑巴",顺手摸了摸。岂料警铃响起,几分钟后就来了警察。

早就有,掩着自己的耳朵去偷门铃,还以为别人也听不到的古训;早听说,鸵鸟把头埋在沙堆里,以为别人也看不到的告诫。如今科学已进入了生活的方方面面,国人的思维方式相应发生了重大的革命性变化,本不该再有此类蠢事。许是中了邪,俩小偷受不劳而获、不劳而活的私念驱动,一个得意忘形,以为洋酒中的乙醇醉不倒自己;一个恼羞成怒,不想让3小时的"辛苦"付诸东流。于是,异曲同工演出了同一题材的愚昧小品。

党的十五大和九届全国人大一次会议分别把科教兴国、依法治国放到十分重要的地位,这是加强科普和普法教育的喜讯,是国之大幸、民之大幸的喜事。想来,那些患有"摸错袋""开错门"等"盲动症"者,该下猛药"收收骨头"了。不然的话,"既种下一颗恶的种子,休想获得善的果实",法盲加科盲,必然坐"铁窗"。

《上海科技报》1998年5月8日

苹果,时装及其他

女儿单位福利颇好,节前每人发两箱苹果。苹果一时吃不完,有的出现霉点,有的开始变质。母亲关照女儿,得抓紧解决。"先吃好的,再吃烂的。"女儿的这一建议受到母亲指责:"这怎么行,该先吃烂的,再吃好的。"

母亲在女儿的陪同下,上淮海路挑了一套时装。无论色彩、式样,似乎都是为她定做的。母亲说:"好贵啊,要爱护着穿。"除了五一节、国庆节外,母亲仅一次上亲戚家吃喜酒穿过。

我们说,艰苦朴素、勤俭持家是中华民族的美德,但并不意味着该花的不花,该用的不用,该投资的不投资,该消费的不消费。特别是随着国民经济的迅速发展,物质越来越丰富,市场越来越繁荣,党和政府鼓励人民用自己的劳动果实来充实自己的生活。倘若我们的观念还停留在二三十年前,那么,像这位母亲一样,苹果只能拣烂的吃(相对),再好的衣物也只能让它躺在储藏柜"贬值"。实质上这并不是勤俭,相反是对物品原有价值的浪费,至少是缺乏科学生活常识的表观。当然,那种大手大脚的挥霍浪费,则另当别论了。

为了市场能持续良好运转,为了生活能持续有滋有味、有声有色,让我们共同学习,深刻领会十五届五中全会提出的,要完成"十五"奋斗目标,必须"把提高人民生活水平作为根本出发点"的重大意义。

《上海科技报》2000 年 10 月 27 日

第四部分　科学家走出"象牙塔"　全社会欢迎"小儿科"

祝您与科学同行

《科学时报》老总寄来的那张贺年卡,装帧并不考究,却很实用,其第四面是2001年的年历;语句并不华丽,却很耐人寻味,其正面那行字火辣辣地抓住了我的目光:祝您与科学同行。

我们只要稍稍回顾一下世界经济发展史,就不难发现,自18世纪下半叶以来,世界经济发展曾两度出现奇迹。第一次发生在18世纪下半叶至19世纪末,英国、法国和德国等众多的欧洲国家先后进入了经济高速增长时代。第二次发生在20世纪中叶之后,原来与美国比较起来尚属第二流的国家如日本、德国、意大利、法国和其他西欧国家,其生产和生活水平奇迹般地上升。从历史的角度看,崛起的原因是多方面的,但其中有一个共同点:这些国家的经济发展都有一个科学革命和技术革命的基础与背景。简而言之,可以说都是与科学同行的结果。

人类已经掀开21世纪崭新一页,科技全球化的发展速度空前加剧,将成为历史上规模最大、发展最快、影响最深的一次科技革命。要想在激烈的国际竞争中获得一席之地,就要与科学同行;要想在蓬勃兴起的新科技革命中,享受更多的恩惠,就要与科学同行;要想在新千年中提高生活质量,增强身体健康,就要与科学同行。

在"中国年"到来之际,记者也向诸位拜个年:祝您与科学同行。

《上海科技报》2001年1月19日

▶ 日晷有道难忘的弧

春天是什么

　　大鼓一样的灶头，大鼓一样的蒸笼。干柴把蒸笼烧得喘大气的当儿，大米蒸熟了。女人们把透亮的米粒倒进又像大鼓一样的石臼里，男人们用齐肩高的石锤，有节奏、有韵味地，把米粒捣成浆，凝成团。接着，用由简单技术制成的带花纹的长方木板，往一小块米团上一扣，一条年糕就精彩地出世了。

　　大人们干活的当儿，话语很多很辣，挟带着美满，飘逸着憧憬。从那孩提时候起，我知道，这就是过年了。满是烟草味的内容里，最动情的是春天的话儿。春天？又从那孩提时候起，我开始寻找：春天是什么？

　　春天是季节符号，春天是吉祥词汇，自古以来，诗人无不对其赞美，为其倾倒。王安石《泊船瓜洲》曰："春风又绿江南岸。"苏轼《春宵》曰："春宵一刻值千金。"白居易《忆江南》曰："日出江花红胜火，春来江水绿如蓝。"叶绍翁《游园不值》曰："春色满园关不住，一枝红杏出墙来。"陶渊明《归去来兮辞》对春天的描绘更细腻："木欣欣以向荣，泉涓涓而始流。"

　　于是，人们把科学发展的美好时期称为科学的春天，把中华民族发展的美好故事称为春天的故事。于是，从愚昧走向文明，从原始走向现代，人类沐浴春天的阳光，饱尝科技的恩惠。这不，开始普及电子商务的大厦商场，高高拉起大红灯笼，用高科技构筑的建筑物上，徐徐游弋彩球彩带。现代科技的宠儿与民族风俗交融成喜庆的氛围。这当儿，我知道，新年又到了。我知道春天又到了。

　　春天是什么？在二十一世纪的头一个新年，在"十五"规划的第一个春天，在科学技术空前发展的季节，我开始解答那孩提时的话题：春天是火种、是希望；春天是绿色、是生命……

《上海科技报》2001年1月24日（正月初一）

让科普也精彩

题目是从本报(《上海科技报》)上期《幕前幕后同样精彩》一文移植过来的,感叹也是由那篇文章的内容引发的。

常有人说,科普工作不像娱乐那样诱人,不像竞技那样精彩,往往事倍功半,吃力不讨好。比如,前几天媒体披露的一些科技场馆和基地,投入的精力、物力、财力,可谓不少吧,可如今,门庭越来越冷落,有的只好关闭易主。其中的原因很多,但笔者陋见,有一点很重要,那就是科普手段没有与时俱进,没有适应人们日益变化与提高的新观念和"吸收"的新需求。

目前,中国公众科学素养水平与发达国家相比,差距甚大,达标率还不及美国10年前的六分之一。面对如此严重的"缺科"现象,面对如此冷落的科普场所,本届上海科技节推出了一档生物科技电视知识竞赛和以"生物科技——新世纪的选择"为主题的"智力大冲浪"节目,却让人耳目一新。听说,这档科普与娱乐结合、科普与竞赛为伴的活动,几乎上海所有的区县都组织了公众参与,总人数不少于20万。2001年10月11日在上海教育电视台和上海电视台分别播出后,其力度、广度无疑会得到进一步提升。如此看来,科普手段讲究不断创新,科普工作讲究与时俱进,是摆在我们广大科技工作者面前的新课题。

江泽民同志曾为《院士科普书系》作序:"鉴往开来,继承以往的优秀文化,弥补历史的不足,是当代中国人的社会责任。"让我们肩负起这项重任,让科普也精彩,让科普都精彩。

《上海科技报》2001年11月9日

▶ 日暑有道难忘的弧

要享受更要呵护

世界环境日之际，突然想起好久以前的一件事，总感觉不说出来就很不痛快。

那天路过外滩，看到一对衣着华丽的恋人，换好胶卷后，随手把胶卷包装盒丢在沿江观光道上。这时，一位高鼻子的外国友人一声不吭走过去，弯腰捡起纸盒，走了十几米路，把它丢进废物桶里。两位恋人见了，刷地脸红了。脸红，还知羞耻，知道不注意保护环境的错误，特别是在洋人面前"丢丑"真不该！

据报载，上海正在合力构筑"绿色家园"，1998年全市共整治中小河道 5 389 条（段），沿岸绿化 55.9 万平方米；治理黄浦江上游 8 家污水日排放量超过 100 吨或化学需氧量超过 30 公斤的工业企业；加强公交柴油车"黑尾巴"整治，尾气达标率提高到 80％左右；新建绿地 350 公顷，移植大树 1 万多棵，绿色覆盖率由 17％上升到 18.8％。据说，新制定的跨世纪绿色工程规划共 59 项，投资约 1 000 多亿元。

这些实实在在的绿色计划，包括已完成和正在实施的项目，都在滋润我们的生活空间，都在提升我们的生活质量。不是吗，地铁、电车、轻轨……正在驶入我们的视野，低氟利昂、低噪、低耗的电冰箱、空调器以及其他低磁波辐射的微波炉、电视机正在走进我们的生活，安全、营养又可口的粮食、蔬菜、水果、畜禽和水产等系列食品正在丰富我们的餐桌……

绿色开始和我们的生活携手，我们开始享用绿色带来的越来越多的恩惠。这里不能不指出的是，好多国民（有时也包括自己）只懂享受，不懂呵护，甚至还任意践踏。你看，行进的列车，常有垃圾撒向路轨；行驶的客轮、货船常有杂物扔入江中；沿街的高楼上会突然飞下一口痰、一只烟蒂、一堆瓜皮壳……这些人有没有红过脸？没有！

有资料显示，上海每人日均制造 0.9 公斤垃圾。为了上海"天更蓝、水更清、地更绿、居更佳、城更静"，我们每个人每天少生产一些生活垃圾，少生产一些有悖于绿色环境的精神垃圾，能否？

《上海科技报》1999 年 6 月 9 日

环保意识与环境意识

环保意识与环境意识虽一字之差,但有不同特点。所谓环保意识通常是指人们对于"末端处理工艺性产业"的反映和重视。简而言之,即发现或发生了环境污染的严重问题,引起警觉并着手采取相应对策。环境意识则不同了,其对人类存在的空间可能产生的污染源头就加以严格控制,也就是把环境的管理和保护作为一个系统,来涵盖整个过程。其中小到产品的设计生产一直到上市消费,甚至淘汰报废;大到重大工程的立项上马一直到竣工验收,都在不破坏生态环境的良性循环中运作。因此可以说,环保意识带有被动性和滞后性,环境意识具有主动性和前瞻性。

初次听到上海中东实业投资股份有限公司总经理严兵阐述上述观点时,记者尚未过多考虑其意义,直到最近又听了国务院上海发展研究中心、美国国际创业有限公司和华师大国际商学院的好几位教授、博士就有关的探讨发言后,方才领悟,环境意识并由此而带来的环境产业是实施可持续发展战略不可或缺的理念和举措。

应该承认,随着社会的发展,国人的科学文化素养显著提高,自然对自身生存的空间也开始"挑剔"起来,诸如治理汽车尾气,减少对空气的污染;治理江河"黑臭",还其清澈如镜的水域;治理白色污染,把泡沫塑料对环境的侵蚀降低到最低限度等等。更重要的是人们已经普遍认识到,由于污染速度增快,程度提高,所谓的"天灾"已大都是"人祸"所致。据说,全世界每秒钟有三人得肿瘤病;据说,联合国评出的十大污染城市中,我国占了大半。这一切都在向世人敲响警钟,再不从源头开始控制污染,那么环境污染的滞后效应将会对人类进行残酷的报复。正如有专家疾呼的:"地球不健康,我们还会健康吗?"

最近出版的《环境保护知识读本》序言中写道:"在任何地方,在任何时候,都不能以牺牲环境为代价去换取经济增长,都不能用当前的发展去损害未来的发展,更不能用局部的发展去损害全局的发展。"看来,在原有环保意识的基础上,增强环境意识,不是没有必要。

《上海科技报》1999年2月3日

> 日暑有道难忘的弧

健康,也要开源节流

莫要搞错哦,健康不是企业拓展的战略举措,也不是家庭营生的精打细算,哪谈得上开源节流?中老年朋友可能会这样反问。其实不然,健康要经营,而且要开源节流用心经营。

科学家早就有结论,人能活到120岁,甚至更长,但为什么还是有很多人难以活到这个岁数?有的连上海市民的期望寿命83岁都难以达到呢?科普常识告诉我们,在精致的人体器官中,装配着精密的免疫系统、调节系统,可以说比任何现代化的工厂都要复杂。然而,由于一些人的无知和"无畏",违反或触犯了人体本身要害部门的"法律法规",因而这部分人容易患上各种各样的疾病。

知道了什么是健康和影响健康的初步原因,就容易理解健康需要经营,需要开源节流的重要性了。其实,开源就是围绕健康维护这个中心,掌握必要的知识与技能,养成健康的生活方式,定期对身体作全面的检查,该养生时就投资,该治疗时就上医院,即使在有伤残或慢性病的情况下,也能使我们尽可能地延长少有病痛、少有烦恼的生命时光。所谓节流,就是对我们每一天、每一个时刻支出的生命,尽可能做到有所检查,有所谋划,哪些值得,哪些不值得,对自己的身体有个交代,特别是对那些既不利自己健康、又侵害别人健康的行为要坚决阻止。比如有的老人长时间酗酒度日,或者经常打通宵麻将,这样大量的时间支出,换来的是肝脏、心血管等慢性病的形成或加重。常听说有人患了肝硬化,又常听说有人倒在麻将台前,就是把本来就非常有限的生命,支出在十分不应该的地方。特别是有人大胆地销售和食用野生动物,传染和传播了病毒。时下,新型冠状病毒感染疫情的防控形势依然严峻,每天病例数字的增减,都牵动着国人的心。究其产生的原因之一,不能不说是对大自然没有敬畏,对食欲没有"底线"所造成的严重恶果。显然,这样的生命支出不仅不可取,简直是在犯罪了。

总而言之,坚持公认的合理膳食、适量动动、戒烟戒酒、心理平衡四个生活方式,就是对健康的开源;克服造成国民居民患慢性病的三大因素:膳食不合理(尤其是食用不该食用的野生动物)、运动不足和吸烟就是对健康的节流。

《新民晚报》2020年6月26日

全民都来参加科技活动

以"科技创造未来"为主题的 2002 年上海科技活动周明天拉开帷幕。这是上海市民弘扬科学精神,普及科学知识,传播科学思想和科学方法的重要活动,也是上海市民再一次感受科学技术给人类所带来的恩惠,理解科学技术的发展对人类未来生产方式和生活观念所产生的影响,认识科学技术已经并将继续改写人类生活的良好时机。我们预祝 2002 年上海科技活动周圆满成功。

本次活动周的社会参与面宽、受益面广、信息量大、影响度也高,共由 322 个活动项目组成,其中市级活动 26 项,区县级活动 242 项,市级科技学术团体和企业科协活动 54 项。几天来,这些活动或者自上而下,或者自下而上已经在市民中展开了。比如,围绕"科技的发展对人类未来生活带来的重大变化和影响"这一主题,市民讲坛活动已由各区县选派市民进行了初赛,参与者中有老人、中学生,还有个体户和外籍留学生。又如,全国先进街道临汾街道与大卖场共建科普超市,并已在华联"吉买盛"彭浦店科普超市中,悬挂了数百条科普内容的条幅。再比如,浦东塘桥街道的文体干部花了几天几夜时间,赶写赶排了一出"相约上海科技馆"的越剧表演。

"科技活动周"经国务院批准,从 2001 年起每年 5 月的第三周作为活动周。江泽民总书记还就关于举办科技活动周做过重要批示:"关键要在全社会形成和发扬爱科学、讲科学、学科学、用科学的浓厚风气,使实施科教兴国战略真正成为全民的自觉行动。"科技活动周有期限,但是科技活动没有期限,而且必将会成为"全民的自觉行动"。

《上海科技报》2002 年 5 月 17 日

第五部分　大批成果库存积压是喜是忧畅谈转化

发达国家科技成果的转化率50%左右,而我国只有6%~8%。就上海来说,每年约产生2 000项重大成果,多年来已积存约3万项。这说明我们在知识创新资源上存在极大的误区。那么,是成果的定义出了问题,是成果的提法似过时?还是,"抱着金娃娃等什么"?且看专家们如何转化成果,研究所如何倡导转化成果?

包起帆——探海

包起帆去"探海"了。由他出任执事董事的上海华港机械有限公司,由他出任总经理的起帆科技开发公司,今天同时开张迎客。

"好多人问我,现在各路人马都兴'下海',你不'下海'?我说最能发挥我作用的是:一只脚在岸上,继续搞科研,搞发明创造,为'下海'提供源源不断的资本;另一只脚'下海',到'海'里去,通过市场经济把自己的科研成果推销出去,打到全国各地去,打到世界上去,为国家创造更大的经济效益和社会效益。"挂牌前夕,包起帆接受本报(《上海科技报》)记者采访时,开门见山地说。

"抓斗大王"包起帆是著名的全国劳动模范、五一劳动奖章获得者、国家级中青年专家、高级工程师。他从一名码头工人到如今在国际上获得了9项发明金奖,国内的各项发明和科技奖不计其数。他发明的新型抓斗、工索具技术已在港口、林场、冶金、矿山和建筑等领域200多个单位推广使用,据有关方面测算,产生经济效益达4.5亿元以上。最近,又有一批24台25吨的抓斗出口到日本,创汇70万美元。

由上海港南浦港务公司和香港明华船务公司合资兴办的华港机械有限公司,就是充分利用包起帆的一系列发明成果,加上香港方面的经营经验和先进管理方法,本着"一业为主、多元开拓、发展外延"的经营方针,把四大系列、三大种类54项产品,推向国内外市场。

"这家公司的任务,概括地说,叫做硬件开发吧。"包起帆推了推眼镜,"另一家公司则注重于软件开发,通俗地讲是'四技'服务吧。"

上海起帆科技开发公司是经市职工技协批准、属上海港南浦港务公司工会的科技型经济实体。起先,采用"起帆"作为公司名称,包起帆是有顾虑的,因为他历来就不想以此来扬名。后经同伴们再三劝说,认为主要是发挥他的技术优势,利用他在国内外的声望,好让他和同伴们的先进技术进一步打开市场。这样,包起帆才点了头。听说,曾有外商要包起帆"出山",单独成立私营企业,有的还把酬金定得很高,但都被包起帆谢绝了。谈到这个问题时,包起帆说:"科研成果是国家

▶ 日暑有道难忘的弧

的财富,而不是个人的资本,我怎能只顾自己不顾国家呢?"

"现在,世界上制造抓斗最大的两家企业是德国和日本的,我们一下子还不能跳到前面去,但为什么不能名列第三?"包起帆接着说,"过去成果推广没有专门的组织、人员、场所和条件,仅依靠行政干预,还不能完全做到适销对路,收效也就不大。两家公司的成立,有了通向国内外市场的载体,我们赶超的信心就大了。"

包起帆本来就忙,1992年光出差就达165天。前些日子,木材装卸公司和开平装卸公司合并为上海港南浦港务公司,他被提升为技术经理,现又担任了两家公司的要职,怎么忙得过来?

"劳模要当好改革开放的'带头羊',总得多付出一点吧!"包起帆接过话题说,"我把精力掰成三份。一份搞发明,主要是利用节假日、晚间和出差路上进行;一份花在南浦港务公司的日常工作中;还有一份就放在新开张的两家公司里。"

最后,包起帆透露,目前他正在抓紧时间研究遥控散货抓斗、新型液压抓斗和柔型吊具。其他工作再忙,他也不会脱离创造发明的"老本行"。

好!包起帆,祝你"探海"成功!

《上海科技报》1993年6月19日头版头条(获全国科技报优秀作品一等奖)

朱国凯——既是"领队"又是"前锋"

绿茵场！他至今还心向往之。顽强地运球、勇敢地射门，都久违了，他忙：今天，作为一名卓有贡献的昆虫学家，面临着另一番拼搏与竞争。他叫朱国凯，1985年3月出任上海昆虫研究所所长。在该所科技体制改革的"绿茵场"上——他既是"领队"又是"前锋"。

——编者按

"这场球该怎么踢"——登场了，他得冒风险

初春的暖风正吹绿树梢，昆虫所的新楼在阳光下显示出富有生气的英姿。3月份受聘所长的他，须进行自我调整，现在不能一头扎进实验室而旁无他顾了，一个研究所的全盘工作摆在面前。

时代前进的节奏快得让人措手不及！还未等他制定出具体方案，体制改革决定下达了，当年的经费被削减掉8％～10％。压力更大了，怎么办？

本来，他在昆虫病理学方面颇有建树。他懂得英、德、日多国语言，屡次出国进修，本可一心在自然科学的王国里纵横驰骋；本来，这个能说爱唱、乐观开朗的中年人，还曾是20世纪60年代复旦大学生物系的足球队员，怎么也不会怯场。现在，他却面临着艰难的选择，冒险的决策！他得认真想一想，久久地。

科研体制的改革势在必行，况且科研本身就无异于探索！他分析了形势、条件、力量，几度拟腹稿，几番与人商讨，几多灯下运笔。一份《所长任期目标报告书》，宣告了他在科技体制改革"绿茵场"上的一次"劲射"。

1985年8月，他加入了中国共产党，1986年被提升为研究员。这以后，他的双目更亮，脚步更阔，向着那改革的方向。

"对准球门，上"——球在脚下，强烈的射门意识冲撞着他

沉默，一阵紧张的沉默。

▶ 日暑有道难忘的弧

  1985年秋天,蚊子高峰时节。在浙江余姚化妆品厂的二楼会议室,数十双眼睛睁得圆圆的。桌上有两只实验箱,14英寸电视机般大。嗡嗡地,每只箱子里乱飞着200来只蚊子。昆虫所一名科技人员正在往左手上揉"驱蚊露"。等会儿,他要把手伸进蚊子群中去。这是变魔术吗?人们焦急地等待着。

  随同去的所长急吗?急!不过,他不是怕"驱蚊露"出丑。他是担心改革的第一步,转让以往的成果,扩大开发经营,再次失败。

  社会主义商品经济的发展现实,为他敞开了新的思考天地——科研经费被削减了,获取经费的渠道却畅通了。但像绿茵场上的射门不能一蹴而就一样,《所长任期目标报告书》也并非单凭他的才气即可付诸实施。上任伊始,他组织力量充实了新成立的科技开发公司。很快,市场调查信息反馈来了,农村亟盼"驱蚊露"。很快,昆虫所和市郊某乡办厂签订了生产"驱蚊露"合同。可是,长年搞实验的他,毕竟未同经营打过交道。因各种原因,竟使昆虫所"赔了夫人又折兵"。

  "看你,现成的所长不当,还想去做生意?"有人好心劝说,也有人一时不甚理解。不!一次射门未成,就停止射门,不是一个好足球队员,改革不也是这样?为了多渠道获取经费,他吃一堑长一智,又运筹了这次"射门"。

  这时,科技人员已把双臂伸进蚊子实验箱里。顷刻间,右臂上蚊子云集,而搽有"驱蚊露"的左臂却无蚊子光顾。嘘!厂方人员无不惊讶。不过,是真是假,他们也得试试。顿时,几十双手搽上药剂,一一重复试验,果真屡试成功。厂长想当场拍板大批量投产,但顾虑原料跟不上,心中惴惴的。

  岂知,他已摸准了厂长的脉搏,随即把已请来的上海一家原料厂的业务员介绍给厂长。产和供的渠道畅通了,厂长踏实了,签合同的手颤颤的,好激动。

  "驱蚊露"在余姚出了名,在中国香港、泰国的展览会上,外商竞相订货。某塑料厂竟然还偷偷生产冒牌货……

  尽管本着廉价、扶植为主的原则,但当年昆虫所通过各种途径获得的经费,还是远远超过了被削减的事业费。

  他笑了,却不是陶醉。他构思着更多的"射门"。不久昆虫所和建材所、南汇防水涂料厂合作,投产了加防蝇剂的建材涂料……

  一次次"射门",他忙得不亦乐乎。绿茵场去不了,重大的足球赛转播却是必看的。那里的拼搏、竞争激励着自己的"射门"意识和魄力,脚步也是匆匆的,那么紧迫、坚定。

"重点突破,全线推进"——这里只能争第一

"从某种意义上讲,科学研究只能争第一呵!"经营局面打开了,固然可喜,但作为科研单位,主战场在应用和基础研究上。他开始"重点突破,全线推进"地思索,苦苦的。年届50的他,生命的一半都耗在昆虫学研究上。且不说他"制伏"曾使上海100万人致皮肤痛痒的桑毛虫;且不说他曾赴美进修,纠正了颇负盛名的马里兰州昆虫病理实验室原设计的疏漏;且不说十一届三中全会以后,他带领助手发现6种国际上首次报道的病毒……如今,他前额微秃,发间飞霜,可仍然坚持恪守一句格言:"我不入地狱谁入地狱?"他把"地狱"理解为困难、风险。于是,他那眼镜片后睿智的目光,仍不时地让人感受到向往改革的朝气、活力。

在党委一班人的支持下,他开始组织全线推进了。他把所里的大部分科研力量投向主战场,把国家"七五"攻关项目定为"射门"重点目标。于是,根据《所长任期目标报告书》提出的改革措施,他改组了所学术委员会,使成员平均年龄由60岁降至47岁;实行了专业职务聘任制;打破了按人头分配科研经费的"大锅饭";让一批德才兼备的中青年科研人员担任研究室领导;配合党委做好出国人员的思想政治工作……

在当好"领队"的同时,他身先士卒,担任了一项高技术攻关项目研究的课题组长。这是生物工程中的一项子课题,科研经费达数十万元,全国有10家投标者,角逐激烈。他亲自撰写了论证报告,终于一举中标。

1986年,是昆虫所丰收的一年。上报10个成果,并纷纷获奖,其中包括由中科院颁发的全国科技一等奖2个。同时,还在吉林省通过了一项鉴定:由他带队指导当地科技人员应用昆虫病毒大面积、高效益防治林业虫患获成功,7万亩防护林得救,3年挽回损失813万元。

改革带来的春风,荡漾在昆虫所职工的心中。1987年"五四"联谊会上,青年们把他推上了台。唱就唱!真好,他想借自己的嗓门,为全所230名科技人员鼓劲、打气。他清清喉咙,一段精湛的京剧脆响。

好!好!醉了人心,人心醉了。人们似乎从他唱腔里,听到了昆虫所在改革"绿茵场"的奔跑声。飞快飞快!

《上海科技报》1987年8月8日、《支部生活》1987年第15期同时刊登,与资深记者沈文治合作采写

▶ 日暑有道难忘的弧

花须连夜发　莫等晓风吹

　　上海每年产生约 2 000 项重大成果,多年来已积存约 3 万项,在全国仅次于北京,居第二位。然而成果转化的情况如何呢？应该承认,在方方面面的努力下,已取得长足进步,但是与每年开发的成果相比,似乎差距很大,其中反映的问题还不少。

　　为了贯彻市高新技术成果转化工作会议的精神,实施《上海市促进高新技术成果转化的若干规定》,主动迎接知识经济挑战,承担振兴民族经济重任,本报(《上海科技报》)自 1998 年 7 月 1 日起,在第一版显要位置开辟了"成果上千万,为何转化难"的讨论。

　　讨论以企业家上海中路实业有限公司董事长陈荣寻觅成果一年,却难如愿以偿的事实为开场白,然后连续刊发了中科院上海生化所金由辛教授的呼吁《哪位企业家与我们同行》、曾携带供科研用 20 种肿瘤细胞从加拿大回国的王国成教授的感叹《别让珍贵细胞再"饿死"》、虹口区科委主任蒋振立《营造科技投资环境》等 14 篇文章,收到来电来信来访近百次,并收到了良好的效果。例如第二篇讨论文章发表后,经本报牵线搭桥,中路公司与生化所反义核酸课题组就如何共同投资开发进行了多次接触。另外,讨论还波及浙江、江苏、山东和新加坡等地。特别是持续一个多月的讨论引起了市科委、市科协领导的重视,他们还联合主办了"上海市推进高新技术成果转化研讨会"。

　　"花须连夜发,莫等晓风吹"。不久前,国务院副总理李岚清在京考察时指出,当前科技工作中的一项重要任务是加快科技知识的创新和科技成果的转化。如果说过去主要靠规模、有形资本,可以在竞争中取胜,现在则主要靠知识创新,否则再大的企业也会垮台。看来本报的这场讨论只能从形式上暂告一段落,我们还将按照市科委主任华裕达在研讨会的讲话要求,通过各种渠道为成果转化做出更大的努力。我们也相信,只要科技界、企业界等方方面面的人士共同来做"转化"工作,那么,"东风夜放花千树"的产业化前景,就会早日呈现在人们眼前。

《上海科技报》1998 年 9 月 2 日

毋忘牵线搭桥的"中介人"

常听到一些研究所的领导诉怨道:几年辛苦换得一成果,却难以"嫁"出去。同时,也常有一些企业的负责人在念苦经;企业要发展产品须更新,就是找不到好"亲家"来成全。这怨言和苦经,道出了两者在同一环节上的迫切需求,那就是需要有起牵线搭桥作用的"中介人"。

说到"中介人",名称似乎不那么入耳,往往会使人想起过去的"捐客""皮包公司",想起资本主义社会尔虞我诈的经商行为。其实,我们认为"中介人"并不是资本主义特有的,而是在商品经济社会搞活技术市场中必然会出现的产物。就科技成果的开发而言,大都要经历"月光"阶段(亦称酝酿阶段)、试制阶段和成果推广阶段。这几个阶段互相制约、牵制,而都缺少不了"中介人"去连接科研单位与企业的供需环节,沟通技术市场中买方与卖方的销售渠道。特别是最后那个阶段,"中介人"的作用显得尤为重要。

至此,我想起了去年底国家科委副主任阮崇武在上海与部分研究院所负责人的一次座谈。当时,曾有人提出,科研单位和企业都需要"中介人",只是人们不愿干,嫌其名声不好,待遇又低。阮崇武当即说,要想把技术推销出去,就要有个技术性的承包公司,从大包、二包、小包一直包到企业,还可以组织推销网。销售经理、推销员的知识面要广,要懂得经济、法律和社会需求,还要有社会活动能力,综合水平是很高的,应该受到尊敬和取得更高的待遇。无疑,这是对"中介人"作用的充分肯定。

上海工业锅炉研究所自1985年以来,实施了一系列改革措施,其中有一项就是制定了"有偿'中介人'制度"。制度规定,经职工介绍本所承接到开发成套项目(不包括固定岗位、业务关系而承接的任务),在项目签约、付款和完成后,从纯收入中提取3%至5%的奖励。这样,科研所的业务来源拓宽,以往试制的样品、"展品",纷纷转化为商品,打进市场,而"中介人"本身的收益也得到了补偿,可谓一举多得。

党的十三大报告指出:"必须加快改革,……推动技术市场的发展和技术成果商品化的进程,缩短科研成果运用于生产建设的周期。"我想,要加快"进程",缩短"周期",尤其是在当前眼睛朝外、"大进大出"的大气候下,应该为"中介人"正名,给予牵线搭桥者应有的地位和收入。

《科技日报》1988年4月19日

> 日晷有道难忘的弧

卖方与买方

卖方市场转为买方市场，一字之差，却反映了社会发展的一个重要特征。从宏观上看，是计划经济走向市场经济的必然反映；从微观上讲，是厂家商家转变观念，不断适应消费结构变化的可喜现象。

卖方市场转为买方市场后，厂家商家直接进入流通流域，根据消费者的需求研究、设计、生产新品。其中产品的质量是占有买方市场多少份额的砝码，因此，高明的企业家会把目光紧盯产品的质量。这种情况正是人们通常所说的适应消费者"您要买"的行为，与卖方市场的厂家商家"我要卖"的心态截然不同。前者是主动型的，生意会越做越好；后者是被动型的，一旦被市场"套牢"，后果不堪设想。

走笔至此，窃以为，在构筑买方市场时，质量也就比以往任何时候都显得重要了。

《上海科技报》1998 年 4 月 10 日

第五部分　大批成果库存积压　是喜是忧畅谈转化

论文无下文及其他

你用炉子研究出超导转变温度为70K,他研究出80K,我研究出90K。报载,当年关于"超导热"的报道主要以各方的论文大战为主,且不少"最先发现者"抛出论文后,就不见了下文,造成我国于1986年时就处世界领先的高温超导研究至今仍未走出实验室的悲剧。而迟于我国这方面研究3年的美国却后来居上,并已在军事、医学等领域形成了产业化。

论文没有"下文",也就是我们通常说的成果没有"结果",究其原因,从主观到客观,从宏观到微观,恐怕能列出好多,其中开发资金匮乏不能不说是一个重要原因。

应该看到,我国对科技的投入在不断增加,科技竞争力在世界排名也从28名跃为20名,但是,与发达国家相比,还是相当不尽如人意的。如美国对超导研究的投入,一所芝加哥大学的研究经费,就超过了我国超导研究经费的总和。新任科技部部长朱丽兰在谈到我国科技体制改革时,也说了要着重解决好"成果转化不畅""技术储备不足"和"技术创新不够"三项问题,其中讲到,发达国家研究、开发和商品化的资金投入一般是1∶10∶100的比例,我们目前是1∶0.5∶100的比例,开发这一环节实在是过于薄弱了。

当然,我们根据中国的发展特点和优势贯彻"有所为,有所不为""有所赶,有所不赶"原则,不能"拉进篮里都是菜",论文不管有无质量都要有"下文",成果不论大小都要去转化。问题是颇有前景的而且明明是我们处于先进的,抑或可以跳一跳摘到的果子,就应该集中力量进行主攻,集中资金朝那里倾斜。而对于那些没有质量没有前景的论文或成果,就要毫不留情"减肥"舍弃。

我们国家还在发展过程中,在资金的投入方面尚不能一步到位,这就要求企业界共同来关心,像新黄浦集团、梅山集团那样斥资助高校或研究所一臂之力,让论文有"下文",成果有"结果",少留一些"墙内开花墙外香"的遗憾。

《上海科技报》1998年4月22日

▶ 日暑有道难忘的弧

拆除自我封闭围墙

发明人盛纯乐带着成果"代铜"材料,于1991年与赵章光、来辉武同机赴美,参加世界第14届发明博览会。会上,"代铜"材料也和101毛发再生精、505神功元气袋一同得奖。可是,7年过去了,101和505已名扬世界,"代铜"材料这项共获3项国际奖、5项国家级奖的成果,却依然默默无闻。原因是发明人所在的丽水市城关镇灯塔村自我封闭的小生产意识在作怪。

读了报载的这则消息后,真是又好气又好笑。发明人千辛万苦,历经4载,孕育出具有高强度、低熔点又耐磨的"代铜"材料,奉献给人类。而且自问世后,要求合作、购买材料、加工配件的单位纷至沓来。叫人气愤的是成果就是出不了村,甚至连产量也不能增加。这分明是对成果的戕害,对知识的践踏。又令人好笑的是,一个村的领导就因为在发明过程中出过力、帮过忙,就可千方百计地拖着发明人,把他当作"摇钱树",要价一次比一次高,口气一次比一次大。

邓小平同志曾在总结分析近代中国逐渐落后的经验教训时指出:"我们吃过这个苦头,我们的老祖宗吃过这个苦头。""长期的闭关自守,把中国搞得贫穷落后,愚昧无知。"一个国家是这样,一个乡村更是这样。我们说,现代科学技术革命正在深刻地影响和改变着人类生产、生活方式和思想,再想用墨守成规、惧怕变革来封锁"红杏"出墙,显然是暂时的、徒劳的,最终封锁住的可能仅仅是贫穷和愚昧。

众所周知,自然科学在发展过程中还为人们提供了一笔可贵的智慧财富,那就是科学思想、科学方法和科学精神。面对陈旧的小生产意识,发明人理该发扬科学精神,奋起抗争,对陈旧的传统观念进行冲击、批判,必要时拿起法律的武器,保卫知识,保卫成果。笔者坚信,在方方面面的努力下,围墙一定会被拆去,类似"代铜"材料的成果,都会推广搞大,去占有国内外市场应有的份额。

《上海科技报》1998年6月5日

事关上海存亡的战略

近年来,上海高科技产业取得了长足的发展,特别是 1997 年,知识资本与产业资本结合新形式的涌现,科研机构和高校利用其技术优势对产业化的加速推进,有实力的大企业集团更加注重研究开发和人才的培养等等,使上海的高科技产业发展蓬蓬勃勃。

但是,我们务必清醒地认识到,上海的优势在高科技,上海的发展在高科技,上海的差距也在高科技。与国际经济发展的新趋势相比,与中央对上海的要求相比,与有关兄弟省市的发展速度相比,与上海的地位相比,我们的压力很大。如不加大力度,急起直追,上海在今后的发展中就很可能陷入被动。

二十一世纪是高科技的时代,在方兴未艾的知识经济浪潮涌起之际,国与国、地区与地区间的争夺将会更加激烈,以高技术为特征的新一轮全球性技术大战役已经拉开帷幕。毋庸置疑,高科技产业化已成为上海生死攸关的战略问题。在严峻的发展形势面前,我们必须有危机感、紧迫感,针对高科技成果产业化自身的特点和规律,动员千千万万的科技人员乃至整个社会,肩负振兴民族经济的重任,通力协作,构筑一个推进高科技产业发展的良好环境。

"海阔凭鱼跃,天高任鸟飞"。我们相信,在市高新技术成果转化工作会议的推动下,通过新颁布的《上海市促进高新技术成果转化的若干规定》的实施,一个崭新的上海高科技产业化的新局面很快会呈现在我们面前。

《上海科技报》1998 年 6 月 26 日(获上海市科技新闻奖三等奖)

▶ 日暑有道难忘的弧

吆喝要到点子上

"酒香不怕巷子深"的俗语，正在被"货好还要勤吆喝"所替代。原因很简单，随着市场经济的发展，人们倍加重视广告了。但是，事情往往有两重性，倘若广告主不注意市场活动的规律，不研究消费行为的变化，任意诉求消费者对广告信息认识、认可，是很难得到预期回报的，甚至还会前功尽弃。

这里不妨举一例。在中央电视台的各个时间段里，几个月来铺天盖地播着一则形象广告，大意是随着"曾经的快乐悲伤我们同分享，未来的路程漫长……"的歌声，无思无忧的人群穿行在林间。解说词：金芒果集团……

看了广告，人们都在问"金芒果"是饮料？甜酒？还是什么？原来，"金芒果"是河南新郑卷烟厂的产品。一打听，嗬，广告费7 600万元。

"酒店门前七尺布，过来过往寻主顾"(《元曲选·后庭花》)。自商品生产和商品交换出现，广告就产生了。如今广告的运作已从以生产者为中心转向以消费者为中心，从经验决策转向科学决策，广告主在推出广告信息时，势必明确产品的定位，策划操作有效的创意。上述所举实例的差距恰恰在此。众所周知，香烟不能做广告，但"万宝路""555""红塔山"等香烟还是巧妙地在做形象广告。由于这些品牌名声在外，在全国都有销售网络，人们自然对其有广泛的认知。"金芒果"则不同了，不仅具有很大的地域局限，而且远没有知名度。所以，广告主有必要调整思路，在广告的针对性、计划性、统一性和有效性上动一番脑筋，抑或真能从市场上吆喝出一个"金芒果"来。

"清除体内垃圾""今年20，明年18"。好的广告信息，是打开市场大门的金钥匙，是成果迅速走向市场的杠杆。但是，广告绝不是万能的。我们还要清醒地认识到，离开科学策划，吆喝不到点子上，广告费用的投入就很可能"打水漂"。

《上海科技报》1998年8月7日

为成果下个定义如何

上海每年产生约 2 000 项重大成果,多年来已积存约 3 万项,在全国仅次于北京,居第二位。然而成果转化的情况如何呢?不久前,国务院副总理李岚清在京考察时指出:"现在发达国家科技成果的转化率已达 50%,而我国只有 6%~8%……说明我们在知识创新资源上存在极大的浪费,我们对解决这一问题要有足够的危机感和紧迫感。"

毋庸置疑,在成果转化工作中尚存在投入少、机制不活和改革欠健全等方面的问题,这也是我国与发达国家的差距所在。然而,还有一个重要的问题可能被掩盖住,那就是每年被搁在实验室、展览馆、资料堆中尚未见"转化"的成果,到底有多少称得上成果!

我们先来看一下什么叫成果?《现代汉语词典》解释为:工作或事业的收获。这样笼统的注脚是蹩脚的。笔者又翻开 1995 年 5 月出版的《辞源》(修订本),竟然查不到"成果",看来,这两字尚属新词汇。倒是 1985 年 12 月 25 日市政府发布的《上海市科学技术进步奖励规定》中有所阐述,在第四条的第一款中明确指出:"新的应用性科学技术成果,包括新技术、新工艺、新材料、新设计、生物新品种和重大新产品等,是国内首创或国内先进、本行业先进和具有显著经济效益、社会效益的。"

我们不妨将条例作为成果的定义,再来分析一下库存的成果,问题就出来了。定义明确规定成果具有显著经济效益、社会效益。或许有人说这是评奖的条件,那么不评奖的成果,具有一定的经济效益、社会效益总不为过吧?再说尚余下的成果都被戴上"重大"桂冠,除了确有学术价值、指导作用的软课题成果外,怎么迟迟难以启动"转化"呢?事情的明朗化,再次把我们的思索朝那里推:在这些成果特别是重大成果中,是否有劣货、假货?

看来,有必要给科技成果下个准确的定义,把那些根本无"转化"基因的成果,毫不留情地拦在成果家族外。兴许,对集中财力、人力、精力,迅速转化货真价实的成果,推动社会的发展,具有一定的帮助。

《上海科技报》1998 年 8 月 26 日

▶ 日暑有道难忘的弧

难以掂量的 500 元

500元,在300万元的比例中仅占六千分之一。然而,这500元的故事却叫人"初闻涕泪满衣裳"。

事情是由本报(《上海科技报》)前不久开展的"成果上千万,为何转化难"讨论所引起的。上海生化所的教授金由辛在一篇讨论文章《哪位企业家与我们同行》中说,他从1989年就开始研究反义核酸药物,当时可以说与国际同步。但囿于研究经费的匮乏,1997年才有专利申请,而国际上同类专利已超过200个了。这项可望成为国家一类新药的课题,目前尚缺300万元临床试验费用。为此,教授在病房中发出了焦急的呼唤。

讨论文章很快引起了社会各界人士的关注。其中,乍浦路街道的一位退休老妈妈(共产党员),拿出自己省吃俭用留下的500元钱,交给上海生化所,说要为反义核酸的研究出一份微薄之力。

这500元可以说在反义核酸的研究中连"杯水车薪"都算不上,然而,这种精神却让科研人员感到眼湿。应该承认,我国尚为发展中国家,家底十分单薄,尽管在科技投入中尽了力,但限于经济发展水平和实力,短时期内科技投入不可能大幅度增加,这就要求采取各种措施,引导和支持企业、社会团体、个人与外商,对科学研究、科技成果产业化、高新技术产业投资。

由此可见,这位老妈妈的义举可贵可敬。可贵之处在于"国家兴旺,匹夫有责";科教兴国,人人有关,把科技投入不足看作是自己的困难、个人的危急。可敬之处是,人退休心不退休,时刻以党的利益为第一利益,视国家的需要为第一需要,充分显示了共产党员的伟大胸襟。

"慈母手中线,游子身上衣。"500元虽少,精神财富却难以掂量。目前反义核酸正在本报的牵线下,与一家企业进行密切接触洽谈。但是,还有好多项目缺少资金启动,倘若我们都能发扬这位老妈妈的精神,兴许政府、企业、社会多元化的科技投入新体制,就会早日形成,大批新技术成果就会迅速转化为生产力。

《上海科技报》1998年9月16日

市场企盼成果推销员

又闻有成果找不到"婆家"的消息。本报(《上海科技报》)上期载,上海两名科技人员在10年前发明了镍钛形状记忆合金治疗器件,使数千名病人享受到了科学的恩惠。遗憾的是,他们至今仍为找不到一家合适的生产厂家而苦恼。

又想起市场企盼成果推销员的呼唤。笔者也早于10年前在《科技日报》上撰文《毋忘牵线搭桥的"中介人"》(1988年4月19日)。

可见成果转化的艰难,可见成果推销员的缺乏。市场之所以解决不了这个问题是因为环节颇多,但有一点可以肯定,那就是对推销员的地位和作用,人们还难以持肯定或者褒义的态度,甚至有人至今还把推销员与旧社会的"掮客"尔虞我诈的奸商行为联系起来。其实,这种想法十分幼稚。可以说,不管承认不承认,随着商品经济的发展,各类市场的繁荣,推销员已经大步走入我们的生活。其实,只要放眼看一下,就会明白好多企业家,特别是国内外企业界、商业界巨头的崛起,大凡都有一段推销员的经历。不是吗,世界电脑先驱IBM公司的鼻祖托马斯·沃森,17岁时就开始穿街走巷推销钢琴、风琴和缝纫机。20岁出头后,他在全国现金出纳机公司当上了出纳机的推销员,这一干就是18年。"一切始自销售。若没有销售便没有美国的商业。"事后,他这样感叹。再比如,著名企业巨头李嘉诚也是伴随推销员成长的。据悉,青年的他在当推销员的日子里,每天工作16至20小时,甚至连香港战乱时也没有放弃拼搏。

现在,上海多则年产成果2 000余项,少则也有上千项。然而,转化的程度却不到10%。加快科技成果转化,已日趋引起方方面面要人的重视,在这同时,有志促进成果转化者,不妨学一学托马斯·沃森和李嘉诚推销的精神。或许,当上成果推销员后,既促进了成果的大幅度转化,又加速了自己成才,特别是还有可能成为著名的企业家呢。

但愿记者的再次呼吁不是多余。

《上海科技报》1998年11月20日

▶ 日暑有道难忘的弧

抱着金娃娃等什么

　　国务院办公厅转发的《关于促进科技成果转化的若干规定》是科技成果转化的和风,是企业依靠科技进步,成为技术创新主体的细雨。

　　我们应该清醒地看到,发达国家科技成果的转化率已达50%左右,而我国只有6%～8%。为此,李岚清副总理曾指出,我们是发展中国家,财力物力有限,本应更加注意"转化",而相反的是转化率更低,这说明我们在知识创新资源上存在极大的浪费。拿上海来说,每年约产生2 000项重大成果,多年来已积存约3万项。本报(《上海科技报》)在去年也曾以"成果上千万,为何转化难"为题展开了近60天的讨论。众所周知,成果转化难的原因是多方面的,其中缺乏可操作性的激励政策就是一个突出的原因。特别是在分配上,没有把成果作为重要的生产要素来考虑,在一定程度上束缚了科技人员走出院所转化科技成果的双脚。不久前,本报的记者在采访中就碰到这样一件事,有一个高校科技人员花费多年心血研制成功一项成果,又好不容易进行了转化。谁知在每项产品所得的利益中,他连万分之五都拿不到,这样怎能形成成果转化的良性循环呢?

　　任何一个国家发展科技,都是为其经济和社会发展服务的。科技服务于经济和社会,就是要把先进的科技成果迅速转化为现实生产力。做到这一点,既需要科技界的努力,也需要国家为此创造适宜的政策环境。可以说,1998年上海市制定的促进科技成果转化的十八条规定,包括即将颁布的补充规定,是市政府对成果转化的充分重视。日前所出台的十二条规定,是国家对成果转化的最大支持。

　　春天来了,科技人员还抱着成果的"金娃娃"等什么?

《上海科技报》1999年4月23日

科技成果转化提法似过时

都在叹息科技成果转化的难度,都在谈论科技成果产业化的意义。其实,科技成果转化提法似已过时,或者说似已难以适应市场经济的需要。笔者以为。

毋庸置疑,在过去计划经济的体制下,高校和各科研单位只管研究和产生科技成果,然后将有应用前景的成果交给生产部门去转化、去应用,这种科研与生产"两张皮"严重分离的状况,使中间环节出现"真空",导致成果难以迅速进入市场。因此,那时提科技成果转化并强调产业化是必要的、可行的。然而,在市场经济条件下,改革的一项重要任务就是彻底解决这种脱节问题,要求科研工作从立项开始就要与市场结合,使科研与生产始终在同一市场主体中。这样,科技成果就不能再是过去象牙塔内的东西,而应是市场需求的商品和技术。

其实,马克思和恩格斯对此早就有论述。他们曾写道:"科学的发生和发展一开始就是由生产决定的。""经济上的需要曾经是,而且愈来愈是对自然界的认识进展的主要动力。"纵观一些发达国家,可以说其科研与生产始终在同一市场的主体中。贝尔实验室就是一个很好的实例。这个实验室的主任威廉·贝尔曾说:"我们的研究无不与电话系统有关……我们开展科学技术研究,从来也不是为科学而科学、为技术而技术的……我们并不只是埋头研究,在研制出一个零件和其他什么东西之后,再问自己:'完成了,这件东西在世界上有什么用途呢?'"从中我们可以看出,贝尔实验室不存在成果转化,或者成果产业化的问题,只是围绕市场的需求,如何更快更多开发适用零部件或其他产品。

党的十五大报告指出:"建设有中国特色社会主义的经济,就是在社会主义条件下发展市场经济,不断解放和发展生产力。"在坚持和完善社会主义市场经济体制过程中,科技成果大约可分为两大类。一类是科研机构和大学的基础研究产生的知识,它的应用主要是通过全社会的扩散和转移,尚难直接转化。还有一类是企业应用研究和技术开发产生的知识,直接体现在新产品、新工艺中,提"转化"实属多余。

综上所述,科技成果概念带有计划经济色彩,科技成果转化概念是科研与生产割裂的结果。我们不妨大胆摈弃。记者这样以为。

《上海科技报》1999年5月12日、《报刊文摘》5月17日转摘(获全国科技报优秀作品一等奖)

> 日晷有道难忘的弧

成果转化模式亦有亦无

　　常有科技人员来电咨询,现有成果推向市场可有模式?也常有企业家来函探问,成果产业化可有模式?特别是国务院转发的《关于促进科技成果转化的若干规定》颁布以后,科技成果转化的难点,已成为科技界和企业界关注的重点。自然,转化的模式问题也成了探索热点。那么,到底有否转化的模式呢?就笔者的陋见,说有亦有,说无亦无。

　　报载,联想集团、清华同方和海华公司就创造了成果转化的三种模式。其中,联想模式是:"贸—工—技"的市场运作。基于周围没有形成健全的市场环境,他们先学会建立、完善销售管理渠道,提高工贸水平,扩大资本实力,一旦其他环节、条件具备时,再来补上科研这一环。清华同方的模式是:"技术+资本"的资源配置。也就是以技术为手段,以资本为纽带,把具有市场前景的科研项目孵化成产品。海华公司的模式是:"成果+品牌"的科企联姻。中科院化学所与青岛海尔集团合作后,使多项技术成果迅速与品牌效应有机结合,然后创造出共生效应。

　　上述三家企业在成果转化初期,本无模式可谈,亦无经验可取,只是在激烈的市场竞争中,他们呕心沥血,一步一个脚印,逐渐摸索出来适合各自运作的产业化方式。因此,从这一点来看,成果转化也可以说没有模式可谈,甚至把上面提及的模式直接搬到某研究所或企业,也往往难以奏效。

　　走笔至此,可能有人会担心,是否在否定成果转化的成功经验?其实,恰恰相反。窃以为,在成果转化过程中,就是要不断分析新情况、研究新问题,也就是说,既要借鉴别人的做法,又要不拘泥于现成模式,关键是以创新为龙头,以技术、资本、市场等生产要素的合理配置为途径,根据研究院所和企业的实际情况进行有效转化。正如古人所曰:"为之,则难者亦易矣;不为,则易者亦难矣。"

《上海科技报》1999年6月4日

加速转化是面临的紧迫任务

《上海市促进高新技术成果转化的若干规定》(下文简称《规定》)经重新修订后，前天又出台了，我们举起双手欢迎。

在过去的一年里，上海在落实《规定》中，众多科技成果通过这一"转化链"，走出象牙塔，成为市场需求的商品和技术。有数据反映，目前已被市高新技术成果转化服务中心认定的高新技术转化项目就有259个，其中由高校、科研院所开发的占五分之一。同时，在知识参与分配机制的推动下，高校、研究所自觉将科研方向贴近市场需求，出现了一大批科研人员创办的高新技术企业。显然，这是实施科教兴市战略的可喜现象。

这次修订的《规定》颁布，再一次体现了市委、市政府推进科技成果转化的坚强决心。我们完全有理由相信，这一举措，对于促进科技创新，进一步开创本市高新技术产业化的新局面，具有积极意义。

市委领导在前天的讲话中指出，科技成果转化是国家创新体系建设的一项重要内容，加速高新技术成果转化和产业化是上海经济发展面临的紧迫任务，直接关系到上海跨世纪发展的进程。为了贯彻落实《规定》，我们各级领导务必统一思想，增强服务意识，要为转化"开绿灯"，特别是要为科技人员从钻研学问走向创造财富，营造良好环境；我们的企业要主动成为转化的主体，使技术创新成为经济发展的支撑点；我们的科技人员要把研究与需求联动起来，理直气壮地把实验室的成果，迅速推向市场。总之，方方面面都要抓住契机，明确肩负的紧迫任务，贯彻《规定》，实施《规定》，从而形成合力，掀开科技成果转化和产业化工作的崭新一页。

《上海科技报》1999年6月16日

▶ 日暑有道难忘的弧

才要生财

我们要下决心关掉一扇门,就是说要关掉专家、教授等科技人员通过成果来取得晋升之门;我们还要下决心去敞开一扇门,就是说要敞开把成果的转化、商业化和产业化作为科技人员创造发明的一个基本定式之门。市领导在近日召开的"上海市知识产权工作会议"上提出的这项举措,不仅是对成果持有人评价的一个重要变化,而且揭示了才能和财富之间本该拥有的紧密关系。

长期以来,在计划经济时代所制定的一系列旧办法的束缚下,科研与经济脱节,成果与市场脱节,往往花费了大量的财力、人力研究出来的成果,只能作为展品、样品、试验品,因为市场并不接纳"闭门造车"的成果。还有的成果为了鉴定,进行专利文献检索时才发现,国外这项研究成果早在几年前甚至几十年前已经有了相同的专利产品。更有甚者,成果研究出来后,又不运用知识产权进行保护,将其申请专利。如此造成的后果往往使人目瞪口呆,今日本报(《上海科技报》)刊登的《一女二嫁之后⋯⋯》就是一出悲剧,其实早有资料显示,我国每年有3万多项国家级重大成果问世,其中有2万多项没有申请专利。近十几年间,全国竟有11万余项发明因未申请专利而无偿地"奉献"给了外国。与此同时,外国专利在中国"圈地"情况却越来越严重,尤其是信息技术领域,外国人在中国的发明专利占到90%。这种可怕的覆盖式的形势十分严峻。

《中共中央 国务院关于加强技术创新,发展高科技,实现产业化的决定》指出:"科技成果的价值,最终要看是否符合国家的需要,是否占领市场并获得良好效益。要改革和完善对研究开发成果或产品的鉴定办法。""要把市场需求、社会需求和国家安全需求作为研究开发的基本出发点⋯⋯"

"关掉一扇门"和"敞开一扇门",说到底是要科技人员把钻研学问和创造财富、把学术水平与市场运作结合起来,一句话,就是把才和财融合起来,让才生财!

《上海科技报》2000年6月23日

成果，想说爱你不容易

稀稀拉拉，往日人头攒动的拍卖会场上就那么二三十人，鸦雀无声，往日此起彼伏的竞拍举牌声全没了。这是前几天上海东方国拍公司组织的首次高新技术成果拍卖会。用主拍师徐建中的话来说："在我所主拍过的数百场拍卖会中，这是最冷清的。"的确，那天有6项标的成功3项，其中2项还是"预留权"。就媒体的说法是"举牌者寥寥，竞价者更无"。究其原因，有的说："临时抱佛脚，难圆定音槌。"没有经过充分的预展，让"客户"全面真实地了解成果，自然难有好结果。有的认为是国内缺乏完善的风险投资机制，以致成果难以作价，遇到风险不知怎样处理。记者以为，这些话都对，且为成果如何转化为商品作了很好的注解，但是，还有一点可能被人忽视，那就是人们的观念尚未更新。

《中共中央关于国有企业改革和发展若干重大问题的决定》指出："国有经济在国民经济中的重要地位，决定了国有企业必须在技术进步和产业升级中走在前列，积极拓展新的发展空间，发挥关键性作用。"这就要求企业成为创新的主体，成为成果转化的主体，遗憾的是，这种良好的愿望往往停留在管理者的口头上，没有落实在行动上，总认为好的成果投入太大，产出时间太长，不如"短平快"的小打小闹看得见摸得着，因此，再好的成果在眼前，也难以"打动"他们的心，自然对竞拍不感兴趣。

另一方面，我们成果发明人也应清醒地认识到，高技术产业在工业生产中的比重虽然越来越大，可是，低技术产业向中、高技术产业的转变是一个漫长的过程，可以说目前对我国国民经济起支撑作用的主要是中低技术产业。所以，成果的研究以及成果的拍卖，一定要适应这个时期的需要，不能忽视中低技术成果在市场中的大块份额。前几年，本报（《上海科技报》）也以"成果转化为何难"为题，在报上展开了数月讨论，最后还召开了大型座谈会，让企业家、发明家和科学家直接见面，可也没有达到预期的效果，原因恐怕与上述差不多。看来，这次高新技术成果拍卖会冷冷清清的尴尬并不是偶然的，还有待于我们从多方面去探索，去研究，去面对。

这真是，成果，想说爱你不容易！

《上海科技报》2000年6月30日

▶ 日暑有道难忘的弧

成果转化要富有风险意识

一项成果未经中试直接放大 5 600 倍，建设 1 000 吨/年工业装置并一次试车成功。法国沃尔夫澳托公司的专家评价认为，这在国际上亦属重大创新。这项名为 B-巯基乙醇的成果不仅创效益 300 亿元，获黑龙江省科技进步一等奖，而且给人颇多启示，其中一点就是成果转化要富有风险意识。

我国每年产生 3 万多项成果，但真正转化为产品的有多少呢？可能还不到 10%，原因是多方面的，可在转化过程中缺乏创新精神、风险意识，应该说是很重要的一条。我们知道，要在资源有限的国情制约下，使中国进入世界中等发达国家行列，单纯追求规模和数量扩张是没有出路的，必须大力发展高科技，大力提高技术创新能力。这就要求我们营造成果转化的运行机制，让大批成果能迅速而有效地转化为富有市场竞争力的商品。令人不安的是，一些企业特别是国有企业在成果面前的态度很微妙，一边在喊，要充分重视成果的产业化问题，利用成果的转化，来提高产品的档次，加速产业调整；一边却在成果转化问题上踌躇不前，往往前怕虎后怕狼，要反复研究分析、分析研究。如果说是必要的可行性研究或反可行性研究，那当然是无可厚非的，问题是数周数月甚至数年还在考虑，如此折腾，自然会错失转化的机遇。前一些日子，上海东方国拍公司组织的高新技术成果拍卖会上冷冷清清的场面，不能不说与此类因素有关。还有的研究人员和企业管理人员在成果转化过程中，总喜欢按部就班，遵循所谓的转化顺序，不敢也不会运用创新手段加速成果的转化，特别是对其潜在的价值和功能难以进行充分的挖掘，这些现象可以说或多或少地与缺乏风险意识沾上边。

风险意识实际上是决策阶段中一个复杂的思维过程，其以科学预测为基础，以大胆创新为手段，既从高处着眼好处着手，又具有高风险失败后的承受能力，与盲目冒进是两回事。因此，成功率高回报率也高，上述黑龙江省科学院石化分院的科研人员对成果进行跳跃式的转化，且获得丰厚回报就是佐证。如此看来，我们在加强技术创新，促进成果转化，发展高科技，实现产业化的过程中，何不增强进取精神，何不增强风险意识呢？

《上海科技报》2000 年 7 月 21 日

第六部分　创新呼唤科技产业化　创新善于发现新机遇

国家综合国力的增强,企业市场竞争力的提高,主要已不是来自对劳动和资源的占有多少,而是源于对人类智力的开发,源于科技与经济的紧密结合,源于研究开发和产业化各环节的有机衔接。简而言之,创新体系要呼唤实现科技产业化。其中,创新的一个重要元素是善于发现机遇、抓住机遇。科技发明和开发是如此,研究所的领导把握方向、确定抓手就更重要了。

惠永正——化学海洋的弄潮儿

楔 子

OK。拜拜。

两辆轿车,一前一后,在上海有机化学研究所的院内停妥。他推开车门,与前一辆车上来这里参观的外宾道别,操一口流利的英语。

1米78的大汉,返身朝办公楼走来。他双肩很宽,很厚;他步履很阔,很急。二层楼的台阶,三步两步,不经他跨。

我们有些内疚,觉得不该约这个时辰,抢占他的时间。他忙。这不,短袖衬衫上隐约渗透着细汗。

谁知,他未等坐稳,就推了推眼镜,打开了话龙头。

他思路敏捷,他说话很快。一个题目紧套着一个题目,连间隙的机会都很少有。时不时,他打着手势,把难以理解的化学术语,作着形象的比喻。

渐渐地,我们被吸引,被感染,走入了他所叙述的角色之中。渐渐地,我们看到、听到、了解到了他对事业的追求,他在化学研究中的造诣,他在治所中的胆魄,他对知识分子的关心……而后,随着他那闪烁的目光,组合、剪辑,剪辑、组合。一幕一幕呈现在眼前。

深景是一组特写。他率领游泳健儿,挥臂在化学的海洋中,朝那最高、最急的浪,拼搏、冲刺。

从逆境中走来

他是从逆境中走来的。

那还是"膏药旗"在中华大地上被撕碎的时候,找不到工作的父亲紧锁着眉头,叹气连着叹气。念小学的他,心头有几朵火苗在跳。

他要丰富知识,他要长硬翅膀。稍有空隙,目光就去探索书架。好在父母原是当教师的,有一大排书。好在父亲与复旦大学著名教授王造时先生等民主人士

▶ 日暑有道难忘的弧

经常交往,书架上也就增加了不少包括《论人民民主专政》的小册子。

"解放区的天是明朗的天……"当大街小巷唱起这首歌的时候,他带着一份高兴、一份新奇跨入了复兴中学。那时,父母重又执教,生活安定了。他背着书包,哼着歌,要去实现自己的理想。

初二那年,课堂上老师做的化学实验中,那奇妙的变化,在他的目光里,溅出无数好看的图案。于是,14岁的他,兴趣转向自然科学,开始成为小化学迷。他找出家中的瓶瓶罐罐,在阳台的一角做起了各种化学实验。他记住了许多科学家的故事。他怀着希望,怀着抱负。

就在这时,因为父亲的历史问题,他丧失了直升高中的机会。尽管,他凭着扎实的基础、出众的智商,还是考上了,但他的自尊心受到了损害。于是,下课后,他就急忙回家,仍然从书本上去寻找自我安慰的力量,从实验中去觅取生活的乐趣。

他想远离上海,他想在一个新的环境里,重新鼓起理想的风帆。于是,他报考了北京大学。果然,北大学术气氛活跃。很快,他与同学们一起,被教师引入他所向往的化学天地之中。

不料,形势开始变化,出现的一系列政治运动,又给他当头一棒。他把语言藏了起来,他把精力放在化学的探索上。

1962年他毕业了,坐着火车返回上海,跨进了上海有机化学研究所。放手的第四研究室领导,使他再次摒弃思想包袱,准备在化学研究上干一番事业。

不料,那史无前例的"文革"风暴,改变了人们的正常生活节奏。但他已经习惯了生活中常出现的突变风云。他已经富有对待困难的意志、毅力。

于是,即使在"工宣队"把守研究所大门,每天提心吊胆进出时,他仍然在那难以看得到边的海洋里挥臂奋进。凭借童年时代养成的倔强精神,凭借青年时代练就的坚强意志。

他和汪猷老师一起研究"403""404"血浆代用品羧甲基糖淀粉。他撰写报告"要支持加强计算机在化学研究中的应用",交给工宣队队长。虽然,一时被搁置起来,但他不会再消沉了。

毕竟,他已走过了冬天。毕竟,他已在逐渐形成自己独特的学术思想。

哦,他从逆境中走来了。

不断瞄准新的领域

蓝天。银机。

他倚靠在座椅上,望了望开始离开的南斯拉夫国土,欲重新拾起那个在70年

第六部分　创新呼唤科技产业化　创新善于发现新机遇

代被搁置的梦。像南斯拉夫那样，尽快把计算机投入化学研究中。

发达国家越来越关注这门集化学、计算机技术和信息科学三门学科而产生的交叉学科。我们有基础也有能力把计算机投入化学研究中去。他想。

这是1981年。他作为考察组成员，考察了南斯拉夫。他在那里，没有去逛闹市区，没有去游风景地。脚步从一个实验室跨入另一个实验室，紧张地盯着化学中应用的计算机。

"我们也要搞计算机化学实验室，而且起点要高，要搞出高水平的项目。"他推了推身边的同行，"老郑，我看你干脆转到这方面工作上来，这是一个大课题。"

搞研究生物工程的郑崇直，这次与他一起考察了南斯拉夫的计算机化学后，感触颇多。他接着话题说："难啊，我们和南斯拉夫相比至少相差10年，与西欧相比就更长了。"

"难度大，价值往往也就大，我看回国后，立即着手组织班子，怎么样？"当时仅仅是课题组组长的他，已开始显露管理方面的才能了。

"好吧。"郑崇直点头答应了，"我同意你的观点，要么不搞，搞，起点就要高。行动就要快。"

他说了，也就干了。很快，很急。

他伏案打报告，得到了当时的有机所领导汪猷教授的支持。他做宣传普及工作，有机会就向同行们讲解当时国际上运用计算机化学的新动态。他招兵买马，动员有造诣、有抱负的科技人员加入进来……

不久，以他为主的计算机化学应用小组在有机所呱呱坠地了。随着队伍的扩大，小组又进一步扩大了。在学术活动期间，他滔滔不绝地介绍新的动态、新的信息、新的设想。他口才好，一讲就是几个小时。

就在大声疾呼筹建计算机化学实验室的同时，他又注意到了另一个化学技术新动向，在国内率先把高速液相色谱介绍进来。时间证实了他的这个动作是成功的。如今，运用高速液相色谱来做化学分析，已成为一项很普通的工作了。

"搞自然科学的，不仅要解释自然，更重要的还要了解自然、改造自然。"也就在这时，他又自讨苦吃地选准了"糖淀粉螺旋构象微环境效应"的研究。

这项课题主要是结合"环糊精"与"酶"两者的特点，发展新型宿主体系。环糊精的研究在美、日和西德已开展很多，恰恰对两者的结合尚无人过问。显然，这是一项风险课题。

艰苦的实验开始了。结构像螺旋形弹簧似的糖淀粉，结构像直筒形面包串的"酶"，在分化，在组合。终于，经过近6个春秋的艰苦探索，6项结果出来了。其中，在世界上首次提出了将糖淀粉及其衍生物作为一类新的宿主体系。

▶ 日暮有道难忘的弧

　　这项在理论上具有创新性、系统性和完整性，在国际上处于先进水平的成果，在世界化学之海中，激起了不小的波澜。美国的著名物理有机化学专家率先开始与我国进行合作研究。随后，一家世界权威专著中引用了他研究出来的成果。加拿大等国外的一些研究组织纷纷采用这项研究来进行反应性控制。他接连在国内外有声望的学术刊物上发表了近50篇学术论文。他本人也被邀在著名的国际学术会议上作报告。后来，这项成果获得1986年中科院科技进步一等奖，1988年全国自然科学三等奖。

　　一项研究的成功，是科学家的秋天，是研究所的收获季节。他和课题组的同伴们理应好好庆贺一下。可是，他没有被成绩和荣誉醉倒。当他在国际讲坛上作完报告时，台下响起了雷鸣般的掌声，一阵又一阵。

　　事后，他却说："这是我们中华民族在国际上的威望，我只不过做了一个科学家应该做的事。"

　　然后，他的步子又急匆匆地，带领课题小组，相继开展了"功能化脂质体""疏水亲脂作用"等等多方面的研究。同样又取得了丰硕成果。

　　写到这里，诸君一定会问，那么他那个被搁置的梦到底实现得怎么样啦？是的，该连接起来了。

　　就在他和热衷于计算机化学的科技人员对建立实验室的设想已经构思成熟，准备投资上马的时候，风言风语传来了。

　　"搞这么大规模的计算机化学实验室，划不划算？"

　　"一台主机就要花几十万美元，这是在拿国家的资金当儿戏！"

　　"太超前了，国内还没有这样的条件。"

　　好在这位从逆境中走来的科学家，早已有承受风言风语的能力，那就是用时间来说话。好在国家计委、中科院和有机所当时的领导支持，所留的外汇批下来了。

　　他任计划处处长的1984年，计算机开始安装了。1986年，成立了计算机室，郑崇直当上了室主任。1988年，又在他的倡导下，建立了"计算机化学与信息中心"。

　　就在这时，美国、西德、南斯拉夫等国家的计算机化学专家到北京开会期间，来有机所参观。他们走进底楼的计算机枢纽中心，推开铝合金的玻璃门，看到呈扇形排开的计算机及其辅助设备，纷纷竖起了拇指。然后，来到楼上，他们看到30多个奶白色的终端运用的开放型房间，整洁优雅的环境，再一次赞叹不已。是的，这里已和世界各国的计算机网络接通，只要一按按钮，就能随时了解国际化学发展的动态和信息。是的，这里的多种数据库，正在成为国外同类研究的前沿。

外国科学家悄声说:"你们已经成为一个新的计算机化学中心。"

仅仅5～6年时间,我国计算机化学学科的雏形已经形成,而且,超越曾比我国先进10～15年的国家。他那个被搁置的金色的梦,开始实现了。

同伴们向他祝贺,不同肤色的人向他祝贺,多次邀请他参加国际计算机会议,他还担任了第八届会议的主要主持人。

去年(1989年),他在西德作报告时,再一次引起了世界的关注,说他有独到的思路,说他是中国计算机化学的创始人,并聘请他为国际计算机化学会议常设顾问。

如今,"中心"已取得6项成果。如今,国内许多单位,都请他们去帮助工作。如今,他们已接受了与美国、德国的合作研究项目,接受了国际网络系统委托的项目。

他没有止步,又去寻找那最活跃的区域。

果然,他凭着敏锐的洞察力,观察到当今化学发展的两大新特点。"一是物理科学的概念和技术大量渗入;一是化学研究与生命现象越来越贴近。"人们对生命现象本质认识的深化,将会把化学研究引入一个新的天地。他按捺不住心头的激动,撰写了《当今化学面临的挑战和机会——研究生命现象》一文,刊登在1986年的《中国科学院院刊》上。

他的大声疾呼,引起了有关领导的重视和支持。20世纪90年代初,"生命科学中的化学问题",被列入了中科院"重中之重"研究项目,并将成为国家和科学院在"八五"期间基础研究的重点之一。

显然,他又在呼唤化学领域崭新的收获季节。

是呵,我们预祝他,再唱一支丰收的赞歌。

他的脚步是那么快,那么急

各种颜色的轿车,一辆接着一辆驰进上海有机化学研究所的大门。

1990年7月12日的上午。他跨入阶梯教室的弹簧门,走向讲台。

"第一届世界华人有机化学家学术讨论会现在开始。"

他那洪亮的声音,在装潢考究的大厅中回旋。哗。顿时,150个长靠背椅上响起了掌声。

似乎,这里在宣布,华人在世界学术界的地位。似乎,这里在吹响华人向化学领域进军的号角。

就在两年前,加拿大籍华人周原朗教授访问有机所,与惠永正两人相见恨晚,

日暮有道难忘的弧

说到了华人在化学领域中的贡献,谈到了海峡两岸如何携手攻克化学中的难题。

海峡两岸的体育、文艺界代表已有所接触,科学家为什么不也这样做呢?他想。想了也就出口道:"我们一起筹办'世界华人有机化学家学术讨论会'怎么样?"

"好啊。"周原朗教授颇有同感地说,"让海峡两岸,让世界华人,有机会聚在一起,共同商讨研究化学问题,太有意义了。"

按事先的约定,会议如期召开了。仅我国台湾地区就来了26位代表,还有来自北美、东南亚等地区的13位代表。

这是世界华人有机化学家在中国的第一次聚会。这是海峡两岸的科学家的第一次来往。坐在那舒适、优雅而又庄重的阶梯教室里,有谁会想到,过去这里竟是木工、电工等人的作业间。

事情还得从他出任有机所所长说起。

"当,还是不当?"

1988年10月,一连几天,他被这个问题困扰。他是民主人士、全国政协委员、上海市海外联谊会副会长,还是上海市中青年知识分子联谊会会长。他曾直抒己见,参政议政,这人们早已有所闻。此刻,他躺在床上,翻来覆去。"把治理有机所作为一项课题来研究,让全所职工的劲往一处使,心往一处想,为我国的化学事业发展作出贡献。"终于,他下了决心。

其实,早在1984年3月他任计划处处长时,已充分显示了才能。他在原领导的支持下大胆改革,对近200个课题进行了科学的调整,支持和扶植了一批有希望的课题,限制了一些重复、没有应用前景的项目。这一年全所获得了27项成果。在担任业务副所长期间,他又根据国际动向和我国的自然资源以及有机所的具体情况,支持已在进行的C4、C5综合利用,还有松节油制备芳樟醇等一系列具有重大应用价值的研究课题,并使成果很快进入工业化阶段。

他觉得前几任所长已为有机所的发展打下了良好的基础,自己要进一步保持和发展这些成果。于是,他走下去,听取科研人员的意见。他上门去,听取老科学家、老领导的意见。然后,结合实际情况,创造性地提出了"重视大环境,优化小环境""基础、应用、开发均衡发展""逐步建立以高级研究人员和研究生为主体的基础、应用基础为后盾,以在职科技人员为主体的应用、开发研究为经济基础的相互促进、相互渗透、相互补充的新型研究所体制"的治所方针。

再好的办法,不去落实,不去贯彻,那就是一堆空话,几片废纸。他想。他也知道,面临的这项新课题,并不比探索自然科学的奥秘简单、容易。

于是,他更忙了。脚底像生了风,刷刷地。于是,他更急了。对一时没有完成

第六部分　创新呼唤科技产业化　创新善于发现新机遇

任务的人,真想骂娘,问一问他们是不是吃干饭的。他这样想,也真的这样做了。本来嘛,他的胸膛就像炎夏,果断、泼辣,藏不得半句违心的话。

他的措施有力,他的行动迅速。在基础研究方面,他提出了以"生命有机"为龙头,重点放在"生命有机化学国家重点实验室""中国科学院金属有机化学开放实验室"和"计算机化学院级开放实验室"等开放室的筹建上,形成开放流动的有机化学科学研究中心,增强高水平的后备力量。在应用开发研究方面,他率领科技人员积极参加重大科技项目投标。1989 年在全市 14 个项目中,中标 5 个。他依靠有机所的氟有机化学和含氟材料研究在国际上享有的较高地位,抓住美国有关化学公司与有机所合作研究几个项目的时机,提出在有机所成立中美合资的联合实验室的倡议。在体制改革中,他调整干部队伍,调整课题,该保的保,不该上的下。还让科技人员留有 15% 的课题研究自由度。他抓文明科研,他抓劳动纪律……

就在他调整课题时,看到不少好的成果,因为没有合适的中试基地,一时难以转为生产力。他的双眉锁紧了。科研人员辛勤劳动,怎能让它们停留在实验室,贮藏在研究所!要使研究所投入国民经济的主战场,就要迅速恢复筹建前几年曾设想的新材料基地。

紧张的筹建工作开始了。他一面请来所和分院的专家咨询、论证、打预算,一面督促计划处开发公司的人员,具体规划基地中心准备先上的项目。

在筹建"生命有机开放实验室"、准备建造"600 兆核磁共振仪"的机房时,他被要盖一连串图章的"怪圈",蒙住了。

"要办一件实事为什么这样难?"他铁板着脸,紧皱着眉,心中的火直往喉头冒。"丁零零……"电话铃响了,又传来了盖图章没有齐全的消息。他的火气实在耐不住了,大声地喊了起来,讲到激动时,他扔下了听筒。

好在人们知道他的性格。他人好、心直,只是工程迟迟不能上马,被逼得如此。

当图章终于盖齐全后,他亲自督促基建工作。即使再忙,每天至少一次,他上现场去看进度。同时准备首先进入基地中试的 4 个项目也列出来了。他往往这样,做着一个课题,当另一个难课题出现时,绝不让它从指缝溜走。他总是这样,当一个项目做着前期工程时,后道工期的计划也拟就了。

在 4 个项目中,打头一项是叫"氟利昂代用品"。由于世界各国在冷冻设备如各种冰箱中大量使用氟利昂制冷,而其散发的气体已严重破坏了地球的臭氧层,在南极和北极已出现了 2 个孔洞。这个将缩短全人类寿命的危险信号,引起了国际上的关注。很多国家已采取措施停止使用氟利昂。联合国有关组织以补偿金

▶ 日暑有道难忘的弧

额的办法,要求第三世界也分期分批停止使用氟利昂。

"我们要尽快把这项成果转化为生产力,挽救祖国的冷冻工业!"他下了大决心,恨不得立即有大量的代用品从基地发出。是啊,再回到他在召开世界华人有机化学家学术讨论会的阶梯教室来说吧。

他每次经过这里,"文革"时被废弃的学术场所,目光总要稍稍地滞留一下。

"有机所拥有一批具有国际水平的成果,同时接受高水平客座研究人员并能做出第一流的工作,岂能没有像样的实验室,像样的学术讨论场所?"他一边问着自己,一边已在恢复阶梯教室上打主意了。

很快,设有150个舒适座位、铺着地毯、装有空调的阶梯教室展现在有机所。1990年7月14日,专程来到有机所的中国科学院院长周光召高兴地说:"召开世界华人有机化学家学术讨论会是一个创举!"

他闪电般的作风,已在有机所产生了可观的效应,日趋优化的科研小环境正在有机所形成,学术讨论、科学研究的节奏在不断加快,据美国CAS统计,1987年、1988年有机所发表论文352篇,位居科学院之首。

年过半百的他,好累,好苦。该喘一口气了。不。他没有这个习惯。脚步仍然那么快,那么急……

为更美好的明天干杯

米兰、杜鹃争妍。彩蝶、鸟雀比翼。郁郁葱葱的草木,仿佛是绿色的围巾,系在有机所实验室、办公楼的脖子上。春天,这里宛如一座公园。

"咳,咱们'老板'有几下子,瞧,科研上去了,精神文明也上去了。"

"是啊,阿拉所去年重又获得了上海市'精神文明单位'。"

清晨,几个研究生边走边议论着。

"喂,你们到哪里去?"迎面走来一名研究生,突然提醒道,"上午,'老板'要和我们交流座谈。"

"这还用得着你提醒,我们早已准备好了题目。"几个人几乎同声说。

"老板"在这里已经赋有新的含义,已成了一种大伙对所长随和、亲昵的称呼。

从1989年初开始,他就和130多名研究生达成了"协议",每季度和他们面对面进行一次座谈。

起先,参加对话的人并不多。本来,不怕有问题,只怕无人过问。或者会上讲得头头是道,实际做不到。干吗花时间去听说教?渐渐地,研究生都被他的口才降服,被他言行一致的行动打动。渐渐地,每逢对话,研究生们都像盼了好久似的,谁都不肯放弃机会。是的,就拿研究生们曾提出过的有机所如何看待年老的知识分子、关心爱护中青年知识分子的问题来说吧。

"老一辈知识分子是我们国家的财富,也是我们有机所的财富,理应得到尊重。中青年知识分子是将来有机所的栋梁,我们应在各方面为他们创造一个良好的环境……"

就在他回答这个问题不久,一系列的事实展现在人们的面前。在国际有机化学界享有很高威望的黄鸣龙先生逝世10周年的时候,他主持召开了第一届黄鸣龙国际有机合成学术讨论会。在评定高级职称的时候,一名初选未评上的20世纪60年代毕业的大学生,自荐书写了报告。根据其实绩,他和高评委一起破格提拔他为研究员。也就在这一年,他狠狠心,批了60万元资金,买了4套高级住房,分配给有突出贡献的中青年科技人员。他动员全所职工和研究生开展"爱护有机所、关心有机所、振兴有机所、为有机所增光添辉"的活动,并为从国外归来的博士后青年创造良好的工作环境,让他们挑担子,帮助他们成为学术带头人。

全所职工看在眼里,仿佛心头拂过缕缕春风。研究生们也就爱和他拉家常,谈心里话,把他当作自己的亲人。其中,他所带过的7名研究生体会最深。

他自己不喜欢吃"别人啃过的馍",他也不喜欢所带的研究生吃"别人啃过的馍"。他让学生从事不同的研究,但又能从大的领域进行组合。他放手让他们自己干,培养他们独立思考和动手能力。当然,这绝不是放手不管。相反,他的要求十分严格。

每周的课题汇报会上,哪个报告没有及时写好,他的脸就拉长了,大声训斥,有的学生一下子接受不了,脸一红,眼泪就掉了下来。一次,黄包国在实验室工作时,有好几个学生在场,不小心在地上留下了几片纸屑。恰巧他来了,皱起眉头,大声说:"黄包国,快给我把地上弄干净!实验室的规矩你不懂吗?"

他这样严格地对待学生,学生反而和他亲热。他们知道"老板"是爱护他们。真的。

研究生梁康宁刚来时,从事"氟碳微泡体的研究"。谁知,半年中也没有合成"微泡体"的原料。他就画龙点睛地指点说:你变通一下试试看。果然,梁康宁变通了"氧"与"硫",就做出了化合物。前些日子,小梁通过了博士答辩,赢得了很高的评价。他说,要不是导师从一开始就让我独立思考,我恐怕通不过答辩。

平日里,他又与研究生"无大无小"。吴汇玮等叫梁康宁为"梁康",他也跟着叫"梁康"。他拍着黄包国的肩说:"你怎么这样瘦啊?"小黄反过来说:"老师,你块头大,我们学生怎么再胖得起来?"于是,他和学生们都风趣地笑了。

好吧,我们不妨再来看看,这天他和研究生们的对话。

▶ 日暑有道难忘的弧

有人提问道:"老师,我们平时很忙,做实验的衣服又容易脏,能为我们集体宿舍买一台洗衣机吗?"

"这个主意好。"他立刻爽快地说,"一个星期就解决。"

果然洗衣机买来了。他还考虑得很周到,同时在集体宿舍里安装了煤气……

研究生都说,他为我们什么都想到了,我们可要为有机所的发展、祖国化学事业的前景多想想。有一位在国外进修的博士后写信给他说:"有机所为我们的成长铺就了一条平坦的大路,我们进修结束后,一定要立即回国,为发展祖国的化学事业贡献力量。"

是啊,有机所像一块硕大的磁盘,太有吸引力了。是啊,他本人也极有人情味。别人都这样说。尽管他的性子急,嗓门大。

"干杯。"他不会喝酒,举起了盛满饮料的杯子,"祝大家在研究中更上一层楼。"

每年春节前后,他都要把留在有机所的外地学生请来,把课题小组的同伴请来。请到家里,由他的贤妻掌勺,慰劳大伙。

"祝有机所的春天永在,祝有机所的明天更美好。"大家纷纷举起杯子。

"干杯!"

"干杯!"

(惠永正,上海市首届科技精英奖获得者,文章发表不久,赴北京任国家科技部副部长)

《大上海骄子》第一集1990年11月出版、《华东科技》全文转载。与有机所时任办公室领导王龙根、马缨合作采写

卡梅隆在为我们上课

一个似乎并不陌生的爱情故事:一个家道中落的美国贵族少女要下嫁富可敌国的美国钢铁大王的儿子。出于对上流社会人士的虚伪造作和粗暴专制的厌恶,少女移情于一贫如洗但感情丰富的美国少年画家。

一场几乎被人遗忘的海难事件:1912年4月15日凌晨,英国豪华巨轮"泰坦尼克"号首航在北大西洋撞上大冰山沉没后,惨剧至少有7次被搬上银幕。其中最有名的是1953年拍摄的《泰坦尼克号》和1958年拍摄的《冰海沉船》。

于是,当1997年春有消息说美国派拉蒙公司和二十世纪福克斯公司共同投资2亿美元再次拍摄《泰坦尼克号》时,电影界人士几乎一致表示难以理解;于是,迄今为止只执导过6部影片的加拿大导演詹姆斯·卡梅隆任编导时,疑问再次增多。

出人意料的是影片问世后,影院连连爆满,票房收入已逼近12亿美元。影片获得巨大的成功想来也在情理之中,且不说以人物情感作为叙事主线的提炼,也不说男女主角以及各层次人物的性格刻画,这里要说的是导演卡梅隆的创新意识与投入胆魄。比如,为了故事的真实性,他在墨西哥靠海的荒地上花6个月兴建了摄影棚,同时又建造了长236米的模型船(比原船260米仅小10%),连船体上铆钉的形状、分布位置都进行过考证,仅此一项就花了2 000万美元。再比如为了拍摄海底船骸和船舱、高难的船体垂直下沉时拦腰断成两截的全过程、千余遇难者陈尸冰河的宏大惨烈景象等等,卡梅隆又不惜重金请人设计了一套深海拍摄剧情片的电影摄影机和照明设备。据说这套设备的复杂技术,几乎可与有能力登陆火星的摄影机相比。

综上所述,是创新融入了《泰坦尼克号》的整个"建造"过程,是创新赋予了《泰坦尼克号》再次起航的动力。影片的成功是这样,人类社会的发展也是这样。从钻木取火到核能利用,从刀耕火种到现代农业,从石器时代到电子时代……都是由于一系列的创新活动所推动。联系到市场经济的激烈竞争,企业技术进步的贡献率多少,商品的含"金"量高低,市场的份额大小,无不直接取决于决策者的创新

> 日暑有道难忘的弧

意识。当然,这种创新不是对知识单元和技术因素毫无取舍的机械罗列,更不是随心所欲的瞎拼乱凑,而是按照科学的发展规律,围绕实际情况有机的最佳组合。最近,新任科技部部长朱丽兰也指出,我国科技体制改革尚需解决"成果转化不畅""技术储备不足"和"技术创新不够"的三大问题,其中还特别指出了研究开发的投入资金与发达国家差距甚大的薄弱环节。看来,多想想卡梅隆驾驶着《泰坦尼克号》为我们所上的这一课,不无益处。

《上海科技报》1998 年 4 月 15 日、《文汇报》1998 年 5 月 4 日

迎接知识经济时代的举措

凭借一整套适合中国国情的科研开发、市场营销、企业管理和运作的体系,凭借一支生物化学、精细化工、生理医学等专业的人才队伍,凭借连年销售增长保持百分之三十以上的雄厚实力,上海家化联合公司进军现代医药产业,在保持传统主业的同时,形成第二个主业——药业。这是将知识资本与产业资本结合,迎接知识经济时代的一项重要举措。

材料在农业社会起主导作用,能源在工业社会起主导作用,信息在现代的高科技社会起主导作用。继信息技术之后,将有什么新技术脱颖而出,成为主宰呢?已有人把生物技术称为二十一世纪的技术。然而,生物技术的重要组成部分中国的中医药在国际市场上的份额却令人摇头。据说世界上中医药有华裔、亚洲和西欧三个具有代表性的市场,中国在前两个市场的份额分别为百分之二十和百分之三,在第三个市场的份额则更小了。

面对现状,上海家化进行重大产业结构调整,并将知识与产业两大资本结合在一起,走传统中医药和现代科技相结合的道路,采取收购、控股、参股以及组建合资或境外大公司等一系列办法,形成一家在国际上具有相当竞争能力和知名度的中药集团。这一举措,不仅能使我国的传统医药瑰宝再次闪烁光彩,而且为企业如何放远目光,大胆地将知识作为资本,与产业资本、资产资本等形成新的合力,去争取国内外市场的大比例份额,提供了一条很有借鉴作用的新路子。

《上海科技报》1998 年 4 月 24 日

▶ 日暑有道难忘的弧

该出手时就出手

从1998年5月1日起，本报(《上海科技报》)的"高科技产业化系列报道"已刊出了4期。这组栏目主要反映了中科院上海分院部分院所在国民经济的主战场，发挥科研国家队的主力军作用，以知识、成果、技术和人力作为资本，与拥有大量资金、资产的有关企业，抓着良好契机，进行合作、重组后，融合成一个全新的创新发展体系。

近年来，上海的经济有不同程度的增长，但基本上仍属于拼资金、拼劳力的粗放型经营，科技进步对经济增长的贡献率与发达国家相比差距较大。好在上海具有很强的科学技术优势，中科院、国家各部委在沪的科研机构和上海地方科研机构总数达1017个；上海还有一支庞大的科技队伍，各科技专业人才近100万；每年完成约2000项重大科技成果，多年积累的成果数万项。这3项数字都居全国第2位。

科研体制改革的目的是建立与社会主义市场经济相适应的科技新体制，使企业成为科研开发和投入的主体。我们研究所和企业的领导不妨都来学一学上述单位做法，消除旧观念、旧体制的围墙，"该出手时就出手"，为上海高科技产业迅速跟上时代发展的步伐，科技生产力获得新的解放和大的发展，经济增长方式实现从粗放型到集约型的转变，形成一股新的爆发力。

《上海科技报》1998年5月13日

第六部分　创新呼唤科技产业化　创新善于发现新机遇

一封信带来一个大市场

　　信息同材料、能源一起,被称为现代科学技术的三大支柱。人们正是通过获得和识别自然界与社会的不同信息来区分不同的事物,从而得到丰厚的回报。"小小神童"揽取的一个偌大的洗衣机新市场,就是典型一例。

　　几年前,上海有用户给一家生产洗衣机的大公司写了一封信,抱怨市场上洗衣机费水费电、又大又重的同时,希望开发一种能即时洗、易搬动,适合现代人洗衣的洗衣机。有远见的公司决策人,从信中寻觅到了一个重要的洗衣机市场信息:表面上看市场似乎已经饱和了,其实"机洗和手洗之间空白"正是一条新的通道。于是,他们把用户的声音作为科研开发的课题,在对市场进行了大量研究后,投入千万元,开发出"小小神童"即时洗衣机,且从1996年10月问世以来,产销量突破100万台,国内频频脱销,国外市场也供不应求。

　　信息的概念很多,经常使用的一种是"消除人们头脑中不确定因素的符号"。即时洗衣机的开发正是由一则"新符号"准确消除了以前"市场饱和"的误区。这则信息可谓不强不弱、不偏不倚、恰到好处。但是,不少人在使用和识别信息时,往往认为越强越好、越多越好,其实这也是一个误区。比如,前几年市场上有信息称"不搞房产不富,不搞实业不稳,不搞贸易不活"。别的不说,就说房产吧,一哄而起,地皮看涨,房价看高,岂不知,信息过度,失去了应用的作用,没几年,房产市场饱和,大笔资金被套。再比如,有家公司错误地利用了信息,以为市场需要大量的内衣内裤,结果产品积压。前几天,碰到几家报社的老总,他们摇头道,这家公司广告费付不出,只好用不配套的棉毛衫裤替代,弄得大伙哭笑不得。

　　综上所述,不同的事物会带来不同的信息,不同的信息会产生不同的结果。关键是要剔去污染的信息、过强过头的信息,抓住时机,准确适度地用好信息。"一封信带来一个大市场"给我们的启示也就在这里。

《上海科技报》1998年7月10日

▶ 日晷有道难忘的弧

中低技术过时了吗

　　经济增长的第一要素资本与劳动力，已被日新月异的科学技术所替代。发展科学技术，实现高技术产业化，提高市场竞争力已成为企业家的共识。但是，在我们进行高技术研究、推广高技术产品、促进高技术产业化的同时，隐约感到有一种现象，认为中低技术过时了，中低技术产业淘汰了。事实果真如此吗？

　　要回答这个问题，先来看什么是高中低技术产业。据经济发展和合作组织（OECD）称，可按研究开发（R&D）的含量对产业进行分类。含量低于百分之一的是低技术产业，占百分之一至百分之三的是中技术产业，超过百分之三的是高技术产业（具体分类时，还要看劳动者素质、生产规模等诸多因素）。据此分析可以看出，我国中低技术产业所占的比例相当大，据统计为百分之六十以上。看来，在我国国民经济中起支撑作用的主要还是中低技术产业。其实，商业、手工业、轻工业等等行业，都包含在中低技术中，特别是民科企业、民营企业以及其他非公经济企业，几乎都是依仗中低技术发家崛起。随着第三产业的发展，中低技术产品的市场也会进一步拓展。

　　应该说，中低技术产业迈向高技术产业是一个漫长的过程，就是美、日、德等发达国家，目前也是中低技术产业占主要地位。记者曾在伦敦访问时看到，商场里琳琅满目的衣服、装饰品、日用品等，都是中低技术产品。其中，礼品盒、伞、餐具和玩具等，稍不留心就会看到"中国制造"的文字。可见，中低技术产品在出口贸易中的地位，一时也不会缩小。最近，党的十五届三中全会提出的一系列发展农村生产力，推进农业现代化的方针政策，又为中低技术、中低技术产品、中低技术产业提供了一个广袤的市场。

　　综上所述，我们在大力发展高技术产业的同时，切记别误以为中低技术过时了。当然，中低技术产业也存在改造和升级的问题，特别是要高度重视技术创新和研究开发，以此来缩短向高技术产业发展的距离。

《上海科技报》1998年11月11日

第六部分　创新呼唤科技产业化　创新善于发现新机遇

"精工舍"挑战"欧米茄"的启迪

"欧米茄"是驰名世界的瑞士名牌钟表,曾有过17次独占奥运会计时权的辉煌历史。1960年,当国际奥委会决定1964年奥运会将在日本东京举行时,由"精工舍"扩大的日本精工集团悄悄开始向"欧米茄"挑战。他们组织20名技术精英,针对奥运会上应用的大到时钟、小到裁判员手中的秒表,进行研究开发创新。3年后,精工集团终于取代"欧米茄",争得了奥运会计时权。接着,他们继续用最新推出的产品向"欧米茄"挑战,要求参加了瑞士每年一度的纳沙泰尔天文台钟表比赛。这是钟表王国的高层次比赛,几乎没有其他国家的产品入围。谁知,1967年度的测定比赛结束后,迟迟不见结果。直到翌年春,精工集团才收到信称:"本年度将不公布名次,另外从下半年开始中止比赛。"这个疑团不久被解开,原来,石英钟表方面,精工独占第1名至第5名;机械钟表方面,精工也名列第4名至第8名。就这样,已进行了100多年的钟表比赛结束了,但精工集团并没有满足,他们将比赛的技术力量与商品化结合,开发出800多种款式的手表,到20世纪70年代后期,销量已跃居世界第一。

"精工舍"挑战"欧米茄"的故事告诉我们,企业要拥有大市场,就要有向名牌挑战的胆量。

众所周知,一个企业从问世到发展壮大形成规模,都要经过跌打滚爬艰难旅程,特别是每一步都要在市场中经受严峻考验。因为各领域的市场份额是有限的,新企业要想从中割据份额,就必须依靠自身的技术优势、队伍素质,敢于向已占据"制高点"的名牌叫阵。当然,不一定都能像"精工舍"那样成为名牌,但能通过"追赶",提高产品档次,至少可争取到利基(niche英译名,有拾遗补缺或见缝插针之意)市场份额。遗憾的是,我们的个别企业为了做大"蛋糕",往往污辱、攻击竞争对手,或者采取假冒伪劣的手法。实际效果呢?很可能是"赔了夫人又折兵"。

总之,面对激烈的市场竞争,企业要生存,要壮大,就不妨经常回顾一下"精工舍"挑战"欧米茄"的故事,或许还有其他启迪哩。

《上海科技报》1998年12月9日

▶ 日晷有道难忘的弧

转机在于创新

  20世纪70年代，索尼公司的产品已走入日本千家万户，然而，在太平洋彼岸的美国，索尼公司生产的彩电还是无人问津的杂牌货。就在这时，索尼公司的国外部部长卯木肇风尘仆仆来到芝加哥。他掷重金在当地报纸刊登广告，削价销售索尼电视机。然而，尽管一再削价，销路仍旧闭塞。怎么办？他看到牧童牵着大公牛引着群牛赶进栏的情景，决定运用"牵牛鼻子"的方法，以当地最大的电器销售商马西里尔公司为对象发起新的销售攻势。说来容易做时难。第一次被告之"经理不在"。第二、第三次都没有见到经理。第四次，经理开口就说："我们不卖降价拍卖的索尼产品。"卯木肇只能忍气吞声，又一次改变方法，指使下属取消削价，并在报刊上重新刊登广告再造形象。接着又用紧逼盯人的办法，才让对方感动得同意代销。坚冰就这样被打破了。1975年以后，在马西里尔公司"牛鼻子"的带动下，索尼彩电的市场占有率很快达到35%。

  索尼彩电在芝加哥市场从旧货商店进入大商店柜台的事例，向我们阐述了一个道理，那就是企业从危机发现转机，从转机又出现生机，很重要的因素是创新。可以说，创新不仅仅是一种手段，在新产品研制过程中，科技人员必须运用一系列的创新方法，才能使新产品脱颖而出；而且创新还是一项系统工程，贯穿在产品流通领域中。我们从上述实例中已清楚地看到，正由于卯木肇的创新，运用"牵牛鼻子"方法，才能变被动的屡战屡败为主动的屡败屡战，不断更新方法，适应不断出现的新情况。

  联系到目前的市场，常听到这样的感叹，辛辛苦苦研究出来的成果，往往一上市就夭折。有人把此归咎于技术成果的转化难，还认为是资金投入不足或者政策不到位的原因。其实，很大程度上是在关键时刻缺乏创新意识，从而导致缺乏竞争手段，使产品得不到培育和扶植，也就难以在市场中正常发育壮大。

  "瞻之在前，忽焉在后。"面对变化莫测的市场，特别是面对产品在市场屡遭挫折时，我们不妨学一学索尼公司，运用创新手段，找准"突破口"，很可能在短时间里就会出现否极泰来的转机。

《上海科技报》1999年1月13日

创新要善于发现机遇

都说要知识创新、技术创新、观念创新……一句话，要发展就要大胆创新。此话甚对。这里还要说的是，创新要善于发现机遇、抓住机遇。此话怎讲？先来看什么叫机遇？从字面上讲是恰好的时机与境遇，其实它是事物在发展过程中，客观存在的一种可能引起变革抑或发生转机的现象。再来看人们在机遇面前的态度，有的熟视无睹，让它擦肩而过；有的敏感发觉，且紧紧抓住。事情明明白白地告诉我们，前者免谈创新，唯有后者才有可能抓住机遇，通过创新迅速发展壮大事业。

如若不信，泰国华裔杨海泉成为世界"鳄鱼大王"的故事可作佐证。

杨海泉年轻时，所开的一家杂货店倒闭，可他并没有对生活丧失信心。一次，与一位猎鳄的朋友邂逅，突发灵感。他想，何不人工畜养幼鳄？显然这是一个重要的机遇。很快，他在家里自筑了一个白灰土池，并廉价收购幼鳄。人工养鳄毕竟是件前无古人的事业，他因缺乏饲养经验，糟蹋了一些幼鳄。正因为难以饲养，无人饲养，才有创新的必要。为此，杨海泉日夜观察，发现了规律，解决了一个又一个难题。3年后，他又增设屠宰用具，钻研操刀技术。很快，高质量的"海泉鳄鱼皮"在市场上独占鳌头。面对实绩，他并没有放弃对机遇的发现与把握。眼见每年赴泰国旅游的2 000多万名各国游客，他又动起脑筋，在曼谷南郊的渔港北榄，逐步买下大批土地，建立了立体养殖池。现在，他已拥有世界上最大面积的养鳄湖，占地100公顷，畜养着4万多条鳄鱼。且不谈养鳄上的收入，仅来此观光的游客就为杨海泉带来了滚滚财源。

朱镕基总理在《政府工作报告》中指出："当前最重要的是，大力推进改革，加快国家创新体系建设，解决科技与经济相脱节的问题，促进科技成果的转化和推广。"窃以为，杨海泉善于发现和抓住机遇的创业精神，对于我们贯彻落实总理报告的精神，加快创新步伐，有一定的启迪作用。

《上海科技报》1999年3月24日

▶ 日暮有道难忘的弧

中小企业更需要创新

创新是一个体系,是贯穿在企业发展全过程的灵魂。特别是中小企业,具有投资建设周期短、见效快、吸纳劳动力多、经营机制灵活和发展迅速等优势,更适应建立创新体系,更需要运用创新来增强发展后劲,增强市场竞争力。

成功的实例很多,这里不妨来看一看香港企业家刘文汉从销售商成为"假发之父"的故事。

20世纪50年代后期,香港的经济仍像老牛拖车上斜坡般艰难,刘文汉经营的汽车零件经销业务也不例外。已过不惑之年的他为了拓展业务,来到美国进行商业考察时,听到看到美国风行假发,顿时双眼一亮。回到香港,马上找原料、请人才。刚开始,假发都要一针一针编织,差不多3个月才能做一副。这怎么能迅速打开市场呢?创新意识再次使他想起在岭南大学经济系学过的"木桶理论"。他针对"最短的木桶板"——假发编织工艺,设计制造出生产假发的机器。没多时,刘文汉制造的假发质量已同法国的产品相差无几,而价格仅为其三分之一。到了60年代,这个不起眼的销售商,变成了香港"四大出口业支柱"之一的"假发之父",1970年外销额突破10亿港元大关。

这则故事对我们的启迪颇多,但最关键的一点,恐怕还是企业是创新的主体,运用创新手段,可以拉动小企业迅速发展壮大的经验。联系到我们上海现有的中小企业,已有21.67万户,从业人员258.7万人,占全市工业总数的97.5%和从业人员的67.80%,正如今日本报(《上海科技报》)报眼消息所介绍的,这些企业已成为上海经济稳定增长的重要保证,已成为建设工业新高地的重要基础。当然,我们也要清醒地看到,这些中小企业数量大,但平均规模不大;行业涉及面广,但竞争能力不强;产值增长较快,但经济效益偏低等。从被动方面看,这些都是实际存在的问题,从积极方面讲就是潜在的能量,也就是可以通过创新,起到"四两拨千斤"的拉动作用。

综上所述,企业要创新,中小企业更需要创新。

《上海科技报》1999年4月7日

第六部分　创新呼唤科技产业化　创新善于发现新机遇

从显在机遇中发现潜在机遇

　　记者曾写过《创新要善于发现机遇》一文。这几天与一些企业的老总交谈后，又感到意犹未尽，特别是在创新中笼统地讲机遇的作用，似乎还嫌不够准确，或者不够具体，于是以此文为补。

　　所谓显在机遇就是人们通常所说的由环境提供的时机与境遇，它往往被大多数人接受和看好。人们也就以此为追逐目标，蜂拥而上。遗憾的是由于追逐的企业多，竞争残酷，获得机遇效益的期望值也就大打折扣，甚至出现负数。潜在机遇则有所不同，它是事物在发展过程中潜伏的、时隐时现的一种可能引起变革，抑或发生转机的客观现象。由于它不被一般人所察觉，即使有所发现，风险也极大，所以，少有人涉及，少有人追逐。然而，恰恰是这个潜在机遇，一旦被人们所把握，获得的效益将会远远超过期望值。为了说明问题，这里不妨再引用一下那个古老的故事。

　　19 世纪中叶，17 岁的小农夫亚默尔和成千上万的美国人一起涌向加州淘金。好长时间后，尽管他历尽千辛万苦，仍和大多数人一样没能挖到金子。当时，加州的山谷气候干燥，水源奇缺。"谁让我喝一壶凉水，我给他一块金币。"淘金者纷纷抱怨道，"谁让我痛饮一顿，龟孙子不给他两块金币！"亚默尔听了，毅然放弃找矿，将手中的铁锹由掘金矿变成挖水渠，从远方将河水引进水池，经过细沙过滤，然后装桶运到山谷。当时，有人讥笑他胸无淘金大志。但是，没多长时间，淘金者们突然明白，亚默尔不是"懦夫"，他已靠卖水赚到 6 000 美元，而大部分矿工双手空空，有的还忍饥挨饿，只好流落异乡。

　　我们从中已经注意到，淘金者拥向加州看中的是显在机遇——黄金，唯独亚默尔在显在机遇中发现了潜在机遇——淘金者都要喝水，且抓住水做了一番大文章，于是成了真正的淘金王。行文至此，突然想起罗丹对大师的描述："他们用自己的眼睛去看别人见过的东西，在别人司空见惯的东西上，能够发现美来。"窃以为，其意与从显在机遇中发现潜在机遇的道理有异曲同工之妙。

《上海科技报》1999 年 4 月 21 日

▶ 日晷有道难忘的弧

创新体系呼唤科技产业化

落实科教兴国战略,建设国家创新体系,已是国人的共识。然而,建设国家创新体系是一项系统工程,必须围绕社会主义市场经济体制目标,以实现科技产业化为核心,理解的人恐怕就不会很多了。

国家创新体系概念是英国学者费里曼分析了几个经济发达国家运作过程后提出来的。根据我国现阶段的实际情况,我们的国家创新体系是指国家范围内各有关部门和机构间相互联系作用形成的推进创新的系统,主要由企业、科研机构、大学、中介服务机构以及相应的金融机构和政府部门等组成。其中,企业是技术创新的主体;科研机构和大学是科技知识的主要生产者和创新人才的主要培养者;中介服务机构是企业与科研机构、大学双向交流的重要桥梁;金融机构以贷款、担保及创业投资等方式支持创新活动;政府通过制定政策与适当投入,引导和激励创业活动的企业和人员。整个创新体系往加速科技知识生产、传播、扩散、应用转化,直至转化为市场竞争优势和经济社会效益中,一个很重要的职能是对科技产业化作出制度保证。

科技产业化是当今世界经济、科技发展的潮流,是知识经济时代的重要特征之一,其推动经济发展、社会进步的作用是积极的主动的。可以说,在科技产业化的前提下,科技工作从一个思路的提出、一个产品的立项、一个工程的设想开始,就已经在产业化或者商品化、市场化的轨道上运行。我们知道,现行的成果转化是被动的、滞后的,因为一批成果转化了,而新出现的成果又待转化,没完没了的"转化",难以从根子上解决问题。然而,在市场经济条件下,改革的一项重要任务就是彻底摒弃这种不正常的现象,要求科研与生产始终在同一市场主体中。科技产业化的功能远不是科技成果转化或者科技成果产业化所能替代。

其实,马克思和恩格斯早就明确指出:机器生产的发展要求自觉地应用自然科学,"生产力中也包括科学""科学的力量也是不费资本家分文的另一种生产力"。按照马克思的观点,科学技术在知识形态上,是一般社会生产力,或者说是一种潜在的生产力。一旦科学进入生产过程,这种知识形态的生产力就会转化为现实、直接的生产力。在1978年的全国科学大会上,邓小平同志进一步对"科学技术是生产力"的观点阐述道:"社会生产力有这样巨大的发展,劳动生产率有这样大幅度的提高,靠的是什么？最主要的靠科学的力量、技术的力量。"1988年,邓小平同志又两次明确指出:"马克思讲过科学技术是生产力,这是非常正确的,现在看来这样说还可能不够,恐怕是第一生产力。"科技产业化的提出正是"科学技术是第一生产力"思想的具体贯彻和体现。其实质是以经济和社会发展的需要作为科技工作的出发点,使科技与经济紧密结合,研究开发、产业化各环节有机衔接;使市场机制和竞争机制在引导科技活动中发挥基础作用;使研究开发主体的运行和管理企业化。因此,可以说科技产业化抓住了科技改革和发展中迫切需要解决的核心问题。

江泽民同志在全国政协九届一次会议期间,与科技界委员们座谈时明确指出:"要树立全民族的创新意识,建立国家的创新体系,增强企业的创新能力,把科技进步和创新放在更加重要的战略位置。使经济建设真正转到依靠科技进步和提高劳动者素质的轨道上来。"从中我们可以领悟到,当今时,国家综合国力的增强,企业市场竞争力的提高,主要已不是来自对劳动和资源的占有多少,而是源于对人类智力的开发,源于科技与经济的紧密结合,源于研究开发和产业化各环节的有机磨合。简而言之,我们要建设国家创新体系,创新体系要呼唤实现科技产业化。

《上海科技报》1999年5月26日、《中国科技月报》1999年第7期扉页(应月报社之邀,在原文上有较大调整)

▶ 日暑有道难忘的弧

国际名牌"亮家底"及其他

上个月的广告大战有道抢眼的逆光,平日里被人崇尚的一些国际名牌产品,一反常态,纷纷纠正自己的"形象",亮出真正的家底来。你看,雀巢(中国)有限公司在媒体上不惜血本做广告,庄重声明其鲜奶原材料全部来自中国黑龙江省未受污染的牧场。美赞臣(广州)有限公司也为其广告刷出一道亮丽的风景线,称其在中国内地销售的美赞臣产品都是在国内生产的。再看,可口可乐(中国)公司宣称,中国的可口可乐产品全部在中国制造,所有的原材料均未从欧洲进口,且中国可口可乐生产厂房都装有二氧化碳净化系统和健全的检测制度。

究其原因,说来也很简单,自5月底比利时发生了"毒鸡事件"之后,"二恶英"这个有毒化合物中毒性最强的魔鬼,迅速污染到包括鸡肉、鸡蛋、牛肉、猪肉、牛奶及数以百计的衍生产品,成为继疯牛病危机之后欧洲最大的食品污染。我国同其他国家一样,很快将欧洲在中国市场上销售的乳制品从商店的货架上撤了下来。谁知,一波未平一波又起。6月14日,比利时42名小学生喝了可口可乐饮料后中毒,使欧洲和中国的消费者对可口可乐也有了畏惧之感。

名牌厂商的"坦诚",能挽救名牌产品多少声誉,暂且不去议论,这里还要说的是我们的一些企业,往往厂名要向"洋文"靠,产品名称也要向"洋名"靠,有的为"抬高"产品的"身份",胡说原材料和技术来自西方某某国家,甚至称其产品"全进口"。似乎越"洋"越有形象,越"洋"越有市场。事实当然不是这样。如有一家工厂偷偷生产假冒进口音箱,其中有"先锋""健伍"和"B.M.B"等名牌产品。据报载,几天前,已被广州工商局连锅"端"了。

窃以为,我们的企业家、商业家和企业管理人员,该从国际名牌"亮家底"中吸取些什么。说真的,我们没有理由妄自菲薄;我们也没有必要去沾"洋"光!本来嘛,国货中多的是精品;本来嘛,国货不一定亚于洋货!

《上海科技报》1999年7月7日

第六部分　创新呼唤科技产业化　创新善于发现新机遇

间　苗

　　间苗,是农艺上的术语,说的是为满足作物每棵植株有一定的营养面积,按照一定的株距留下幼苗,把杂草与多余的苗去掉。

　　间苗,也形象地反映了市场经济中优胜劣汰的激烈竞争现象。远的不说,就以本报(《上海科技报》)今日刊登的普陀区撤销129家民科企业的举措来讲吧,可谓是遵循市场经济的"游戏规则",让违规者远离,让适应者高兴。

　　众所周知,在上海登记注册的民营科技企业已有上万家,他们大多数本着一颗"民"心,对得起一个"科"字,已成为促进上海交通发达、经济繁荣和社会进步的一支不可忽视的力量。但是,我们也要清醒地看到,其中混杂着一些并不具备民科资格,或者说随着时间推移丧失了原有资格的企业。他们仍以民科企业自居,阉割市场的份额,消耗市场的资源,其结果是扭曲了市场准则,损害了民科形象,早晚会遭到市场的嘲讽、市场的唾弃。同时,市场经济在发展过程中,也会不断地向企业提出重组的要求,一些本来日子就不好过的企业,自然成了淘汰的首选对象。从这个意义上说,普陀区科委当了一回市场经济的高级农艺师。

　　古人早就说过:"丰草多落英,茂林多枯枝。"在蓬蓬勃勃的民营科技企业发展过程中,既然"间苗"是必需必要的一招,那么,以后"锄草""修剪"什么的,就该是常有的事了。

《上海科技报》2000年8月25日

贯彻落实《决定》 加强技术创新

全国技术创新大会在北京隆重开幕了,这是部署贯彻落实《中共中央 国务院关于加强技术创新,发展高科技,实现产业化的决定》(下文简称《决定》),进一步实施科教兴国战略的重要会议;这是我国科技事业发展史上一个具有里程碑意义的盛会。

加强技术创新,发展高科技,实现产业化,就要遵照大会的精神,充分认识二十一世纪是知识不断创新、科技突飞猛进、世界深刻变化的世纪。社会产业结构、生产工具、劳动者素质等生产力要素和人们的生产方式、生活方式、思想观念,都将发生新的革命性变化。为此,我们需要比以往任何时候都更加注意加速科技进步、加强科技创新。

面对科技革命带来的严峻挑战,作为东方大都市的上海,要抓住机遇,正确把握新科技革命的趋势,在下世纪初把上海建设成为国际经济、金融、贸易中心,从而带动长江三角洲和整个长江流域的经济发展,就要迅速贯彻《决定》精神,动员全社会来共同参与和支持,真正做到思想上重视,行动上落实。

江泽民同志在全国技术创新大会上指出:"离开科技进步与创新,我们就难以保持经济社会的持续稳定发展,就难以实现跨世纪的现代化建设目标。"我们相信,大会拂来的技术创新春风,会很快吹遍大地,从而带来祖国的繁荣昌盛和民族的伟大复兴。

《上海科技报》1999 年 8 月 25 日

第六部分　创新呼唤科技产业化　创新善于发现新机遇

这是一场攻坚战

　　国有企业是我国国民经济的支柱,国企改革是整个经济体制改革的中心环节,我们必须清醒地看到这项工作的艰巨性和长期性,正如《中共中央关于国有企业改革和发展若干重大问题的决定》所指出的,国有企业的体制转换和结构调整进入攻坚阶段,一些深层次矛盾和问题集中暴露出来。

　　的确,由于传统体制的长期影响,历史形成的诸多问题,多年以来的重复建设以及市场环境的急剧变化,导致相当一部分国有企业还不适应市场经济的要求,于是出现了经营机制不活、技术创新能力不强以及债务和社会负担沉重等弊端。能否响应党中央的号召,用三年左右的时间,使大多数国有大中型亏损企业摆脱困境,力争到20世纪末,使大多数国有大中型骨干企业初步建立现代企业制度,是摆在国人面前的一项重要而紧迫的任务。今天,本报(《上海科技报》)刊登的《国企改革——老总,你打什么牌》一文,可能对国企的老总有一定的借鉴作用。

　　不是吗,昔日钢铁"老大哥"上海十钢,每年亏损高达5 000万元。怎么办?公司老总浦树民带领一班人,摸索出一条自己救活自己的新路,以"优二进三"的战略再造企业,今年(1999年)以来,竟奇迹般地盈利500万元。你看,"造桥明星"张耿耿,他不断引进人才、培养人才,大胆起用"能办大事、办难事、办新事"的能人,使企业不断做强,现已由"小船"组成了"舰队"。再看,浦江缆索厂老总杜学国在"几度风雨、几度轮回"中,倡导树立创新品牌的意识,那就是"品牌的一半是物质,一半是精神",始终把品牌看作是企业发展的命脉。

　　这些老总所采取的改革方法不同,但精神相同,就是把国企改革当作一场攻坚战,大胆利用一切反映现代社会生产规律的经营方式和组织形式,努力探索能够极大促进生产力发展的公有制多种实现形式,从而使企业在激烈的市场竞争中立于不败之地。

　　面对这场攻坚战,我们的老总们不妨也问一下自己:"我打什么牌?"

《上海科技报》1999年10月22日

▶ 日暑有道难忘的弧

创新要成为追求空间的时尚

我们常常可以看到一些省市、一些地区刊登的招商引资大幅广告,那筑巢引凤的一系列优惠政策,确能引起人们的很大兴趣和关注。有资料显示,我国已批准外商投资企业33.4万家,实际引资额2 889.4亿元,其中,被称为500强的大型跨国公司中已有300多家在中国投资,且这些数据还在不断被改写。

我们又常常可以看到听到这样的事实,国内的绝大多数投资者,包括企业、金融机构等等,四处寻觅成果,寻觅可以投资的项目。他们的心情也相当迫切,往往希望今日投入明天产出,最好能够在数月数周,当然最好在数天内增值几倍几十倍。遗憾的是,事实很难满足他们的愿望。于是,投资者中守株待兔的有之,迷惘无奈的有之。

那么,为什么蓝眼睛白皮肤或者高鼻子矮个子的商人都看好中国的投资空间,而本土本地的国人却难以找到合适的投资项目,难以发现广阔的市场发展空间呢?

记者陋见,除了思想尚未解放,观念尚未更新外,恐怕技术储备的贫乏不能不说是其中一个重要的因素,而技术优势的强弱往往取决于创新能力,也就是说创新与否始终反映着决策者的谋略、胆魄和素质,决定着企业是否兴旺发达。因此,像上述那样一边在鼓吹本地区的良好投资环境,一边却又为自己难以找到投资项目而叹息,这一矛盾的产生可以说是缺乏创新底蕴、没有技术优势所为。俗话常说"没有金刚钻,不揽瓷器活",可能就是这个理。

在刚刚结束的上海市技术创新大会上,市委书记黄菊提出了加强技术创新刻不容缓,加快上海技术创新的步伐刻不容缓,进一步加强技术创新、加快科技成果产业化的进程刻不容缓。看来,创新成为追求空间的时尚,不仅需要,而且相当紧迫。

《上海科技报》1999年12月1日

第六部分　创新呼唤科技产业化　创新善于发现新机遇

亮出上海品牌风采

首届上海国际工业博览会开幕了,584类2 000多种新产品,携着上海建设工业新高地的新成就、新优势和产学研联合,加高新技术产业整体实力的"世纪风",迎面徐徐拂来。这是上海人民献给新千年的一份特殊礼物。

"工博会"不仅仅是上海的电子信息、航天航空、电气装备、生物医药、新材料和汽车等高新技术领域产品的大会师、大展示、大检阅,更重要的是"工博会"坚持高标准、严要求,不是"高新"不许"进门",不能体现上海水平的不准登场,充分显示了上海人严谨踏实的工作作风。从组委会的资料中可以看出,有关方面多次召开展品评审会议,制定了品牌、高技术和高附加值评定及质量等三项标准,并由"工博会"筹委会评审小组终评,坚决剔除不符合标准的"大路货"。其中,被取消参展资格的有消费品、轻纺产品、通用标准件、普通五金工具、传统卷扬机等老式机械的八大类产品。被淘汰的主要原因不是质量差,而是技术含量低。这样就保证了首届"工博会"的鲜明特色,即市领导所强调的:"产品交易要突出上海工业的领先水平,技术交易要以高科技为导向,产权交易要体现生产要素的流动和优化重组。"

当然我们也不会忘记,以前上海的产品以先进和质量为上,走俏全中国,但是,由于种种原因,一段时间以来有的领域却不敌兄弟省市。特别是面对现状,曾有个别人为谋私利,擅自组织外地大城市的所谓展销会,而被媒介披露为假冒伪劣商品的大杂烩,严重影响了上海的声誉,破坏了上海的形象。如今,首届"工博会"的这种做法,显然是真正亮出了上海先进产品的风采,亮出了上海品牌的市场空间,亮出了上海人实事求是的作风。我们完全相信,首届上海国际工业博览会一定会取得圆满成功。

《上海科技报》1999年12月15日

▶ 日暑有道难忘的弧

莲岛自有清香来

  1997年夏天,随上海市新闻代表团访问澳门(作者任副团长),其间在澳门日报社拜访时,听到他们以人为本的管理方法,杜绝贿赂腐败之风的事例,叫人感触良多,至今想来仍记忆犹新。

  澳门日报社坐落在澳门市中心,房屋与周围的商店连成一片,没有过分特别的式样。那天下午,我们一行20来人登上二楼,在会议室的门口看到一块职员考勤牌,数了数一共180人,从社长、总编辑到印刷工、勤杂工都在上边了。就是这180人,承担了每天约42版至48版的报纸采编印刷任务。其中,28名记者每人每天至少采写1 000字,忙的时候要采写3 000字以上。在采写香港回归的报道时,副总编带领两名记者连续30多个小时没有睡觉。澳门日报社以人为本的管理方法是抓"两头":一方面创造条件,提倡采编人员当名记者、名编辑;一方面严格要求,帮助他们树立记者的良好形象。比如,有的记者在采访中擅自邀请内地有关人士赴澳、私自准备采访澳督,有的甚至在珠海"包二奶",这都违反了报社的规定,分别作了严肃处理。难怪有一名被开除的记者说,以前没有珍惜好这份工作。

  联系到我们的企业,特别是国有企业,往往是因人设岗、因人设职,机构越来越杂,人员越来越多。看那同类型的报社吧,少说也有千把人,就是对开四版的周二或者周三报,有的也要70至80人了。其工作效率是很难与澳门日报社相比的。廉洁奉公和禁止有偿新闻的工作也是这样,我们年年在抓,月月在抓,可还是有人"走穴"。有的企业这种现象就更严重了。记者陋见,究其原因,正是缺少澳门日报社那种从严执法、从严治社的精神。

  莲岛回归,举国同庆。上海与其他城市一起会加快与澳门的企业以及2 000多个科学文化社团的合作交流,那么,学一学澳门日报社的管理方法不失为我们进一步改变观念、加快改革开放步伐的良策之一。

《上海科技报》1999年12月22日

大胆跨越　后发制人

每次打开或者关闭彩电的瞬间,电压的作用会使电子束对显示屏的中间区域形成强烈冲击,从而导致显像管逐渐老化,同时产生的强点刺激人的眼睛,使视力下降。这种现象被业界称为"电视轰击症",也是摆在各国科技人员面前的一项难题。据报载,不久前国内有一家企业运用高技术扫清了这道障碍,推出的中国第一台数字全平拉幕式彩电,成为火爆气候中的"热点",不仅引起了不少医学专家的关注,而且在彩电市场上创造了一项淡季热销的"专利",2个月接到20多个国家的订单。

科技部副部长徐冠华近日在武汉表示,我国很多重要产业和发达国家相比有10年以上的技术差距。目前应充分利用后发优势,跨越技术发展的某些阶段,直接应用、开发最新技术和最新产品,进而形成优势产业,在较短时期内逼近甚至超过世界最先进水平。要充分利用后发优势,就要着眼解决当前国民经济发展的重点、热点和难点问题,注重发挥自身的潜力和优势,形成有中国特色的技术创新之路,然后既坚持对外开放,充分学习和借鉴国外先进技术和文明成果,又大力强化自主创新,紧紧抓住新科技革命提供的良好机遇,在一些关键技术、关键产业、关键领域取得重大突破,实现较高水平上的技术跨越。可以说上述那家彩电企业的科技人员,就是跨越了一些技术"鸿沟",运用智能数字控制技术.通过电路缓解高压冲击显像管,从而赢得了市场,赢得了企业发展之路。

毛泽东同志在《中国革命战争的战略问题》中说:"楚汉成皋之战、新汉昆阳之战、袁曹官渡之战、吴蜀夷陵之战、秦晋淝水之战等等有名的大战,都是双方强弱不同。弱者先让一步,后发制人,因而战胜的。"商场如战场,现代商战不仅是实力的较量,更是智谋的较量,技术的较量,我们的企业要扭亏转盈摆脱困境,要发展壮大技术领先,不妨常常提醒自己:大胆跨越,后发制人。

《上海科技报》2000年8月4日

▶ 日晷有道难忘的弧

变

悉尼奥运会上,世纪拼搏风云突变。摘取首枚金牌希望最大的中国两名气枪手,王义夫和赵颖慧在决赛中发挥失常;几乎被人忽略的"黑户口"运动员蔡亚林,却一鸣惊人,获得一枚金牌;在世界杯赛上倒数第二名的中国女子曲棍球队,奇迹般地以二比一的成绩战胜了世界杯冠军、奥运会夺冠大热门的荷兰队……

古希腊人说过:"万物在流动,一切在变化。"运动场是这样,商场、市场也不例外。一项产品推出去了,既要看到它的显在市场、显在风险,又要看到它的潜在市场、潜在风险。倘若把宝押在"一个着落点"上,就会在变幻莫测的市场风云中走入迷途,甚至会出现今朝辉煌到极点、明日倒闭在跟前的强烈反差。比如,日本著名的大泽商社,是个具有百年历史、国内外拥有34家子公司的大企业。就是企图"以不变应万变",面对早已变化的市场需求,还死抱着经营高级名牌商品,结果每况愈下,只好宣告破产。

恩格斯曾说过,黑格尔有一个伟大的思想,它就是:世界不是由一成不变的事物所构成,不存在任何一成不变的、绝对的、神圣的东西,一切都处在不断的变化之中。这是无处不在的客观事实。诸位看官,毋庸置疑,你已注意到市场的变化、企业的变化、社会的变化……那么,不妨再想一想,你能应变制胜吗?你会应变制胜吗?你已应变制胜吗?……

《上海科技报》2000年9月22

初闻涕泪满衣裳

人们都在庆贺全球科学界共同树起的一个重要里程碑,人类基因组序列的"工作框架图"已经绘制;都在赞颂我国科学家在加入这一研究计划中,负责测定了人类基因组全部序列的百分之一,也就是3号染色体上的3 000万个碱基因。可是,人们很少知道我国科学家在具体实施中的"幕后英雄",那就是有一个县级市的市长拍板"借钱"800万元,支持完成了测序工作。

原来,为实施这项计划,科技部和中科院都非常重视,先后投入了140万元人民币和10万美元,但研究经费缺口仍然很大,人类基因组计划国际组织中国联系人、中科院遗传所杨焕明教授去温州乐清市,与市长陆光中谈及"粮草"告急之事。而后,陆光中马上召集领导班子了解人类基因组计划,并毅然拿出800万元,"借给"我国人类基因组中心。不久前在中国科协组织的"人类基因组计划座谈会"上,专家学者听了杨焕明教授介绍的这件事,都十分感动。笔者看了这则报道也大有"初闻涕泪满衣裳"之感。

我们说,科学理论基础研究不仅能发挥真理的指导作用,提高人们的思维能力和方法的准确性,而且在科学理论和实验上的许多重大突破,会产生全面的连锁反应,从而推动社会生产力的迅速发展。特别是人类基因组计划是人类科学史上的伟大工程,它对于人类认识自身,推动生命科学、医学以及制药产业等的发展,具有极其重大的意义。因此,加强基础研究,掌握科技发展的主动权,直接关系着国家自主创新能力的提高和新世纪中华民族的复兴。当然,我们也应该清醒地认识到,虽然我国对基础研究的投入逐年增加,但是,所占GDP比重远低于发达国家,同新兴工业化国家及一些发展中国家相比也有较大差距,限于我国经济发展水平和实力,短时期内对基础研究的投入不可能大幅度增加,这就要求我们全社会都来关心这个问题,有条件的还要帮上一把。

在一些地方和部门的领导人眼中,短期内经济效益的增长是最重要的,因此就什么项目来钱快先抓什么,这当然有合理的方面。然而,与此相比,着眼于长远

▶ 日晕有道难忘的弧

发展的科技投入就显出更高一筹的思想境界。乐清市市长拍板为重大研究项目慷慨解囊的事例,可谓是一面"铜镜"。正如全国人大常委会副委员长、中国科协主席周光召在上述座谈会上所说,在不少人贪污腐化、挥霍浪费的今天,这位市长能够出钱支持科研项目,值得提倡。

《上海科技报》2000 年 10 月 20 日、《文汇报》2000 年 10 月 25 日

第六部分　创新呼唤科技产业化　创新善于发现新机遇

碗 和 锅

"如果把国内市场看成是碗,国际市场看成是锅的话,那么为了分享到更多的市场份额,我们既可以采取防御的策略来争吃碗里的肉,也可以采取进攻的策略争吃锅里的肉。"这是中国人民大学经济学院杨瑞龙教授就中国企业面对 WTO 提出的策略。

平心而论,为迎接"真狼"入门,国人在方方面面都作了充分准备,也摆出了种种战术。比如,有人主张"群羊论",即把分散的羊拢在一起,以群羊对付一只只狼;有人主张"群狼论",即把羊装扮成狼,以群狼抗拒群狼;还有人主张"群虎论",即把羊装扮成虎,以群虎战胜群狼。这些战术都可圈可点,只是把眼光紧盯国内市场,尚没有想到抓住这个千载难逢的机遇,走出国门,与"狼"争吃锅里的肉。其实,国内已有企业展开国际化的大旗,向国际市场这个大锅要肉吃。比如,海尔吹响了当地融资、当地融智、创本土化世界品牌的号角;长虹拉响了以自有品牌为主,为国外品牌加工为辅的汽笛。

说到底,碗与锅的关系,既是一对矛盾,又是一个统一体,倘若不敢争吃锅里的肉,很可能难保碗里的肉。当然不切实际放空炮,眼高手低吹大牛,弄不好还会端着"金饭碗"讨饭吃,这样的实例不是没有。记者以为,正逢年底,诸位老总在制定新一轮宏伟目标时,不妨仔细掂量一下碗与锅的关系,然后,吃着碗里的惦着锅里的,日子会越过越红火哩。

冬天已经到了,春天还会远吗?

《上海科技报》2001 年 12 月 28 日

▶ 日暑有道难忘的弧

担负起历史赋予的责任

新世纪上海城市形象和功能建设的头号工程——黄浦江两岸综合开发启动的消息,像隆隆惊雷,令全市1 600万市民倍感振奋和鼓舞。

曾记得30多年前,记者还是装卸工人时在南栈码头撬煤炭,三九天就裹着一件棉背心下船舱;三伏天跑鞋里都能倒汗水。那时想,能早日丢掉煤锹,实现机械化该多好。然而,这一想法已被历史跨越,南栈港区不复存在,取而代之的将是3.43平方公里的大型生活、娱乐、工作综合区。又记得1991年的大年初一,在尚未合龙的南浦大桥上,采访造桥工程人员时想,母亲河的景观能随着大桥的雄起而焕发青春该多好。这一想法也不再是梦,黄金江岸的开发,将把上海的繁荣繁华、文化底蕴、国际大都市形象,凸现在世人面前。

当然,我们也清醒地看到,打造这一"世纪精品"是一项非常庞大而复杂的系统工程,没有什么先例可循。其实,这正是我们广大科技人员展示智慧才华、大胆创新的世纪舞台,特别是新成果、新技术、新材料、新工艺的大量运用,又拓展了科学技术的发展空间。

奋发有为,再创辉煌。这是吾辈的荣耀,这是吾辈的机遇,我们要担当起综合开发的重任。正如市领导所指出的:"把黄浦江建成具有国际水平的水景岸线,展示上海的城市风貌,成为21世纪上海形象的新面孔,是历史赋予我们的责任。"

《上海科技报》2002年1月18日

第七部分　再忙也要自我"敲打"
　　　　　　面对差距找出短板

"30年来的世界科技成果，比历史上2000年的总和还要多。商业化的周期大大缩短，从发明到应用，电磁波通讯用了26年，集成电路用了7年，激光器只用了1年。"科技部领导"敲打"中关村50名高新企业老总的开场白，从这样的速度对我们构成巨大挑战谈起，指出了中国目前技术对经济的贡献率仅40％，而发达国家达70％～80％的现状。当时，中国正处加入世界贸易组织的前夕，平时忙于事务的老总们都应自我"敲打"一下，看看与外面世界的差距，找找我们面临的短板。

程其耀——走出困境

耀华路121号,上海工业锅炉研究所。跨进铁栅大门,和早到的职工闲聊。

"阿拉所长辣手。"这是听到的第一句话。

"阿拉服帖所长。"这是听到的第二句话。

早就闻讯,这个所近几年来在行政事业经费削减50%、纵向科研任务减少80%、职工人数由100名增加到200名的困境中,通过改革创新,横向收入从1984年的数十万元上升到1987年的180多万元,科技人员的年平均奖金收入从120元上升到1 000元,最高的达2 000多元,整个所的设计能力和开发速度已处于全国领先地位……

所长程其耀夹在人群中走来了。他的目光,在镜片后闪了闪,和蔼的圆脸,莞尔一笑。他说话的节奏很快,把我引入三楼接待室后,话题马上转入采访的轴心。

改革逼我们走入困境,困境逼我们更新观念

1984年秋。会议室。呛人的烟草味搅拌着浓烈的火药味。

程其耀宣布"解剖"开始不久,两种截然相反的观点,面对面,很快进入短兵相接。

"那次设计是成功的,问题是客观条件太苛刻……"

"惨重的失败教训,白白糟蹋了国家71万元……"

这是"工锅所"改革的序幕。42岁的程其耀,偶尔皱皱眉头,推推眼镜。他比与会的中层干部想得更深一层。

当时,纵向课题经费从上年的100多万元减少到50万元,38万元的事业费也开始减少,财政收支出现了严重的逆差,"工锅所"陷入了"断奶"前的困境。

程其耀一遍又一遍地阅读中共中央关于科技体制改革的决定,一个晚上又一个晚上地翻来覆去思索。逐渐地,他的视野拓宽了,心胸开阔了。他意识到,困境是科研单位从计划经济体制向商品经济体制转轨时必然产生的,要走出困境,必须增强商品经济观念,改变学院式的模式,走出去与企业集团形成不可分割的整

▶ 日暑有道难忘的弧

体。于是,他和副所长汤志贤商量,选择了一个典型事例,让中层干部解剖。

这只"麻雀"是早几年国家机械部下达的一项纵向课题,专款拨给"工锅所",设计改造上海咖啡厂的一台锅炉。哪料,设计人员辛辛苦苦,鉴定会议轰轰烈烈,实用价值却无几。最后,厂方嫌碍手碍脚,竟把它胡乱地拆了。就这样,71万元成了一堆难以处理的废料。

"我们决不能再这样干了⋯⋯"程其耀最后激动地说。

经过思想交锋,脱离实际的为研究而研究的旧观念,开始摇撼、崩毁。

认识统一了,固然可贵,可程其耀并不怎么乐观,他深知紧接着为了走出困境,要走几步更关键的棋。

不"辣手辣脚",便窒息于困境

"全年创收指标为:中高级科技人员6 000元至18 000元,助工5 000元至15 000元。达不到起码指标者工资打6折,超过最高指标者实行弹性工作制。"

"技术成果转让的净收入按比例归课题组分配,第一次转让提取额为6.5%,逐步递增,第五次起提取额增至24%。"

"实行有偿中介人制度。为本所承接到开发成套项目者,可从纯收入中提取3.5%⋯⋯"

今年初,程其耀的这几项决定够辣手的。这是一项带有突破性的"冒险举动",然而,在"工锅所"却没有引起多大涟漪。为什么?

那还是在1984年,一系列改革方案开始在程其耀的胸中运筹。在反复的探索中,他把焦距对准了人:要把已有的放活科技人员的政策用好用足,创造一个能使科技人员充分显示才华的用武之地。

很快,具体措施"出笼"了。简化管理机构,增强科研实力,把中层干部减少四分之三,使第一线的高级科技人员比例增至80%,中级增至89%。

调整力量,确立为生产服务的主攻方向,相继成立"经营科""技术咨询服务部",使"工锅所"开始从单纯的科研型转向与生产结合的经营型。然后,又最大限度地把成果转变为生产力。

全面实行承包,主动鼓励业余兼职,安排科技人员到乡镇企业兼任顾问,争取每年给科技人员递增20%以上的收入⋯⋯

程其耀的措施连连奏效。几年中,大小课题完成50项,横向收入连年翻番,科技人员的收入远远超过了职称工资,原来因"粥少僧多"而矛盾尖锐的专业职称问题缓解了、淡化了,对市场物价上涨的承受能力提高了,反过来又促进了科研开发的积极性。科技人员产生了强烈的危机感、紧迫感,几乎每个人都在向创收的最高指标进军。

工程师刘春树承包的低偿除氧器,效益十分显著,今年开始第五次转让。按规定,他分两次领到了3 000多元。

有一名离休的所干部,原来对程其耀的改革方案不理解,今年他主动为所里介绍了一宗生意。

一次又一次,程其耀在签署奖金时,心中有一股说不出的高兴。是呵,科技人员的口袋开始"胖"了,而"工锅所"也越来越充满生气。

失败了,就做一块让人踩过的石块

生机和阻力往往并存。就在程其耀不断推进改革的同时,"工锅所"遇到了走出困境前的"阵痛"。然而,程其耀没有后退半步,他说:"没有一点风险,还要什么改革?失败了,顶多做一级让别人能走出困境的石阶。"

他首先遇到的是科研与生产"两张皮"结合的困难。

1985年,"工锅所"为上海红光锅炉厂设计0.2吨/时蒸气锅炉。没多久,图纸出来了。以前,只要通过鉴定,大功就告成了。"从现在起,不能这样,一定要为用户上马……"程其耀对三名负责设计的科技人员说。

不料,图纸拿到厂里,第一关就卡住了:模具不对号,传动装置脆弱。几次试验都告吹。厂方承受不了这么折腾,拒绝提供试验了。

"不消除这个'阵痛',难以迈开与企业结合的步子。"程其耀派人去蚌埠锅炉厂,请他们配合提供试验场所。然后,他与科技人员一起分析原因,修改设计方案。

1987年底,蒸气锅炉在蚌埠试成了。消息传开后,一连有十几个锅炉厂伸手要货,效益达10万元。这时,程其耀没有忘记红光锅炉厂,无偿给他们送去了一套设计图纸。

随着"两张皮"的结合,横向经营的渠道初步打开了,就在这时,人为的压力环生。

"你光想着赚钱,小心偏离了研究所的发展方向。"1985年,上级领导特地把他叫去。语言虽生硬,却出于爱护。是呵,程其耀所推行的改革,尚没有"红头文件"可查。"企业的需要是我们科研所上水平的动力。不与企业结合,我们难以走出困境。不过,请上级放心,纵向课题,行业任务,我们保证不拖后腿……"

程其耀据理力争,同时妥善安排,对于纵向课题和行业任务,努力做到与横向经营相结合,使两头都兼顾到。

上级有关部门看到生气勃勃的"工锅所",终于放心了。有人还风趣地对程其耀说:"你快成红色资本家了。"

保持"困境感",才能拓宽改革路

最后一次采访程其耀是在鲁班路789号上海宝益锅炉技术开发成套公司办公室。这是"工锅所"与全国22家工厂、1家外贸公司联办的公司。程其耀是董事长兼总经理。"这个公司成立3个多月,已落实销售合同300万元,成套设计改造合同150万元。"他忙,身兼十几个公司集团和有关锅炉技术杂志的领导职务。正谈着,又有人来说,宝益公司与匈牙利梅格莫夫伊诺马克公司签署了在上海成立"B-M"公司,合作生产燃油、气锅炉,返销马来西亚的意向书。

程其耀告诉我,"工锅所"刚开始走出困境,还必须继续保持"困境感",才能不断拓宽改革之路。与外商合作,就是他们所在走上技、工、贸之路的又一个尝试。

"山重水复疑无路,柳暗花明又一村。"走出困境的上海工业锅炉研究所的明天,将是怎样一派气象呢?我想,程其耀从事改革的轨迹,已为我们描绘了一幅更美好的蓝图。

《支部生活》1988年第14期

第七部分　再忙也要自我"敲打"　面对差距找出短板

"敲打"中关村老总有感

"30年来的世界科技成果,比历史上2000年科技成果的总和还要多,这意味着知识进入了一个急剧发展和爆炸的时代。科技成果商业化的周期大大缩短,从发明到应用,电磁波通讯用了26年,集成电路用了7年,激光器只用了1年。"这是科技部副部长徐冠华日前在京"敲打"中关村50名高新技术企业老总的开场白,一下子就把科技成果商品化的紧迫感压到在座老总的头上。

紧接着,徐冠华就这样的速度对中国构成巨大挑战谈起,指出了中国目前技术对经济的贡献率仅40%,而发达国家达70%～80%的现状。然后,他又用具体实例指出了中国在技术跨越上"后发制人"的可能性。

这个"敲打"好。中关村可谓中国的"硅谷",那里的高新技术企业可谓中国企业的"领头羊"。通过"敲打",使平时忙于理财的老总们抬起头,听一听我们与外面世界的差距,看一看我们面临的挑战。

这个"敲打"好。中美签署关于中国加入世界贸易组织的双边协议,从而为中国"入世"扫清了最大障碍。面对中国"入世"我们的老总该关注什么?该准备什么?

这个"敲打"好。中共中央、国务院日前召开的中央经济工作会议指出,展望世界经济的发展变化,有三个动向值得我们高度关注,那就是世界范围内正在进行经济结构调整,科技进步突飞猛进,跨国公司的影响力日益增大。我们的老总怎样以创新开路,以崭新的姿态去迎接新世纪,是摆在眼前的紧迫任务。

"敲打"的感受还可以列举一些,不过最要紧的不仅仅是中关村的老总,还应该包括我们所有企业的老总,其中特别是陷入困境的国有企业老总,不妨都改变观念,开动脑筋,或者自己"敲打"自己,或者请人"敲打",诸如本报(《上海科技报》)前不久刊登的,即使每小时花2 500元也值。你说呢,老总。

《上海科技报》1999年11月24日

▶ 日暑有道难忘的弧

苟日新　日日新　又日新

　　高了,亮了,绿了,清了。说是上海变了,变得不认识了。甭说远方来的朋友有这种感觉,就是"阿拉"们几个月,甚至几天不留心,就会对突然间拔地而起的高楼、突然间破土而出的地铁、突然间半空"接龙"的高架路惊呼起来。赞叹之余,我们要清醒地认识到,这些变化来之不易,当倍加珍惜,当不断进取,正如江泽民同志最近指出的,要在发展较快地区开展"致富思源、富而思进"的教育活动。

　　"致富思源、富而思进"就要对取得的成绩进行正确的评价,就要对之所以取得成绩的"源头"进行认真的回顾。其中,随着科教兴国战略的实施,邓小平关于"科学技术是第一生产力"的理论深入人心,科学技术渗透于每一步举措、每一个抓手,这不能不说是一个重要的"源头"。就拿恰逢开发10周年的浦东来说吧,原先上海人素有"宁要浦西一张床,不要浦东一套房"的说法,原因是一江相隔,隔断了两岸经济的同步发展。而今呢,江上新大桥4座,隧道3条,东方明珠、金茂大厦等高楼林立,特别是高科技先行,新领域先上,已建成"一江三桥"四大高新产业基地,高新技术工业企业产值从1994年的不到10亿元,增加到去年的484亿元,新区生产总值达800亿元,10年均增21.3%,全社会科技进步率达到43%,财政投入推动新经济的科技产业化基金从初期的5 000万元增加到目前的1.2亿元。浦东的发展是上海的缩影,浦东是上海的形象。

　　"苟日新,日日新,又日新。"我们在"思源"的同时,务必要"思进",按照中央提出的"大变思源,不断思进"的要求,贯彻江泽民同志的指示精神,把改革开放取得的每一步变化、每一点变化,作为新的起点、新的起跑线,发挥科学技术的强力助推作用,加快把上海建设成为国际经济、金融、贸易和航运中心城市的速度。

《上海科技报》2000年4月12日

第七部分　再忙也要自我"敲打"　面对差距找出短板

从院士主动"充电"说起

中国即将加入WTO,那么,什么是WTO?世界贸易组织的基本原则有哪些?入世后带来什么影响以及我们有什么对策?这些问题你知道吗?或者你知道多少?前几天,中科院院士、市科协主席叶叔华在科学会堂主持了一堂生动的专题报告。说来也巧,在8名中科院和工程院院士的建议下,湖北省科协也举办了一次有关讲座,而且,院士们连午间休息时间也不放过,纷纷与上课的教授探讨报告中的一些问题。读了这两则消息,笔者不禁为院士主动要求"充电"的精神喝彩。

众所周知,科学家是人类社会先进生产力的开拓者,是科技知识和现代文明的传播者。他们的一言一行对社会的发展和人们的生活,具有重要的作用。但是,隔行如隔山,由于所从事的专业不同,所涉及的知识范畴不同,对事物的评估和认识也就不可能都相同或正确。特别是在新知识、新技术不断涌现的今天,倘若不及时补充"能源",不用科学的发展的眼光去审视新情况、新形势、新成果,往往会产生心欲达而力不从的现象,甚至会出现负面效果。这种教训在人类发展史上可以找到不少,比如,当飞机在我们的头顶飞过时,是否会想到,就在1920年,美国天文学家、数学家、海军科学顾问西蒙·纽科姆却告诫人们:"靠比空气重的机械飞行即使并非绝对不可,也是不现实的,毫无重要性可言。"再比如,卡诺在1824年28岁时发现能量守恒和转化定律,并留下《关于火的动力考察》遗稿。遗憾的是,由于权威们传统观念的压制,这一学说被埋没了54年,直到1878年才得到公认,并被誉为19世纪自然科学的三大发现之一。

高尔基曾说:"人的天才只是火花,要想使它成为熊熊火焰,那就只有学习!学习!!"革命老前辈也常教导我们:"活到老,学到老。"院士自动要求"充电",当成为广大科技人员学习的楷模,当成为我们社会发展的一种时尚。

《上海科技报》2000年4月19日

▶ 日暑有道难忘的弧

全球化科技别无选择

不管我们想没想过，不管我们愿不愿意，21世纪新鲜出炉的当儿，科技全球化已经别无选择。

所谓科技全球化是指科技活动的要素在全球范围内自由流动与合理配置，科技活动的成果全球共享，科技活动的规则与制度环境在全球范围内渐趋一致的发展过程。

对于经济全球化，很多人早已耳熟能详，对于《中国科技发展研究报告（2000）》所阐述的科技全球化，国人兴许还觉得生疏。然而，科技全球化的浪潮顾不得这些因素，正在滚滚向我们涌来。君不见，跨国公司的研发机构随着它们的产品向全球各地进军，并加强与外部其他公司之间的战略技术联盟。有数据显示，目前全球与战略性技术有关的多个企业之间的联盟多达4 000多个。再请看，科技人才跨国流动日趋活跃，国家和政府间的科技合作日益频繁，科技活动要素已经跨越国界在全球范围内自由流动。20世纪末，6国科学家联手攻关，破译了人类基因组遗传密码就是佐证。其中，我国科学家加入了这一研究计划，负责测定人类基因组3号染色体上的3 000万个碱基对。

有哲人说过："科学不能或者不愿影响到民族以外，是不配称作科学的。"当然，科技全球化也是双刃剑。作为发展中国家，中国在科技全球化中处于相对被动和不利的地位。特别是加入了WTO，我们的企业就要面对国际技术流动高度集中的强大竞争对手，我们的大学和科研机构也不得不在人才和技术上面对跨国公司的挑战。然而，这严峻的现实，既是挑战，也是机遇，在客观上促进了科技资源向发展中国家流动和转移。更何况，从科技发展的规律来看，任何国家或集团都不可能长期独霸新的科学技术知识。

我们已经紧握新世纪的双手，开始吮吸21世纪温馨气息。在我们面前展现的庞大空间里，全球生态、疾病、人口和资源等重大问题的解决，已经不能也不可能仅靠少数国家，而需要更多的国家和科学家参与。我们要想从中获得全球科技化带来的新的技术标准和巨大的商业利益，就必须及早认识，及早应对，及早介入。别无选择！

《上海科技报》2001年1月3日

著名失败者

"在座许多人都是成功企业家,而我是一个著名的失败者,我将要告诉大家的是'巨人'失败的经验教训,希望能给大家一个借鉴。"这是"2001年中国民营科技实业家协会高峰论坛"上,史玉柱发言的开场白。

世人对史玉柱并不陌生。记得1995年记者赴珠海采访史玉柱时,"巨人"已是居"四通"之后中国第二大民营高科技企业,史玉柱也先后成为珠海第二批被重奖的知识分子、中国十大改革风云人物。然而,风云突起,财务出现危机,大厦被迫停工,"巨人"陷入困境。就在人们逐渐对此淡化的当儿,2001年初,又有媒体"地毯式"报道,史玉柱开始偿还"巨人大厦"在香港及内地的大额楼花欠款,并在上海公开宣布要重树"巨人"大旗。最近又有传闻,史玉柱涉足股市,要借青岛国货(ST)之壳上市。

"巨人"此番能否真正站稳脚跟,尚不得而知,这里要赞叹的是史玉柱敢于承认自己是"著名失败者"的胆魄。联想到有些民科企业的老总,就缺乏这种大将风度,往往是有了债务,能拖就拖,能逃就逃;出了问题,怪这怪那,就是不怪自己,这样的企业迟早会被市场无情淘汰。既然如此,何不学一学"著名失败者"的姿态,像第一八佰伴创始人和田一夫一样做一只"不死鸟",认真研究一下企业内外的变数,说不准也能很快摆脱面临的困境或尴尬哩。

《上海科技报》2001年8月10日

第八部分　杠杆的支点在创新
　　　　　　小卒子过河吃掉车

　　许宏纲为打破电机吃"大锅电"现状,经过数十次试验,上百次甘苦,最终节能起动器问世了。胜利油田听说在抽油机上安装节能起动器后,单机年均节电率为24％,如果在19 000台抽油机上全都装上仪器的话,年可节电3亿度。但他们看了许宏纲的测试后,仍怀疑做了什么手脚。于是,暗地里组织了行家到现场测试。谁知,节电指数高达近30％。是啊,科技人员的发明创造,好比武松的"滚龙刀",看似平凡不起眼,其实都经历了千辛万苦,但愿"小卒子过河吃掉车"的故事多多益善。

许宏纲——寻找虎"迹"

寻找电老虎,围剿电老虎!上至国务院,下到小企业,都在发文,都在呼吁。

在中国960多万平方公里的版图上,每年因缺电要影响到上千亿元工业产值。有数据说,中国每1美元工业产值消耗的能源,是日本的6.8倍,美国的3.87倍,印度的2.8倍……

许宏纲很不服气。这位昔日的码头工人,如今的上海港科学技术研究所工程师、国家"五一劳动奖章"获得者,在寻找"虎"迹的过程中,留下一串脚印,几多辛劳。

一

船过三峡。

许宏纲倚在栏杆上,眼睛愣愣的。从记事起他就向往的美景胜地,此刻却没有心思观赏。就在几天前,他在成都召开的全国电气节能交流会上,宣读了他的那篇节能控制器的技术论文。

节能效果如何?经济性能如何?谁知,话音刚落,就有专家提出了问题。一个紧接一个。

许宏纲尽量想回答周全一些。可是心中很有底,仪器在设计中的先天不足,是难以让专家信服的。说实在的,就是这台装置,已经熬白了他的两鬓。

那是1983年初,正在上海港科研所情报室工作的许宏纲,看到一份市里的简报,说是美国已把节能控制装置运用到航天航空器上……顿时,平时积累的大量资料,与装卸作业中电机空载仍然耗电的惊人问题,碰撞在一起。许宏纲创造发明的欲望出现了。

能否设计一种仪器,打破电机吃"大锅电"的现状,按量分配,电机负载多少,吃多少电;空载,少配给电?很快,他起草,向科研所、上海港务局打了2份立项报告,申请7万元,与另两位同伴一起,向"虎穴"进军了。

一次、两次……经过数十次的试验,测量,测量,试验。结果都失败了。

▶ 日暮有道难忘的弧

两个同伴先后离开了。许宏纲没有走。试验刚刚开了头,就被电老虎吓退了?我不服。他推了推眼镜,重又打了一份报告:项目不变,经费由 7 万元减至 3 000 元,到我原单位"汇山"装卸公司(原名叫上港三区)去搞试验。

这是一份破釜沉舟的军令状!资料少得可怜,设备几乎为零,零部件又不能要啥买啥。面对现状,这位初生牛犊开始自讨苦吃了。有时为了买到一只价廉的元器件,他骑着"老坦克"奔南京路、汉口路、北京路。

终于,节能控制器安装好了。他的目光紧贴示波器。仪器在 7.5 千瓦的机床上试验时,节能效果总在 20%～30%。谁知,在 30 千瓦以上的大功率马达上试验时,震荡失灵了:马达像蛤蟆直蹦跳。

怎么办?正像同伴们好心劝说的那样,电老虎真的难以降服吗?他问自己。好在他对困难和风险有足够的思想准备,心情也就很快平静下来。

此时,许宏纲站在汉口开往上海的长江轮船上,思绪随着船尾的浪花跳跃。突然,"天门中断楚江开",会议颁发的一份有关电机"反电势"技术的论文,映入眼帘。节能控制器能否借用这个原理,来一个"模拟反电势"呢?

电机的"反电势"变化,可以直接反映电机转速的变化,从而在电机受到突加负载或外界扰动使其转速产生变化时,可以快速可靠地对电机进行检测。

瞬间,他伏在三等舱的床铺上,打开随身携带的纸张,绘制起来。船临近南京时,一份崭新的图纸出现了。许宏纲的眼镜片里满是喜悦的神色,仿佛这份图纸比三峡的景色还要美。

船从南京到上海还要一天。他等不及了,与同伴一起跳上船码头,直奔火车站。午夜,赶回了上海。

第二天,仅仅十几个小时,新的仪器摆在实验桌上了。他小心地接通大小马达,小心地扭动控制器开关。嗡……电机在低电压时轰鸣,仍然富有明快的节奏,仿佛在说:辛劳了,伙计,你成功了!

他不相信,这一次会如此顺利,又把仪器拿到现场去试,又请港务局节能办、技术处的行家来测试,结果都一样:节能在 30% 以上,有效地控制了电机空载"吃电"的现象。在 1987 年召开的鉴定会上,专家们竖起拇指:经过检索,在节能控制器上采用"模拟反电势"技术,为国际首创!

这台代号为 KJ-1 的节能控制器先后获得了交通部科技进步二等奖、国家发明三等奖、第三届全国发明展览会铜牌奖。按理,许宏纲在寻找"虎"迹中已颇有收获,满可以松一口气了,可他没有收回撒出去的网。

电机在起动时,为了防止大电流对其的冲击,作业单位都使用传统的降压起动器。而使用这种起动器电流不能随意设定,不能频繁起动,还要耗用大量有色金属……能否在节能控制器的基础上,试制一种新的起动器?他又对自己发动了追踪"虎"迹的新命令。

起草立题报告,收集有关资料。然后,采用国内首创的恒流软起动技术,使电压起动后逐渐升值,起动电流平稳增加,接着进入恒流软起动。

又是数十次的试验,又是上百次的甘苦。代号为JQ-1的交流电机固态节能起动器问世了。

这项适用于200千瓦上下的交流异步电动机上的节能起动器,快速响应等性能明显优于国外同类产品。1990年后,连续获得上海优秀新产品一等奖、上海优秀发明一等奖、上海市科技进步一等奖,还在第19届日内瓦国际发明展览会上,捧来了银奖。

1990年,在广西召开的全国电器节能交流会上,许宏纲又一次宣读了论文。这次,引来的是满堂掌声。专家们还说,这项技术的推广前景看好!专家们还问,仪器在什么地方有卖……

已经撰写了30多篇论文的许宏纲,推了推眼镜,微微笑了。心里满是宽慰。

二

火车,轮船;轮船,火车。像两把梭子,在许宏纲的脚底下来回穿梭。

软起动器真有这么显著的节能效果?真能在抽油机上运用?又一天,胜利油田传来信息,他们想用,又有些担心。

本来,许宏纲是用不着管这些事的。一项发明成功了,也得到了社会的承认,发明者的使命似乎也完成了,况且,国家科委已把节能起动器列在国家重点推广项目的计划之中。可是,许宏纲不这么想。

他打点行李,很快跳上火车,来到胜利油田,安装、测试、起动。抽油机呼呼,示波器闪闪。节能效果达到预期指标,指针在20%处上下摆动。

胜利油田是从大庆油田获得的信息,听说他们在抽油机上安装了软起动器,单机年均节电率为24%,如果在19 000台抽油机上全都装上这台仪器的话,年可节电3亿度。现在,他们看了许宏纲的测试后,仍怀疑做了什么手脚。于是,背着许宏纲,组织了油田测试中心的行家,再次到现场测试。谁知,节电指数高达近30%。

这下那位工程师傻眼了,赞叹地说:我算了一笔账,在胜利油田全面推广这项技术,年可节电几千万元……

看来,成果要转化为生产力,难度还不亚于发明创造呢。许宏纲想。

▶ 日暑有道难忘的弧

于是,当兰溪、兰州、北京、银川、青岛等地的厂家来沪要求转让这项技术时,许宏纲就对他们上理论课、技术课,直到他们自己能够安装。于是,节能起动器迅速在全国推广,年节电已达 300 万度,创造间接社会经济效益 1 860 万元。于是,许宏纲研制的异步电机节能控制器也成了系列,直接取得经济效益 164 万余元。

许宏纲的发明,为我们提供了降服电老虎的金箍棒。客户们如是说。最有趣的是上钢五厂运用软起动器的事。有一个月底,上钢五厂一个抄电表的业务员,对三轧分厂抄电表。不料手拿着本子惊讶地问,你们的电度表是否坏了?一打听,才知道是在耗电大户剪刀机上运用了许宏纲发明的节能装置。

三

脱下翻皮工作鞋,倒去沉积的汗水,重又弯下腰。许宏纲穿着短裤,赤裸着上身,吃力地搬着生铁。一吨生铁 30 块,一个工人一天要搬 3 000 多块生铁,几乎要把他压垮了。

那一天,年迈的父母坐船去大连,看到许宏纲穿着破兮兮、脏兮兮的衣裤,一时语塞了。但愿儿子能够挺住!但愿汗水能再次唤起儿子童年时的灵气!都是教授级高级工程师的父母,是响应政府的召唤,50 年代从英国转道香港回祖国参加建设,知道该怎样启迪孩子。

就在许宏纲念小学时,父母教育他,要向爱迪生、居里夫人学习。许宏纲点点头,还真的朝那个方向努力。中学几年,他参加了市少科站的无线电活动小组,做矿石机、收音机、航天航空模型……又从初级班升到中级班、高级班、研究班。上了高中,他成了校无线电小组指导员。

1966 年高中毕业来到了码头上,沉重的体力劳动又练就了许宏纲一副宽厚的双肩。3 年后,他和 4 个同时进港的青工,在机修车间的一个角落里,试制出船舱里作业的交流电铲车、吸铁吊,又很快被吸收为技术人员。

1977 年,全国恢复了高考。下班回到家,就和刚成家才一年的妻子商量开了:你我都是高中生,不能再等了……

考试要花时间复习,可家庭也要有人照顾。我看这样吧,今年你去考,考不上,明年我再去考!本来是小学同学的妻子,青梅竹马,还不理解丈夫的心吗。

许宏纲考上了上海铁道学院。4 年后,他在分配志愿书上,郑重地填上了上海港务局。他想回娘家,为海港的明天添上一笔。

不知有多少天了,许宏纲走南闯北,推广试制成功的仪器,家里仅留下妻子照顾父亲、照顾儿子。有一天晚上,本来就多病的大儿子,突然哭着说:"爸爸,爸爸,你快回来吧!"妻子着急地问:"孩子,你怎么了?"一摸他的额头,才知道在发高烧……

  时间久了,要强的妻子到底忍不住了。已经大修三年的房间里,经过修补的墙壁上涂料一块一块的,不成样子。叫许宏纲抽几天粉刷一下,总说没有空。最后只好请人来粉刷,可家里总得有一个男子汉作为帮手吧?说好的,许宏纲挤出时间来,谁知那天他却又去了胜利油田。

  又有一天,许宏纲半夜出差回来,当装卸工时积压下来的腰病发作了,直挺挺地躺在走廊里的地板上。这是累坏的呀!妻子心疼地扶他起来,替他捶腰。

  难怪,当许宏纲连续两次荣获市劳模,去年又荣获全国"五一劳动奖章"、上海市"科技精英"提名奖时,他说,这里面有我妻子的一半汗水呵!

  《上海科技报》1992年2月1日、《发明家的故事》1993年

▶ 日暮有道难忘的弧

章基凯——"鞭赶"自己的人

华罗庚曾说：

> 树老怕空，人老怕松；
> 戒空戒松，从严以终。

——章基凯铭记的格言之一

他还未曾满 50 岁，耳朵旁的发根已开始爆出银丝。那是他在化学世界"戒空戒松"23 个春秋的见证。他是副总工程师，手指却粗糙刺人。那是他"鞭赶"自己，为高分子工业采花酿蜜的痕迹。

是的，他主持的上海树脂厂研究室，"六五"期间完成科研项目近 80 项，获得国家级等重大成果奖 20 项，他参加研制的就有 7 项。于是，在啪啪的"鞭赶"声中，他踩出一串串闪光的脚印。

军医求援，急需有机硅血液消泡剂。他"鞭赶"自己——外国有了，我们为何不能试制

一个寒冷的冬天，南京军区某医院和二军大的军医，拿着氧合器与有机硅血液消泡剂，来到上海树脂厂，焦急地说："这是进口的抢救伤病员的器械和配套药剂，价格昂贵还经常脱货。你们能否帮助研制国产的……"

他推了推眼镜，略微思索了一下。他自 1963 年中山大学毕业来到树脂厂研究室，在郑善忠、徐明珊、张慧珍等高工和老工程师指导下，曾填补 6 项我国军工空白。显然，眼前又是一场硬仗，要不要接？蓦地，他的目光撞在军医焦急的眼睛里，仿佛从中看到了急需消泡剂抢救的病人。他的心颤抖了，强迫自己道："我们尽最大的努力，来达到你们的要求。"

这是 1978 年的岁末。

他冒着寒风，和陈荣根等人，去寻找协作伙伴。很快，上海医疗器械研究所承担了试制氧合器的任务,二军大、市三医院和新华医院愿意配合临床试验。他则和小陈及工程师李燕声、潘桂清等瞄准了研制消泡剂的主攻方向。

样品出来了,消泡仅半小时,作用极差。他的心,叮咚作响:"是不是我们确实无能力……"好在他没有忘记对自己的"鞭赶",马上提醒道,"即使失败,也该找出原因。"

于是,他召开了诸葛亮会。与会者的见解,打开了他那灵感之门。当晚,他用两个功能团有机硅实验复合反应。"成功了!"一阵喜悦,冲走了6个月的疲劳。

经过3年的临床应用,专家们作出评价,他的成果能与进口产品媲美。顿时,消泡剂在全国推广开了,至今已抢救近2万名伤病员。

现代新型的高分子能否应用到东方古老的刺绣艺术中去?他"鞭赶"自己——外国没做的,我们要先迈一步

"现代新型的高分子材料有机硅,有着广泛的应用前途……与我国刺绣艺术融合后,可使瑰宝更加绚丽。"

为了把军品转为民用,他"强迫"自己书写了十几篇推广应用的文章;他"鞭赶"自己,到江苏、广西和北京等地去游说。终于,把苏州科委领导张爱琴工程师的心打动了,邀请他去帮助苏州的刺绣精品更新换代。

他出发了,与周承霞、章启明、盛本麟、程小珠、张金云、谈佩文、薛志庆等同行。没多久,就协助苏州列出了7个应用课题。

他是搞高分子化学的,不懂丝绸刺绣。他去请教技术顾问,他去车间仔细观察。

那刺绣老艺人把一股丝线往口中一舔,在唾沫的湿润下,散成48根。这是原始工艺呵,看来刺绣精品时间不长就霉变,原因也在此。他皱着眉,对自己下命令道:"把有机硅运用于刺绣工艺,国外还没有,可我们为什么不能先迈一步呢?"

经过两年的试制,1982年,应用于刺绣的有机硅整理剂拿出来了。只见那经过整理的精品,霉变期限延长了几十倍。那画面上,波斯猫、金鱼,活灵活现,几乎可乱真。他笑了,在成功中得到了宽慰。

北京试制了有机硅阳离子羟乳民用品,但难以在沪使用。他"鞭赶"自己——联系上海实际进行改制

那是1979年,北京科学院化学所首次开发了有机硅阳离子羟乳,这是用于纺

▶ 日晷有道难忘的弧

织、皮革等轻工业的理想配套材料。遗憾的是上海水质不好,冬天又易结冻,影响使用。

他知道了,大脑里的细胞剧烈运动起来。思索结束,他又在自己身上加了一鞭:"利用上海技术优势,联系实际进行改制。"

100次、200次……到底试制了几次,他记不得了。参加研究的李燕声、陈萃文、包丽华、陈荣根、谈佩文和叶尧兴等也记不清了。谁知,当新颖的有机硅微离子表面滑行剂和采用季铵碱反应的新工艺拿出来后,在上海东风制线厂试样失败了。

那是夏季。车间里,白天像火炉一样灼人,晚上蚊子嗡嗡袭人。衬衣早被汗水浸湿了,皮肤也被咬得疙疙瘩瘩。

一连几次的诸葛亮会,他与同行争得汗如珠下。他平时温和谦让,这时急不可耐,只想早点把问题找到。

又是数十次的试验,在制线厂协同下,汗水浇开了硕果。从1982年至今已投产400多吨,创利70万元。可有谁想到,他已和同行一起经历了1 000多天的试制。

他,上海树脂厂共产党员章基凯副总工程师,就是这样一位"鞭赶"自己的人。瞧,1987年3月17日下午,当接过市领导授予的上海市优秀科技工作者奖状后,他又在"鞭赶"自己,连夜向厂领导写信道,"防空防松",继续在化学世界中寻觅稀有瑰宝。

《上海科技报》1987年3月21日

唐映——爬向高高的发射塔

121米、122米。

她坐吊篮,到了120米处。然后手抓栏杆,顺着陡直的铁梯,一级一级往上爬,向着那186米高的上海电视发射塔的顶端。正是1974年乍暖还寒的季节,不要说45公斤重的人,就是兴建中的电视塔,也在大风中有规律地摆动着。她的手颤抖了,但那上面,有她和同伴们试制的大功率射频馈线,必须爬上去。她对自己这样说。

兴许,她想把自己的热能,融进电缆,通过发射塔释放。兴许,她想为发展祖国的电子工业,延伸攀登之路。

这些猜测,不无根据。自1963年她踏进研究所门槛后,负责和参加研制的各种电缆产品,已有25项,其中1978年以来的7项,荣获了国家级科学技术进步二等奖。

哦,她就是电子工业部第23研究所工程师唐映。

登高,苦中自有险

那年,有两项援外电缆任务。那电缆很粗很长。显然,要达到技术指标,有一定难度。但类似的电缆,已在电视台使用,有一定的基础;所在的专业组曾多次被评为市和所的先进集体,有大家的支持,还有车间的工人师傅精心操作,任务一定能完成。她性格开朗,心里怎么想,嘴上就怎么说。

制作开始了。每天,她去车间,和有关人员一道抹汗,一道测试。有人劝她,唐映,你就放心吧。她笑着点点头。嗯,多一双眼睛,多一道关。

不好,险情出现了。在半成品检验时,仪器上出现了短路信号。

脸上的笑容不见了,饭粒嚼在嘴中失去了香味。但这不是软弱、胆怯。她是个坚强的女性,即使在十年动乱中,被人叫去当父亲的陪斗,她也咬着牙,未曾流泪。即使遇到更大的困难,一时别人又难以理解时,她真想哭,但那只是想想而已。此刻,她有充分自信设计上没有问题,产品怎会出问题?她的自信,很快得到了证实。通过检测,在电缆中发现了一根头发丝般的铜丝。援外任务按时完成了,同时获得了四机部科技成果优秀奖。这时,她的眼圈反而红了……

登高,苦中也有辣

唐映,你家里捎信来了。

1982年7月,她正在四川协助敷设电缆。有人劝她,两个儿子,一个要升高中,另一个要考初中,怎么不如期回去?

她纳闷。临行前年迈的母亲、在某设计院的丈夫(现为院长)都劝她说,你每年总有几个月出差,我们从未反对过。这次,为了孩子升学,是不是可以别去。

这次是为发射卫星敷设电缆,虽不是自己负责研制的课题,但勘察时去过,知道那里地貌复杂,工程艰巨,自己应该奉献一份力。

其实,母亲怎会不知道女儿的心。有一次出差,正逢母亲生病,要她晚走几天。正巧同行中有个同志的爱人怀孕也需晚走。于是,她把情况告诉母亲。母亲含着泪,点点头。

丈夫也不会不知道妻子的心。每逢她出差,他本身的工作再忙,也要既当爹又做娘,里里外外包揽家务事。她知道,这次情况有点特殊。临行前,说好一个月内就回去,可工程遇到了一些问题,超过了时间,这怎么不叫家里人着急!

她,毕竟有着强烈的事业心。祖国母亲,需要她的女儿在这里,自己怎么能半途而退?想到这里,她的心硬了,立即拍了一份回沪推迟的电报。

当然,她不是某些小说中的科技工作者,呆呆的,缺乏感情。她很活跃,年轻时,还是大学里舞蹈队的成员。要是环境允许,她真想跳一场。

此刻,她却要忘记生活中的酸辣,忘记年轻时的爱好;她得把自己的理想,埋进电缆。那是大热天,一次她晕倒了。同去的所领导劝她回营地休息。她不肯,喝了一瓶冷饮,又走进了挥汗者的行列。

登高,苦中更有乐

云在山间游,山在云中走。军用卡车在小道上颠簸。她的心也在颠簸。

1976年的初春,所领导闻讯雷达部队急需改进电缆,就又把任务交给她的课题组。不多时,她和十来位同伴带着新品出发了。经过十几个小时的颠簸,海拔2000米高的雷达站到了。

摸一摸床上的羊毛毯,湿淋淋的;看一看四周的墙壁,都挂着水泡。吃饭了,菜苦涩涩的。想呕,她忍住了。苦吗?苦!只有几天就忍不住了?不!战士们长年累月也未曾叫苦。忽地,食堂里飘进一朵白云,面对面,同伴不见了。哈哈,笑声把苦赶入了云海。

电缆容易打火击穿的原因,是不是云雾引起的潮湿所致?为了证实结论,一连几年她又和同伴一起,带着改进过的防潮电缆,长途跋涉,到十万大山的南方,去冰雪封天的北方,赴四面环水的海岛,帮助一个个雷达站,应用新型电缆。小憩时,几个人摊开一张报纸,散开54张牌,拱猪抓羊,抓羊拱猪,一阵欢乐,驱退了疲劳。于是,又鼓起精神,迈开步伐。

后来,部队捎信来了。说是新电缆质量呱呱叫,再也不用为打火击穿烦恼。说是新电缆在对越自卫反击战中,立下了大功……

她笑了,感到充实,感到幸福,仿佛向着那高高的发射塔,又登上了一级阶梯。

(唐映,"五一劳动奖章"获得者、全国优秀科技工作者)

《上海科技报》1987年4月18日

> 日晷有道难忘的弧

戏说武松"滚龙刀"

武松打虎的故事绘声绘色,武松斗西门庆的传说也十分精彩。这里略表其运刀除霸的一段细节。

刷地,武松拔刀朝恶棍的胸口送去。哪晓得,西门庆伸出右手,啪地一把抓住刀背,心里好一阵得意。看官知道,内行出刀都是刀刃在上,刀背在下,可武松却一反常态,可见其刀功不怎么样了。于是,西门庆暗笑:"武二郎呵武二郎,赤手空拳打大虫是你强项,什么一扑一掀一剪的,运刀不行了吧?看我来教训你。"正当西门庆喜上眉梢时,冷不防武松的手腕由外朝里猛地一转,然后迅速往回一抽。顿时,西门庆半个巴掌已吊在右手背下……

据说,武松的这一招叫"滚龙刀",是他的周侗师傅暗地里传授的绝活。传说是传说,可武松"一送一转一抽"的运刀法,可谓该出手时就出手,该出新时就出新。

商场如战场,在激烈的竞争中,想战胜对手成为赢家,企业的老总必须要有创新意识、创新思路、创新魄力、创新手段。如,北大方正集团,依靠创新不断在市场中滚爬,现已手握国内外中文照排市场的大部分份额。又如四通集团,自从搞出了打字机后,又以创新一路开拓,目前在中国信息化改造的主战场、中国信息化发展的前沿阵地,都有他们的声音。

创新是民族兴旺的灵魂,创新是国家强盛的希望。遗憾的是我们好多企业,特别是国有企业的头儿,总以为循规蹈矩没有错,"现成饭"吃得老香,干吗再去挖空心思搞创新?其实,你不创新,别人创新;别人创新,就意味着你在守旧,你在逐步被淘汰。这样的案例在本报(《上海科技报》)刊登的景福针织厂以及其他倒闭企业中都可看到。为此,企业的老总们,不妨练就几招"滚龙刀"的绝活,在市场竞争的紧要关头露几手,也可说是该创新时就创新吧。

《上海科技报》1998年7月3日

人才并非越高级越好

此题目由来,是听说了两家企业引进人才所遇到的事情后,有感而发。

有一家专业从事装卸的公司,从复旦大学、交通大学等高等学府挑选了十来名法律系、外语系的"尖子"。这些大学生满肚"墨水",身材也出挑,很快被安排在主要岗位。没几个月,公司就开始为他们提干加薪分房。然而,不满两年,"尖子"们都远走高飞"拜拜"了。公司经理摊着手说:"人才难觅,人才更难留啊。"

还有一家民营科技企业,在人才市场上以高价聘请了一位高级复合型人才。此人英语流畅、电脑娴熟、能说会道,还会驾车。公司老板如获至宝,对所开的条件一一应诺,并聘他为公司研究室主任。谁知,快一年过去了,公司原先技术管理上的问题没有得到解决,反而惹起新的矛盾。此人口气越来越大,要求越来越高,企业简直难以承受。职工知道后纷纷说:"但愿大和尚早点离开咱小庙。"

毋庸置疑,就人才自身来说,所学的科目越多越好,掌握的知识越全越好。这样不仅能适应各家企业各个岗位的需要,而且还能体现知识的价值,为自己要个"好价"。然而,就企业来说,则不同了,对所使用的人才往往有很大的专业性、针对性,不可能全都要求高级的复合型人才。特别是急需壮大发展的中小企业、民营企业,大都从事中低技术产业,其不会超越生产发展的需要去企求高级人才,更不会盲目地为追求大市场高利润,而寄希望于复合人才。因此,企业在发展过程中对人才的需求是十分苛刻的,它既要有超前意识,利用人才加强对科技的储备,又不能脱离实际,对人才有过高的要求。可以说,上述两则实例就是对人才应用的错位、越位所引起的尴尬局面。

人常曰,市场竞争说到底是人才的竞争,这是对的。但绝不是说企业要用的人才越高级越好。这种可能造成积压、浪费或者滥用人才的做法,显然也是不可取的。

《上海科技报》1998年12月18日

▶ 日晷有道难忘的弧

变"跟人头走"为"跟项目走"

市科委领导在谈及今明两年上海科技体制改革时,列举了科技事业费管理中的一项举措,那就是变"跟人头走"为"跟项目走"。

从20世纪90年代初开始,上海对科技的投入逐年增加,现在,无论是资金增长的速度还是投入的绝对值都居全国前列。同时,上海还从1995年到2000年另拨专款1亿元,用于高新技术产业化贴息、重点科技项目的研究开发。但是,要在短时间里同发达国家一样大幅度增加,投入几万亿元乃至几十万亿元,似乎尚不可能。这就要求我们把有限的宝贵的科技事业费花在刀刃上,花在"有所为"和"有所赶"的项目上。

科技事业费像以前那样"跟人头走",往往造成有的项目没有人干,有的项目几十几百人干。或者说,有一定风险但紧贴市场、有一定难度但国家正在抓的重大项目,少有人问津,没有市场前途至少目前不怎么急需的项目却在争着干。这样就很可能出现科技事业费投入的失误、失衡,也就难以形成可持续的科技事业发展的良性循环。

科技事业费"跟项目走"则不同了。费用投入打破了"大锅饭",按项目的轻重缓急、大小强弱,"明码标价",带有十分鲜明的倾向性。无疑,对调动科技人员的主观能动性,特别是提高投入与产出的回报率将产生重大的影响。同时,对精简机构,减少人浮于事的弊端都将有很大的推动作用。

贝尔实验室主任威廉·贝尔曾说:"我们开展科学技术研究,从来不是为科学而科学,为技术而技术的。我们始终十分注意研究方向。"可以断定,科技事业费变"跟人头走"为"跟项目走",将会受到广大科技人员击掌赞成。

《上海科技报》1999年1月27日

小改小革自有"杠杆支点"

年轻时的约翰·洛克菲勒在美国一家石油公司工作,负责巡视并确认石油罐在输送带上移动至旋转台上,焊接剂是否自动滴下,并沿着盖子回转一圈。他每天反复数百次地注视着这种作业,好不枯燥。"其中有没有可改进的呢?"于是,他全神贯注地观察这一焊接过程,终于发现罐子每旋转一圈,焊接剂滴落39滴。他又思考着,如果能将焊接剂减少几滴,不是能够节约成本吗?经过一番研究,他研制成一种"37滴型"焊接剂,但效果不理想。接着又研制出"38滴型"焊接剂,这次的发明非常完美。虽然节省的只是一滴焊接剂,但那"一滴智慧"却替公司带来了每年5亿美元的新利润。

这个约翰·洛克菲勒就是后来创建美孚石油公司,并在不惑之年成立了世界上第一个"托拉斯"石油工业集团的石油大王。

一滴焊剂似乎微不足道,然而累积起来,其意义就使人刮目相看了。联系到我们企业职工的"小改小革小建议",同样也蕴藏着巨大的财富。本报(《上海科技报》)上期的一则消息报道,去年本市就有5 784家企业的272万多名职工提出了多达36.98万件合理化建议,其中被采纳的有12.03万件,被实施的有7.04万件,已为企业创造经济效益32.9亿元。这些建议在提出的时候可能很小,特别是相对大思路、大手笔来讲,甚至小到被人忽视、忽略的地步,可是看看32.9亿元的实绩,我们还会嫌其小吗?俗话所说的"小卒子过河吃掉车"就是这个理吧!看来,我们在热衷于制订宏观计划的同时,不妨关注一下那些并不起眼的"小改小革小建议",说不定又能抱一个"金娃娃""聚宝盆"呢。

最近,科技部部长朱丽兰再次阐明了科学技术对经济发展的四两拨千斤作用。她借用物理学中的原理说,杠杆的支点在哪里呢?支点就是在于技术创新,建立国家体系。记者在想,企业在逐渐向依靠科技进步、实现技术创新的主体转变过程中,是不是存在类似洛克菲勒那"一滴焊剂"似的杠杆支点呢?

《上海科技报》1999年4月30日

▶ 日晷有道难忘的弧

把工作变成创造性的艺术

"要把工作变成创造性的艺术,变成技术领域的又一次探索和攀登。"这是工人专家张玮对工作的感受。这位平顶山煤业集团公司田庄选煤厂管工班班长,在60多公里长的管道上,完成了100多项工艺改造和安装工程,一年就为企业增加直接经济效益1 000多万元。他针对重合选煤工艺存在的管网磨损严重问题,研制成功了"选矿用耐磨弯头"和"选矿用耐磨阀门",双双获国家专利,前一项专利还每年为工厂带来500万元的经济效益;他为矿务局医院急需的200毫米的长针头排难,用焊枪将3根70毫米的细针头连成一体⋯⋯

一生握有2 000余项发明的爱迪生曾说过:"人生在世是短暂的,对这短暂的人生我们最好的报答就是工作。"大凡专家、发明家以及颇有建树的工程技术人员,都有类似"把工作变成创造性的艺术"的体会。"抓斗大王"包起帆就是佐证。他那时在上海港白莲泾装卸区当码头工人,每天要同直径比油桶、比圆桌还要大的原木打交道。一工班下来,上下工装能拧下几大碗汗水来。吃点苦算不了什么,使人胆战心惊的是被大伙称为"木老虎"的原木,每年甚至每月总要碰伤砸伤几个工人。于是,他把发明木材抓斗作为自己生活的一大组成部分。他把图纸贴在家里的墙上、大橱上;他连原子笔的"升缩"原理也不放过,思索着能不能作为木材抓斗的张合机构⋯⋯于是一个发明连着一个发明。据初步估计,他取得的八十来项发明,为企业增创经济效益数千万元以上,同时不知避免了多少工人兄弟遭受工伤痛苦。

五一节那天,《人民日报》的社论指出:"工人阶级是先进生产力的代表,是劳动创造的主力军,也是改革、发展、稳定的主力军。"我们相信,在"把工作变成创造性的艺术"精神鼓舞下,在劳动群众中会出现成千上万的专家。正如陶行知先生所鼓励的:"处处是创造之地,天天是创造之时,人人是创造之人,让我们至少走两步,向着创造之路迈进吧。"

《上海科技报》1999年5月5日

李洪涛的经验值得学习

前一些时候,陆军航空兵某直升机团训练场上,展开了一场别开生面的表演。梅花扳手、取节流门工具、一字大解刀……一名被红布蒙着双眼的战士,准确地说出递到他手上的几十种不同机务维护工具的名称。然后,他用3分钟,当场演示了一笔画成直升机冷气系统图。听说这名战士只有高中文化水平,却还撰写了《直升机自动灭火系统假动作故障分析》等10篇专业论文,开启了我军陆空兵部队由战士发表专业技术论文的先河。

这位名叫李洪涛的战士是否有特异功能?非也!是科技知识开阔了他的视野,是科学方法提高了他的水平。据说,他入伍4年自学不辍,从数学、物理、化学等基础知识开始,攻下了微机使用、机械制图、空气动力学、飞行力学等18门高等专业课程,写下了30多万字的专业学习笔记。同时,对直升机上14个主要系统、174个常用部件、32个各类仪表和1 826个参数,能做到"一口清",对直升机上液压、燃油、滑油和冷气4个主要系统,75个分系统原理图,能默画"一笔成",还对108种航材和100余种(件)机务维护工具,蒙上眼睛"一摸准"。看来,李洪涛把这些功夫归功于"学科学、科学练"的方法,是言之有理、行之有效的。

我们说,各行各业都在开展技术练兵和岗位成才的竞赛活动,这是企业在激烈的市场竞争中立于不败之地的重要措施。遗憾的是,有的单位往往"号召一阵子,热闹一阵子,寂静几阵子",竞赛结束后,练兵时的刻苦钻研精神,练兵中出现的新技术、新手段全都忘了,任务一紧,还是常用抓进度搞会战的老一套。没有及时总结推广先进经验、先进技术、先进工艺。于是,既失去了竞赛的意义,又浪费了人才,浪费了技术,自然也就难以出现李洪涛那样的技术标兵。

《为学》曰:"天下事有难易乎?为之,则难者亦易矣;不为,则易者亦难矣。"学一学李洪涛刻苦钻研技术的精神,学一学某直升机部队推广典型经验的方法,对我们的企业依靠科技进步,推动经济发展,不无益处。

《上海科技报》1999年7月21日

> 日晷有道难忘的弧

退而结网,福特起飞诀窍

对于美国汽车大王福特,国人都不陌生,然而,他曾经面对市场上强大的竞争对手,如何沉着冷静,以创新为突破口,形成第二次起飞辉煌的一面,却鲜为人知。

那是20世纪20年代初,已值美国汽车工业全面起飞时期,各大公司纷纷推出色彩明快的汽车,销路大畅,唯有黑色的福特车保持不变,显得严肃呆板,销路也因此严重受阻。当时,福特公司的生产艰难,部分设备停工,只好取消夜班,并开始减员。公司内外也就人心浮动,流言蜚语四起,连福特夫人都有点沉不住气了。"让他们去说吧,谣言越多对我们越有利!"旁人不理解,福特手下几位大将清楚得很,那就是针对激烈的市场竞争,他们抓紧时间对新的车辆进行设计。定型后,又想方设法减少成本,将废钢船拆卸后炼钢做车身。紧接着,果断宣布原生产车辆停工。正在汽车商们疑虑猜测的时候,色彩华丽、典雅轻便而价格低廉的福特A型车上市了。福特公司因退而结网这一招,从此走上美国汽车工业巨头之路。

我们正处在现代化建设实现第二步战略目标,并向第三步战略目标迈进的关键时期,以科技创新为先导促进生产力发展的质的飞跃,解决产业结构不合理、技术水平落后、劳动生产率低、经济增长质量不高等问题,是摆在我们面前的艰巨任务。记者在想,倘若能像福特公司那样,处事不惊,审时度势,把市场需求、社会需求作为技术创新基本出发点,集中力量,大力协同,重点攻关,可能会很快取得突破。

最近颁布的《中共中央 国务院关于加强技术创新,发展高科技,实现产业化的决定》指出:"企业是技术创新的主体。技术创新是发展高科技、实现产业化的重要前提。"福特公司退而结网的经验,不失为我们企业加强技术创新、激活运行机制的途径之一。

《上海科技报》1999年9月3日

第八部分　杠杆的支点在创新　小卒子过河吃掉车

"百脚虫"变"千年虫"的创意

我们顺利地跨越了千年,那可怕的"千年虫"最终没有钻出"魔瓶"。但是,在新的千年,人们仍然忧心忡忡,唯恐"千年虫"随时突破瓶颈,给我们制造恐慌和麻烦。

正在我们积极"备战"的同时,也有人从"千年虫"的可怕嘴脸上,寻找到技术创新的切入口、商品营销的新创意。且不说电脑厂商所获得的新商机,就玩具名从"百脚虫"变为"千年虫"后,分割到的市场新份额就是佐证。

1999年11月,北京一家很小的每日红礼品店上柜缝着20多条腿的绒布玩具。那玩具形如蜈蚣名为"百脚虫",既不好看也不可爱,好几天才卖出一两个。进入12月,店经理在与员工谈论"千年虫"时,突然冒出要卖"千年虫"玩具的念头。当他的目光与怪模怪样的"百脚虫"相碰时,"千年虫"玩具便诞生了。一传十,十传百,不几天,标价140元的"千年虫"便销售一空,"每日红"也声名鹊起。

"百脚虫"改为"千年虫"后,看似十分简单,实际包含着人们的创新意识,赋予了其崭新的内涵。应该说,只要稍稍留心一下,就会发现每当发生新近变动的事实,往往有类似的好创意浮出水面。比如,当《泰坦尼克号》驶进中国时,有许多厂商搭船红火了一把。遗憾的是大部分是外企外商,很少有我们国内的厂商。再说元旦放长假(其实国庆节已有此例),各大城市的商店几乎都爆满,遗憾的是又有不少商家措手不及,连呼"没想到,没想到"。

一日之计在于晨,一年之计在于春。我们正站在新千年的门槛上,新的思路、新的变动、新的事件会时不时涌现,谁拥有创新思想、创新精神、创新意识,谁就会熟练地从中发现发掘到重要的创新机遇。这可谓"百脚虫"变"千年虫"引发的创意吧。

《上海科技报》2000年1月26日

▶ 日暑有道难忘的弧

到西部去"淘金"

　　北靠塔里木河，西临塔克拉玛干沙漠的新疆伊犁地区，有一块上海纺织高科技基地。开春后，那里将专门开拓一片土地试种新棉种，包括代表未来纺织品发展趋势的彩色棉、弹力棉。读了这则消息，忍不住为上海人的胆魄叫好。很有可能，这是上海参与西部大开发挖掘的"第一桶金"。

　　西部，充满着神秘，充满着生机，历来是世人想"往"又不敢前"往"的地方。然而，那里有金。这金是能源、畜牧业和水、土壤等资源，以及低价格的劳动力、低成本的产品等优势。这金是高新技术产业和中低技术产业拓展市场的广阔舞台。有资料显示，近几年国内生产总值东部占65%，而西部仅占15%。这金是待"转化"的"肥沃土壤"。在全国国有企业的专业技术人员中，东部占51%，而西部仅占17%，那里急需人才，急需成果。这些金是显在的，潜在的金更多、更亮。当然，既要推动东部的资金、技术、人才和企业西进，也要防止落后工业西移。

　　西部要腾飞，西部要振兴。1999年6月，江泽民总书记在西安发出了开发西部的命令。2000年1月，西部地区开发会议又圈定了重点。这一面向新世纪的重大决策，已经得到全国人民的响应。比如，中科院已经启动一整套西部行动计划；水利部、林业局派出大批科研人员就水资源和生态建设问题开始调研规划；团中央、全国青联组织为期一年左右时间的"百名博士西部行"等等。上海自然也不例外，仰仗科技优势和经济实力，正在积极研究制订如何抓住机遇，参与西部大开发的具体措施。

　　沉睡的西部在新千年龙年开始苏醒了，且张开双臂发出了诚挚的邀请。那么，面对大开发的良好契机，我们广大科技人员是否也想过，像上海纺织系统的科技人员一样，到西部去"淘金"？

《上海科技报》2000年3月1日

第八部分　杠杆的支点在创新　小卒子过河吃掉车

叫　卖

"ya——bao,ya——bao……""ya bao,ya bao……"家住浦东,常坐大桥二线,傍晚在老西门站、陆家浜路站候车时,总能听到一阵阵特别的叫卖声,原来是几位外乡来的姑娘在卖晚报。尽管家已订有晚报,然而,听了这新奇的叫卖声,还是伫脚,把目光向报摊上多搜索了几秒钟。

"3 000元——2 000元——1 000元,还不要?"一个尖脑袋的玉器工艺品店主,两手中指上戴着两枚闪亮的戒指,右手腕上拖着足有表带宽的金手链,左手高举一尊"玉石骏马",嘶哑的声音乱吼:"800元——600元——100元……"最后降至50元,仍然没有人搭理。

早先,总认为"酒好不怕巷子深",如今观念不同了,人们已经信奉"货好还要勤吆喝",然而,怎么吆喝,或者通俗地说怎么叫卖,却很有讲究。就拿科学技术的成果来说吧,见诸报端的大都戴有"国内先进""国内首创""国际先进""国际领先"和"填补空白"等桂冠。其中很大一部分失真、失实,带来的后果自然是明明白白的,就像那位玉器店主一样,虚张声势,夸大拔高,最后,叫卖越高,跌得越惨,甚至"赔了夫人又折兵",成果难以转化,更难以推广。

那么如何叫卖是好呢?记者以为卖报女是聪明的,根据自身的特长、特征和特点,朴实无华地叫出特色来。

《上海科技报》2001年3月28日

▶ 日晷有道难忘的弧

理　财

  有一幅幽默画，画的是两个老太在对话。大约意思是，住狭小房间的老太说："我终于筹足了钱，可以买新房了。"住宽敞住房的老太说："我终于还掉了钱，可住房早就是我的了。"

  她俩的对话，反映了不同的消费理念和不同的理财方法。前者的思维方式是建筑在现有的收入或财富上，因此省吃俭用数年乃至数十年，赚够钱，凑足数才想到买房子什么的。这种行为精神可嘉，但理财方法不敢恭维。后者的思维方式则是建筑在现有的收入和未来潜在的财富上。她可能把收入分成几块，一块保证日常生活开销，一块还贷款，还有一块炒股票或其他理财什么的。所以她敢于大比例按揭购房，潇洒地享受明天财富带来的恩惠。

  "你不理财，财不理你。"走笔至此，想起车厢张贴的广告，虽是某杂志社对刊物的包装和炒作，但不可否认，其道出了理财的辩证法。倘若不会或者不善于理财，尽管手头拥有好多钱，却迟迟不肯消费，那么，他的生活质量很难有可观的提高，只是脑子里多了一堆日趋庞大的货币数字而已。当然，我们说的理财，决不是超现实的乱借乱花乱用。正如一位亿万富翁所说：我掉了一分钱，也会弯腰去捡起来，但是吃准某个项目，我会毫不犹豫地投下几千万元。

《上海科技报》2001 年 4 月 27 日

概　念

概念反映客观事物一般的、本质的特征,是人类思维的基本形式之一。人类在认识过程中,把所感受到的事物的共同特点抽出来,加以概括,就成为概念。

随着人类进化,思维发展,概念内涵迅速加深,外延无限扩大。君不见,某一产品,某一行业,某一事件,稍微出现受人关注的现象,就会被铺天盖地涌来本族的、非本族的所谓同"概念","亲热"一阵子。然后,吹起的泡沫逐渐消失,"概念"也就自觉或不自觉地在市场经济浪潮中显出原形。比如,几年前建筑过热,"房产概念"飙升,其中确有一些精英赚了大钱,但更多的房产商,特别是硬挤入"概念"的企业,债台高筑,有的还濒临倒闭。可以说,"高科技概念""网络概念""纳米概念"等等,几乎都有类似的花开花落现象。

北京申奥成功,用"那夜无人入睡"来形容国人的心情并不为过。同样,高兴过后,面对运动式出现的"奥运概念""奥运效应""奥运经济"等新词汇,我们当冷静思考,正如有专家所言,奥运商机的关键是世界经济运动中的多种因素促成的,不能说一办奥运就全有了。真要是那样,奥运也就快变成全球扶贫会了。

诚然,笔者不是反对提"概念",只是提醒国人要以科学精神抓住发展商机,严格按照市场经济规律筹备奥运。防止出现过热投资、重复投资、"跨越式"投资引起的通货膨胀;防止所谓的"概念"形成"运动","运动"过后又无"概念"。

《上海科技报》2001 年 7 月 27 日

▶ 日晷有道难忘的弧

成功之"步"

以原子弹命名的原子笔，发明人在试验初期颇为"头痛"。那笔芯的油每每流到一定时候，笔头就不灵活了，许久都不曾解决。后来有人轻松地说，就此打住笔芯不就得了！原子笔内芯的长度也就这样轻松地决定了。

有一家牙膏生产公司营业额连续10年递增后，出现了严重滑坡。总裁许诺说，谁能想出解决办法，重奖10万元。有位年轻经理写下一句话："将牙膏开口扩大1毫米。"他不仅获得了10万元，而且因牙膏的过多"支"出，使公司营业额重上台阶。

从上述实例中，我们可以领悟到，发明的失败与成功，往往在于一步之遥；企业陷入困境与重整旗鼓，也往往在于一步之遥。那么，为什么有的人能看到那一步，有的人却难以看到那一步呢？那可能就是人们通常所说的开发力的障碍吧。

总起来说，所谓的障碍大约可分三大类：社会环境、传统意识和心理因素的制约。其实，要消除这些障碍也不难，就说心理因素吧，只要我们摈弃那种多一事不如少一事，害怕新事物，否定丰富想象的行为；克服那种办事刻板，墨守成规，甚至担心别人讥笑的心理，就会拥有超常规的思维，产生源源不断的原创力。正如陶行知先生在1943年发表的《创造宣言》中所说："处处是创造之地，天天是创造之时，人人是创造之人，让我们至少走两步，向着创造之路迈进吧。"

《上海科技报》2000年11月24日

第九部分　生死关口看言行
　　　　　　长使英雄泪满襟

　　轰,碗口粗钢缆被恶浪劈断,船在大海中飘曳。说来也巧,一艘拖轮和两艘海洋考察实验船都分别在北太平洋遇到了狂风巨浪。船长郑秋墨驾驶着拖轮,从日本津市启动拖带美国的大型半潜式钻井平台,到阿拉斯加的阿留沙群岛去;科学家张仁和与S国专家在实验船上,正在通过对北太平洋海水的温度、咸度、压力的测量,来监测地球生态变化与天气转暖的关系……在生与死的关口,敢于做大海的对手。像其他领域的专家一样,为了祖国的荣誉和利益,他们的所作所为"长使英雄泪满襟"。但是,在这里我们还是要提醒一句:多多保重。

第九部分　生死关口看言行　长使英雄泪满襟

张仁和——海韵

耳朵听到的旋律是美妙的,但是,听不到的旋律更美妙。

——罗根(代题记)

风轻轻推着浪,浪悄悄随着风。

6 800 吨、3 000 吨。两艘海洋考察实验船,或左或右,或前或后,朝着赤道,朝着靠菲律宾以东 500 公里处驶去。

这是 1991 年的冬季,中国与 S 国专家从 1990 年开始首次对北太平洋进行联合水声研究。课题也是世界水声科研前沿:通过对海水的温度、咸度、压力的测量,来监测地球生态变化与天气转暖的关系……

他,中方 10 人考察小组的首席代表(中科院声学研究所所长助理、"声场声"信息国家重点实验室主任,东海研究站研究员),推了推眼镜、浓眉下两道晶莹,透过舷窗,撒落在海面上。

良久,他的思绪飘逸了,随着海风,扬开去,扬开去……

————————一————————

要么不干,要干就要干出点名堂来。他拍打智慧口袋,抖落着中学、大学里学过的物理、数学等知识,把它们都汇集在水声研究中。从 1958 年开始,在那闷热的五指山旁、椰林边,在我国第一个水声研究站——南海研究站,提前一年从北大毕业的他,一蹲就是 20 年。

就在到了海南岛榆林港的第二年,他写出了 3 篇较有水平的论文。过了一年,他又用相积分近似方法,提出了边界反射系数与本征声线跨度表示的"简正波振幅"函数,指数衰减系数与群速的简明公式。后来,这些成果成为"简正波理论"的基本公式,多次被国内外的一些著名学者所引用。国外直到 1979 年才发表了类似成果的文章。著名的英国水声专家威士顿在一篇论文中指出:他推广了一种新方法,并可用来计算简正波的群速和指数衰减系数。

▶ 日暑有道难忘的弧

  1979年,他调入地处上海的中科院东海研究站,又提出了"浅海声传播损失数值预报"等3个新的理论设想。

  国外早有人在动浅海水声研究的脑筋,但是久久没有成功,有的还断言,浅海太复杂了,根本不可能搞这项课题。

  此刻,消息很快传开去。美国、英国、法国和印度的水声专家来信祝贺、来函索取更详细的论文资料。

  过去已过去了,还有许多难题、疑题,有待去追踪,去解开。他说。

  在获得首届"竺可桢野外科学工作奖"时,在1991年被英国剑桥国际传记研究中心列入"世界杰出人物录""世界知识分子名人录""远东及大洋洲当代名人录"时,在被美国传记研究所列入"世界5 000人"时,他也如是说。

二

  风怂恿着浪,浪紧跟着风。

  两兄弟你推我搡摇晃着太平洋,戏谑着实验船。

  离目的地还有好几百公里,已经有四五个人相继晕倒在床上,实验还能正常开展吗?他问自己。

  行!再大的险恶也经历过了,还怕这点风浪?他与S国专家商量后,下了命令。

三

  西沙群岛海域,1978年。

  刷!一座七八米高的浪峰,狠命砸在甲板上,发出钢铁撕裂般的吼叫。刷!紧跟着,又是一座七八米高的浪峰……

  风,比这次要狂,浪,比这次要凶。

  海军在呼唤强大。海洋在呼唤开发。尽快拿出反转点会聚区水深1 000多米的实验成果。他掂得出肩上的分量。

  实验在风浪中获得成功。经过资料分析,证明我国南海深水中存在很强的反转点会聚区。国内的专家认为,这一研究成果具有较高的科学水平和实用价值,是水声理论的重大突破,可使水声设备探测距离提高数倍。

  论文发表后,美国一家科学刊物作了全文转载,还说,国外至今尚没有类似的成果。

第九部分　生死关口看言行　长使英雄泪满襟

谁知,就在他获得一系列资料时,实验船的舵机发生了故障。顿时,船像一片树叶,在大海里飘荡起来。

SOS！SOS！

一份急救电讯打到基地。可是,营救船至少也要几天几夜才能赶到。

不能让狂风得逞,不能让海浪掠夺实验的成果。他像亲临战场的大将,脸上没有出现半点恐惧。

一天,二天,三天过去了。在水与天的边际,出现了一个小黑点。又逐渐传来了营救船的汽笛声……

四

船摇晃着向前,浪拔腿紧追。

良久,良久。两艘实验船驶近赤道,驶近新加坡,靠菲律宾以东500公里处的目的地到了。

开始实验！他站在那艘6 800吨的发射船上,挥了挥手。

嘟嘟嘟……嘟嘟嘟……发射船拖着长长的发射电缆线,连续向千米深的海底射出声源信号。

仪器,中国仪器精密;理论,中国理论精辟。S国专家听到发射机发出的清脆响声,看到记录仪打出的清晰图纸,竖起粗壮的拇指。

从他们的神色、他们的举动不难看出,他们更佩服的是他和他率领的中方科技人员的精神,不畏险恶的民族精神。

五

中关村。1976年仲夏。

房子在战栗。灯光在哆嗦。唐山地震波及这里。人们纷纷撤离家院,惊恐地躲进防震棚。他和助手没有走,在实验室里分析、测试、测试、分析,对一份从大海实验中获得的资料进行整理,验证"浅海声场的空间相干性"理论。

这是又一项大胆的理论设想。倘若验证成功的话,将改变国际上长期沿袭的认为"距离越远空间相干性越差"的看法。

问题的提出,还得追溯到1973年。他在检测资料、分析情况时,忽地发现距离越远相干性并非越差,甚至越好。

完整的理论设想构思成功后,他根据声波在海洋传播的物理模型,完全有把握说,以前流行的看法是一种错误!

他去北京,去上海,去青岛,筹措资金,准备实验设备,然后组织3条考察船,去做实验,去验证理论。

资料汇集齐了,分析需要设备,需要时间,他带领助手来到中关村声学研究所的实验室,谁知遇上了唐山地震。

突然,房子颤抖了一下,余震再次发生了。他迅速把资料往胸口一搂,关掉仪器,与助手一起冲出早已开好的房门。

几十分钟后,余震过去了。他和助手赶紧奔回实验室,打开计算机等仪器……

距离越远相干性越差的理论,被他推翻了!这是中国科学家又一次对世界水声学理论的重大贡献。

那天,来访的美国水声权威尤里克教授笑道:祝贺你取得这么漂亮的成果。又对东海研究站的领导说:我要向西方介绍你们的高超研究水平。

六

一只小艇,无机动橡皮艇,牵着绳索,在海浪的冲击下,不停地撞向船壁。要是铁壳、木壳的机动小艇,早被砸碎了。

3名科技人员依次从悬梯上往下爬。他们是从发射船到接收船去。

太危险了。我送他们去!突然,他拉开人群,急着要去登悬梯。

不,你不能去!你是中方的首席代表,S国专家拉着他。同伴们拉着他。

发射船离开了。橡皮艇就那样在海里飘浮着,等待着接收船过来,人再从悬梯上去。

那好吧,他们回来的时候,我去接。他无奈地摊摊手。

其实,同伴们都知道,这位我国自己培养的第一代水声专家,每逢生与死的关键时刻,都要大喊一声:我来!

七

轰……轰……轰……

一颗,又是一颗。深水炸弹作为声源信号,不断在大海里炸响。

这炸弹太贵了。我国经济还很困难,再说作为声源信号也并不理想。能否用其他价廉的爆炸物做声源? 他找到广州军区。一份推荐信到了海南兵工厂。

手榴弹、地雷、炸药包……忽然,他的眼睛一亮。手榴弹的价钱便宜,使用又方便,用它做声源信号弹不更好!刷地,他高兴得几乎跳了起来。

那天,他握着改制好的信号弹,在海滩边做实验。谁知刚拉导火索,就发出了嘶嘶的响声。不好,要炸了。闪开!随着喊声,他用左手推开身旁的同伴……

还有一次试验时,信号弹扔在沙滩上。他对着秒表,该是炸的时候了,却久久不闻响声。显然,出现了哑弹。他呼唤大伙走开后,自己冲上前,匍匐着贴近信号弹,双手小心地扒开泥沙,小心地拨出导火索。引爆成功了。

将近20年过去了,在我国1 000米以内的水声实验中,仍旧不断地响着水声信号弹在水中的爆炸声:轰、轰、轰……

八

5天5夜,120个小时。中外专家轮流守在仪器旁,伴着海浪,聆听着声源发出的信号,注视着声源反馈的记录。

又是面包加黄油。又是半熟的牛肉……开饭了,他从同伴的眼神、嘴唇,似乎看到了什么,听到了什么。

实验船上的厨师是S国的,每顿菜搭配得也够营养的。可是吃惯家乡菜的中方人员,本来因晕船对饭菜已不感兴趣,此时就觉更乏味了。睡不着,也要睡;吃不香,也要吃。不然怎么有精神搞实验,怎么有精神与风浪搏斗?他对自己说,他对大伙说。等回到祖国,我们再痛痛快快地来顿"大扫荡"。

那时,你还得来一首外国民歌。不许赖啊。有同伴打趣道。

就在前年的中外合作大洋考察回来时,他们12个人,在黑龙江的一个小镇上,点了满满一桌家乡菜。谁知,上了一道菜,抢光一道菜。末了,还用汤勺反复地刮盆底。

来,为大伙的辛苦干杯!从不喝酒的他,也端起了啤酒。

主任来一个!主任来一个!酒下肚,大伙热闹开了。

他润润喉,一首《莫斯科郊外的晚上》,飘出了小餐馆,飘向很远的地方

好,我一定唱。这时,他又笑着答应了。目光闪闪的,满是乐观,满是自信。

九

海南岛。榆林港。

30多年前,这颗南疆明珠还未曾创造辉煌。水,是咸的。菜,是空心的。空气,是滚烫的。

苦,他忍了。累,他忍了。每次实验回来有"肾结核伴肾积水"病症的他,浑身像散了架似的。

哎,这菜中间空的。多像"无缝钢管"? 他夹着一筷子菜,还高兴地打趣。

哈,同伴们也乐了

前几年的一次出海实验,船由海南岛出发,他带队从上海坐火车先去那里。一到海南岛,他们住进了旅馆,开了每人每晚20元一张床铺。他还嫌贵,躺在床上"横想竖想"不是味。第二天,他与同伴们商量道:不如我们去买钢丝折叠床来睡,这40来元,几个晚上就"赚"回来了。

这是海南高级宾馆呵。听,大海还为我们唱催眠曲呢? 晚上,放开新买的折叠床,他又诙谐地说。

以后,他们每次出海,就扛了折叠床,抱了棉被去做实验。就在这次考察的前些时候,他们到青岛去做实验。船经舟山,当地的渔民看到破棉被,忍不住问:这是你们专家盖的棉被呵? 真是的,送给灾区还拿不出手呢。

去年,他兼职上任为"声场声"信息国家重点实验室主任,办公室搬进了北京中关村。组织上为他在招待所安排了一个单元。他算了一笔账,每年得花去国家上万元,再说来回路上又要耗费不少时间。他又心疼了。于是,他在办公室里放了一张床铺。他在手的课题多,他的社会兼职也多。他把时间掰成几份用。累了,就地一卧。饿了,就用一只电暖锅,煮鸡蛋,炒青菜,烧饭。

你已发表了64篇很有价值的论文,握有10项国家级、中科院的成果奖,还带着七八名硕士生、博士生。教授,何必这样折磨自己呢? 有朋友来看望他,眼眶里湿润润的。

没什么。国家还穷,再说比起在海上做实验的生活不知好了多少。他呷了一口茶,淡淡一笑。

风弱了,浪走了。风浪在强汉面前认输了。

海面上,两艘考察实验船载满了阳光,载满了喜悦。

从前一次中外考察的资料中,他已经分析证实,原国际上3位著名科学家创立的 W·K·B 量子力学近似方法,在某些地方有无穷大的不足。显然,这又是水声理论上的一项重大突破。汪德昭教授好高兴,建议把 W·K·B 近似法,改写为 W·K·B·Z。"Z"不是一个简单的字母,她代表汉语拼音中国的中和他姓名的第一个字母。他闻讯后,好一阵激动,心中却又惴惴的。

这次与 S 国合作考察实验所获得的资料,能否再次得到圆满的结果呢？他问自己。

船在波浪中推进。浪在船头闪开。他站在甲板上,两道晶莹,凝视着大海,凝视着大海深处。许久,许久。似乎已经听到了什么,又似乎什么都没有听到。

此刻,这条汉子还不知道,北京已经郑重宣布,他成了新当选的中科院学部委员,他成了我国培养的第一代水声学院士。

哦,张仁和。

《上海科技报》1992 年 2 月 22 日

▶ 日晷有道难忘的弧

华乐荪——梦在地层

无影灯打开了,手术间满是静。

中国科学院东海研究站研究员华乐荪,躺在手术台上,两眼愣愣地望着白色的天花板。仿佛这次过不了关,他委托陪着他的助手胡嘉忠代理负责课题组。又仿佛他患的不是胃癌,笑着打趣道:我是第四次进手术室的老客户了,再说马克思还未曾发出邀请呢……

逐渐地,注入脊椎的麻醉剂扩展到腰部、腹部。56岁的他,嘴唇开始微微歙动,喃喃地,像是在和他那30多年的老搭档大海的地层说悄悄话。很轻,很亲。

外国人有的,我们为什么不能有

一叶小舟,数十吨的木船,在面对太平洋的山东石臼港起伏。

砰……浅地层剖面仪的发射机像一杆枪,射出的声音子弹,以每秒1500米的速度,直奔海底深处。

嗡……声音撞击在地层上,迅速反射上来。经过换能器和接收机的处理,理该在图纸上清晰地显示基岩轮廓,此刻却模糊一片。

QPY-1怎么了?华乐荪扶着木船的舷板,望着仪器,在心里叫着。这台仪器是华乐荪和另两个课题组(当时项目的第一负责人赴加拿大合作研究,技术上由华把关),耗费大半年时间,试验200多次研制成功的,也曾在厦门沿海、宁波北仑港做过试验,测绘的图纸并不比从日本引进的SP-Ⅲ仪器逊色。交通部要开鉴定会验收了,要求在满是粗砂和淤泥的石臼港,再与SP-Ⅲ实地探测"比武"。谁知,一连几天,QPY-1的穿透能力始终及不上日本货。

消息传到东海研究站,华乐荪的心头一紧,根据传来的情况,赶忙伏在水池边做实验。然后,心中有了底,马上拎起旅行袋,塞进妻子递过来的几包药,以及防寒衣服什么的,跳上火车来到山东。

外国人有的,我们为什么不能有?难道中国人就没有外国人的智商高?华乐荪被海风吹成古铜色的脸庞上,肌肉抽动了几下。是夜,他再做实验,再做分析。

砰……嗡……第二次出海,图纸仍然没有达到理想的效果。第三次出海,又是一样。

华乐荪盯着仪器,几天几夜紧张地测量,不断地晕船,几乎把他在1978年刚开过大刀的身架子拆散了。

顶住,必须顶住!这次试验成功与否,直接关系到把军事上的声呐技术,运用到港口建设、经济发展的主战场上去成功与否!他对自己下达了命令。

10次……20次……在规定的测线上反复运走,参数一再调整,图纸上却总是出现一片黑。是不是粗砂层对探测声波的吸收太大,使信号淹没在噪声之中?他思索着。突然,灵感出现了。啪的一声,他关掉高压开关。顿时,图纸上呈现一片雪白。这不是航行噪声,是混响,干扰了正常的回波信号。好比在山谷中喊叫,回声久久不肯散去。华乐荪的目光刷地一亮。改!通过变动滤波器的特性来解决问题。

这不是滤波器的问题。要改,改发射换能器,增强它的穿透力!有人提出了相反的观点。

平心而论,和 SP-Ⅲ 相比,QPY-1 的滤波器的设计并不逊色,它发出的声脉冲几乎不留尾巴,而且重量仅35公斤,比日本货轻四分之三,但发射换能器的低频能量较小却是事实,但这不是一两个月所能解决的,更不用说在现场了。

正面强攻不行,就从侧面攻。针对砂层对高频波的衰减远比低频波来得大的情况,能否设计出一种理想的滤波器,把低频段和高频段截然分开呢?行!根据上面所做的实验,有理由能把微弱的回波信号从混响中筛选出来。

一个通宵过去了,一个较理想的滤波器也就因陋就简地诞生了。

第二天,小木船启航再次驶往海湾。华乐荪他们熬红的眼睛里,满是希望的目光。

砰……嗡……

成功了!仪器把石臼港地层的粗砂层、淤泥、基岩的回波信号,一一勾勒在图纸上,比日本 SP-Ⅲ 的还要清晰。

突然,胃发酸,脑发昏,华乐荪一阵痉挛。这才想起已经连续几天没有吃过一顿像样的饭,连续几夜没睡过一次安稳觉。

1982年7月,华乐荪坐在万体馆的主席台上,捧着"上海市重大科技成果一等奖"的奖状,心中还难以平静。

这仅仅是向国际先进水平冲刺的第一步。我们要拿出高水平的第二代剖面仪。面对大海,他在对自己下军令状。

我们有了,还要赶超国际先进

OK,OK。

1985年在华召开的国际海事会议上,不同肤色的专家,听了有关GBY浅地层剖面仪的论文,频频点头咂嘴。

就在1981年第一代剖面仪问世后,华乐荪面对所积累的大量资料,分析整理,整理分析,每晚不到11点、12点,总不肯合眼。终于,他发现QPY-1在信号处理、换能器等方面,尚有很大的潜力。

正在这时,南京地理研究所希望运用先进的水声技术,探测云贵高原"断陷湖"沉积情况。他们找到了华乐荪。行!曾参加过我国第一代水面舰艇试制的他,不会掩饰自己的才能。他也正想借此机会对第一代仪器进行改造。

很快,华乐荪根据原仪器分辨率高、穿透力却不够的特点,把重点放在换能器的改进上,同时在信号处理上首次成功地采用了时变滤波技术,使仪器能对不同时间里的回波,都有最佳的处理效果。一次……二次……又经过数十次试验后,他把仪器搬到抚仙湖去做探测。地层反射的层理图显示出来了,高低起伏的岩层变化无一遗漏。好,太好了!南京地理研究所的科技人员高兴之余,又提出了新的请求:仪器是否能探测平均深度仅1.8米的太湖?

欧洲的声呐专家都以10米水深为界,浅于10米的被判为探测禁区。因为发出的信号都有个余响过程,如果回波来得太快,会淹没在余响之中,导致仪器难以分辨真伪。

外国人尚未解决的,中国人也束手无策?我们有了,还要赶超国际先进。倔强的专家,胸中涌起了一股冲劲。

冲劲,不等于莽撞;梦想,往往是现实的助产婆。华乐荪把焦距集中在换能器以及多种信号处理技术上。果然,他再次如愿以偿,考察结果出乎意料的好。不仅为解剖太湖成因、开发利用太湖提供了珍贵的资料,而且震动了瑞士和日本的地学专家。一起在太湖作调查的日本专家信服地说:我们日本的琵琶湖,半个湖的深区早测好了;而另半个湖的浅区,至今难以测量……

精密的GBY仪器,于1986年获中国科学院科技进步二等奖,1987年获国家科技进步三等奖(同时,和著名声呐专家向大威合作的另一台大口径"竖牛参数测量仪",获上海市科技进步二等奖)。

消息很快传开去。华乐荪他们研制的第一代、第二代剖面仪,在我国海洋开发、港口建设、航道疏浚等勘察中大量运用了。不久,一份份高质量的测绘资料也迅速传递过来。

第九部分　生死关口看言行　长使英雄泪满襟

1979年12月至1981年,运用浅层剖面仪对3个海区十几个港口的18项工程所做的探测工作,按规定应布置钻孔1 821个,而如今钻了几十个孔,就获得了精确的资料。仅此一项,节约勘察费100万元以上。

江苏省地矿局物探大队于1984年测绘长江地层,打孔11个,工作4个月,绘制成645平方公里的水下地形、地貌、沙洲等图纸,获得了几十年来一直在探索的长江南支水下完整资料,总共才花50万元。如果全凭钻孔探测,不仅投资大(实际也无法筹措),而且不可能在短时间内完成。

1984年运用剖面仪初步调查清楚了宝山钢铁厂码头附近水底的层理结构,为宝钢附近的工程建设和航道整治提供了重要资料……

外国人没有的,我们也要有

云南。洱海。

地堑断陷的沉积砾石充盈,造成湖底高低跌宕,构造复杂。多少年来,科技人员一直期待着揭去洱海那神秘的面纱。

1989年,有关地学研究单位向国外发出了邀请。西德专家本已商定来华共同勘探,突然又在启程途中变卦了,说是洱海探测不可能用声学地层剖面仪。

果真如此吗?华乐苏率领课题组,携带着试制成功仅几个月的PGS样机赶来了。脚步匆匆的。

此刻,探测又开始了。拴在测量船旁的发射换能器,连续向湖底发出信号。测绘图上,地层构造一道一划地逐渐清晰起来。高耸的基岩,山坳似的沙砾堆,像摄影机拍出来一样富有层次。

这是珍贵的洱海湖底地形构造、剖面、沉积物类型分布资料。世界上运用高分辨率、清晰图像的剖面仪探测浅水多砂地层的堡垒,终于被炎黄子孙首次攻克。

其实,早在洱海探测前,他们在厦门、云南等处实验时测绘的地层构造图,就引起了国外专家的注意。美国DAT ASONICS的总裁提出了在美生产GBY的合作意向,还邀请华乐苏等人访美,到其本部作报告。座中有一个美国地质调查局的代表,会后又专门邀请他再至本部作报告。自然,报答他的是一阵又一阵的掌声。

也就在来洱海探测前的早几个月里,有关国家地质研究所海洋地质专家来天津开会,特邀华乐苏出席。华乐苏应邀到会,芬兰专家还请他合作探测波罗的海北部的地层。

1990年6月,他与胡嘉忠飞到芬兰,就在勘测船上做起了实验。波罗的海芬

▶ 日暑有道难忘的弧

兰湾的地质相当古怪,美国和西德的仪器在那里的使用都不理想。10天下来了,芬兰专家把PGS与其他仪器测得的图纸,反复进行比较,最后感叹道,中国仪器分辨率比世界名牌德国DESO"深剖仪"的还要好,穿透力几乎能与美国的小气枪相比。接着,芬兰专家要求说:能卖给我们一台吗?

当年12月,在交通部等国家部委组织的鉴定会上,专家们高兴地落笔:PGS达到了国际先进水平。同时,华乐荪被交通部授予"七五"科技攻关有突出贡献的科技人员称号。

不料,1991年1月,这位已有多项成果达到世界先进水平,并且在特浅水域地声探测方面处于世界领先地位的专家,病倒了。

"这是他把苦和累,存积在心里所造成的呀!"同伴们惋惜地说。

就在1990年春节前,他和胡嘉忠一起在舟山冒雨做实验,把仅有的一块塑料台布作雨篷,盖在仪器上。那几天,浑身湿淋淋的他,扶住舷板,几次要晕倒。刚从舟山回来,他又去北京参加国际海洋声学会议。最后一天,陪同外宾上长城观光。谁知,他一个趔趄,晕倒在八达岭上。

1987年,已因阑尾炎、胆囊炎开过两次刀的他,又被诊断为肝硬化,做了第三次手术。

在1990年以后的日子里,他更忙了。从芬兰一回来,去连云港、石臼港做试验。医生原约他12月4日去做胃镜检查,他又因去武汉开会,推迟一个多月才去医院……

医生高超的技术,华乐荪惊人的毅力,两者拧成一股战胜病魔的神力。没几个月,华乐荪就把病房当成了资料室、研究室。1991年4月,传来按时运往芬兰的那台仪器的讯息,又减去他大半病情。

在病床上的10个月,竟成了他搞科研项目的"十月怀胎"。1991年12月初,身体刚痊愈的他,拿出了一份"八五"攻关项目的技术论证报告。厚厚的,沉沉的。

显然,又是一个崭新的领域,奇特的梦!

(华乐荪,时任中科院东海研究站研究员、上海市第二届科技精英提名奖获得者)
《大上海骄子》第二集 1992年10月

第九部分　生死关口看言行　长使英雄泪满襟

郑秋墨——大海的对手

1987年4月27日。北京。全国总工会授予1 048名职工为全国先进个人，向他们颁发五一劳动奖章，党和国家领导人向他们发奖。

获得五一劳动奖章的上海有88人，其中有一位名叫郑秋墨，他是上海救捞局副总工程师、总船长，个子不高，但很结实，60多岁。

谈起大海，他最难忘的是1984年2月的日子。

风，已经超过了12级，还在加大，仿佛非把海底掀翻、捅破不可。

那是1984年2月26日晚上，在北纬约35度至40度，东经约150度，北太平洋海面上，长98米、宽15.8米、深8米的"德大"号拖轮，长102米、宽66米、高100米的半潜式钻井平台，像两片小叶，任狂风戏耍，随海浪肆虐。

"德大"轮忽而往右倾斜，忽而往左贴近海面，摇摆达到84度，随时都有可能翻船。

就在10天前，上海救捞局局长找到郑秋墨，说是要他到日本津港拖带美国的大型半潜式钻井平台，跨过北太平洋，到美国阿拉斯加的阿留沙群岛，说是交通部与美国一家公司已签订了合同……他的口吻是严肃的，可毕竟保留着商量的余地。

"再给我一个船长！"他知道任务的重量，掂了掂自己能否胜任的能量，算是答应的一个条件。

这，不是他找借口拒绝，更不是他胆怯软弱。此条航线，他还从未跑过，可早听说过风浪的险恶。多一个船长，不多一份智慧？他从1982年以来，不知怎的，患上了胆结石，常常坐不是，立不是，睡也不是，就像刀在绞。开始打一针就止住，后来不行了，得打二针、三针。要是在海上发作，"德大"轮怎么办？平台怎么办？

局长扳着指头，叹苦经了。20多位船长都有任务在身，实在派不出人。

郑秋墨吹开茶叶，再次陷入沉思。他有个预感，似乎此番航行必定会遇上风

▶ 日暑有道难忘的弧

浪什么的。好在,他每次出海,没有留一手的心眼,没有讨价还价的先例。20 多年的党内生活,使这位老船长再次挺起腰杆。"那,好吧。"

他出发了。很快。2 月 10 日接的任务,2 月 19 日傍晚,就下令启航。

48 小时后,日本津港到了。远远望去,要被拖带的半潜式钻井平台,高高耸起,比 120 多米高的上海电视塔低不了多少。平台四角四个粗壮的铁锚,深埋进海底。

前进,倒车。"德大"轮屁股嵌进平台两个铁锚夹角中间。准备工作干净利索,仅用 10 多分钟。

原想第二天上路的,突然间刮起了大风。第三天,风小了,可还有一个低气压,将在日本南部洋面盘旋。

"启拖!"这点风浪算得了什么？郑秋墨连眼皮都未曾翻一下,何况时间不等人呵。

"轰!"又一个大浪。高达 11 米的"山峰"狠命地砸在"德大"轮前甲板上,发出钢板撕裂般的巨响。拖轮剧烈晃动。郑秋墨暗暗吃了一惊,尽管早有预防,但没想到仅离东京 100 海里,就遇上了风浪。据预报,大风来势凶猛,半径有几十海里,影响范围达几百海里。"顶住！顶住！"他对自己下了死命令。

此时,再保持原有的速度,马上会蹬断拖缆或铁链。"减速！"他一边采取应急措施,一边叫报务员与日本气象导航公司联系。不多时,呼叫上了,导航公司建议往东海岸航驶,或者返回靠东京的港口避风。采纳这个建议,两艘巨轮很有可能被东南风刮偏方向,撞破防汛墙,冲上东京港……造成不堪设想的后果。"要迎风顶住！"郑秋墨凭数十年的航海经验明白,已没有另外的选择。

他皱着眉,眼睛紧盯着海面,思索着。船身横着抗风,那是危险的做法,会被大风刮翻。船首顶着风,大浪扑来,会被海浪"擒入"龙宫。船加速,拖缆的负荷超过 200 吨,就会被蹬断。船慢行,舵会失去作用。

一个方案刚被筛除,又一个新方案诞生。终于,郑秋墨下决心了。"缓速,船头侧顶着,与风保持 20 度至 80 度。"这一招绝了。"德大"轮与钻井平台,就像两座礁石,与狂风、恶浪对峙着。几个小时过去了,仍然不分上下。

"电罗经失灵！"驾驶员急促地报告。

"用磁罗经！"

"磁罗经上有雾气,看不清！"驾驶员再次报告。

顿时,"德大"轮失去了方向,拖着平台在黑蒙蒙的北太平洋飘荡,随时可能遭到覆灭的厄运。

第九部分　生死关口看言行　长使英雄泪满襟

命令下来了。大副陈鹤鸣带领人去排除电罗经的故障,郑秋墨自己和二副、值班水手,去擦磁罗经的雾气……

1963 年 5 月 1 日,中国"跃进"号远洋轮满载着货物,首次出海,不幸在黄海遇难。当时在上海海运局当船长的郑秋墨,正率船航行在长江上。

船到上海。7 日,郑秋墨就被借调到上海打捞局,派去驾驶"沪救 1 号"轮,协助勘探船,探测"跃进"号的沉船原因。

出发前夕,周恩来总理专程赶到上海。他根据各种迹象,初步分析了沉船的几种可能性,勉励潜水员和其他船员,尽快找到沉船的真正原因。

郑秋墨率船,协助探测工作,探明"跃进"号遇难位置,然后帮助勘探船抛锚定位。

探测"跃进"号工作结束后,他被救捞局局长看中了。在从海运局借调的三个船长中,唯独留下了他。

逐渐,他在上海救捞局出名了。风浪中,只要他在场,船员们会感到欣慰。

"德大"轮还在与狂风恶浪对峙着,略占劣势。这时他有点不耐烦了:"老天怎么啦,摆下了迷魂阵!"

气温早已低到零下,驾驶室里却还暖暖的。磁罗经在里外温差下,玻璃罩壳上沾满了雾气。郑秋墨侧身仰着头,吃力地擦着。前面刚擦净,雾气又涌了上去。来回擦了几十次,才隐隐约约地看得见刻度。船,又有了方向,继续侧顶着风浪。不久,问题的症结也找到了。出发前,在上海刚装上的这台新机器,被海浪震落了一个接头。

"德大"轮和风浪对峙的势力相等了。郑秋墨拿起望远镜,举目望去。那漆黑的海面上,狂风携着海浪,海浪借助着狂风,掀起一个又一个巨浪。经验告诉他,只要再坚持几个小时,或者几十个小时,风浪必定会败下阵去。他轻轻地吁了一口气。

厨房的饭是做不成了。炊事员送来了面包。郑秋墨感到是有点饿了。他啃着面包,忽然,觉得鼻子下流出了什么,用手一抹,是血。"唉,鼻子从未出过血,这时来凑什么热闹?"他暗暗嗔怪了一下,用两团棉花塞住鼻孔。血并不听从他的指挥,仍然不断地往外流。换了几团棉花,还是没有止住,只好又换上带药水的海绵。

终于,他明白,自己太累了,出现了虚火。风浪还没有过去,要是倒下了,将会产生什么后果,他是清清楚楚的。"挺住,挺住!"

▶ 日暑有道难忘的弧

这次临出海前,他像往常一样,没让老伴多弄几道菜,也没告诉三个孩子可能会遇到的风浪。他只是咧开嘴,笑眯眯地对妻子说:"这次出海个把月,又有劳你了。"对孩子们说:"你们可得像以前那样,帮助母亲做事呵。"

"嘀咕什么,你又不是头一次出海。"爱人是商店里的营业员,善于理解顾客的心,也就最理解丈夫的心,"只是你的身体要当心。"

多好的妻子。

妻子生第一个孩子的时候,他正在海上。几十天后,他回来了。抱起女儿,亲了又亲。望着妻子憔悴的脸,他的双眼蓦地流下泪。他发誓,要是妻子生第二个孩子,自己一定要在家照顾她。可是,妻子生大儿子,无论如何也要守在她身边的誓言,还是没有兑现。生第三个孩子时,他仍然不在妻子的身边,仍然在海上执行任务。当他接到妻子托人拍来的电报,说是又生了一个小子时,他的眼圈红了。

那年,岳父病重住进医院,医生已发来了病危通知单,按理,他该留在上海。当郑秋墨得知有一名船长公休,需他协助新船长时,他拿着提包犹豫了。妻子含着泪说:"你去吧,这儿有我。"船到了温州,电报也跟着到了:岳父病逝。

风,小了,降到10级。浪,低了,退到七八米高。

不知什么时候,老天又使出了一招。唰唰唰,下起了鹅毛大雪。那大雪像夏季的雷阵雨,一阵狂飞后,停几个小时,又是一阵狂飞。拖轮和钻井平台上,凡是海浪冲刷不到的地方,都积起了二三十厘米高的雪,白花花的,增加了郑秋墨的忧虑。"要抓紧时间赶路。"他果断地挥了挥手。

"德大"轮加速了。船头斜顶着风,缓缓向前,打破了一昼夜来的对峙局面。

28日中午,风,又小了。郑秋墨一时被这狡猾的风、奸诈的浪迷惑了。他喘了一口气,征求一下三副的意见,正准备下令再加速。

轰!突然间,来了个大涌,把船高高托起,又猛地把它坠入海水深谷中,险些把"德大"轮"擒"入海底。那显示拖缆负荷的仪器上,显示针急剧地摆动,从七八十吨,猛地摆到180吨。"不好,拖缆危险!"郑秋墨的额头蹦出一串汗珠,赶忙通知减速。可是,来不及了,紧接着又来了一个大涌。

涌是狂风恶浪余波。有经验的船长知道,每当海浪过后,海水深处还未曾平息。海水你争我夺挤地盘,有时会造成比海浪更大的危险。

就在拖轮被坠入深谷的瞬间,拖缆负荷指示针剧烈地摆动,蓦地,超过了200吨。"拖缆的极限负荷!"说话间,只听见"轰"的一声,靠近钻井平台八字铁顶端的拖缆,突然蹬断。顿时,平台失去拖力,在海面上漂荡着。拖轮也像失去了自己的孩子,心痛地摇晃。

196

第九部分 生死关口看言行 长使英雄泪满襟

"重新带缆。"郑秋墨手臂一扬,指挥拖轮驶到平台旁边,想靠近它,但没有成功。平台两侧的铁锚,像两把古代的兵器,随时可能戳破"德大"轮。他马上通过无线电,与上海救捞局取得联系后,通知平台自己动车,跟在拖轮后面,回日本港口重新再带缆。

钻井平台动车了,可它的马力不大,充其量只能与风浪对峙。这一招,失灵了。

此时,要是再有一艘小拖轮帮忙该多好。但这是妄想。那艘一万多匹马力的美国拖轮,原准备是跟在后面的,可此时还在日本津港,没有跟上。

怎么办?

"德大"轮自诞生以来,还没有使他失望过,能否再次创造奇迹?郑秋墨的思绪,也像大海那样翻腾。

那是好几年前的事啦。有一次,从台湾海峡传来一阵"SOS、SOS"的急救声。遇难的外国船员,急迫地请我国派船前去营救。当时,国内最大的拖轮马力只有2 600匹,在10级以上的狂风恶浪中出海,自身都难保,只好采取其他营救措施。遗憾的是错过了时机,那艘船沉没了。

"我们为什么不能有几艘大马力的拖轮?"党中央和国务院领导知道后,十分重视。于是,1978年,中国与日本知多船厂签订了合同,花2 000万美元,建造动力为15 300千瓦的"德大"轮和"德跃"轮。

郑秋墨被派到日本。"德大"轮是一块钢板、一块钢板地焊接起来。他看着"德大"轮长大下海,他爱"德大"轮,就像爱自己的眼睛。驾着它,到过日本、美国、柬埔寨、墨西哥、泰国和国内各大港口。"德大"轮似乎也懂得人情,它也爱船长,总是那样驯服地听从指挥,一次又一次地越过风浪。

一个新的拖带设想,在郑秋墨的心中酝酿成熟了。"只能成功不许失败!"他向自己下着命令。他指挥的不仅只是一艘"德大"轮,他是代表中华人民共和国,在完成一项特殊的拖带任务。成功与否,绝不仅仅是关系船长驾驶的功底,而是祖国的声誉,人民的希望。

在他的命令声中,拖轮顶着风,顶着浪,再次沿着平台的侧面,往前行驶。过了平台,然后一个转弯,船头躲开平台左右两个铁锚,不偏不倚嵌进中央。

"放撇缆!"

"砰!"

随着撇缆发射枪响,那撇缆,像一颗流星,如一支响箭,划着弧线,掠过风,窜过浪,从"德大"轮船头,飞向平台。

▶ 日暮有道难忘的弧

　　"嗬……"郑秋墨吐出一口气,额上的皱纹略略松弛了一下。平台上,美国船员早已作好准备,忙把重新连接好的缆绳系在撇缆上。仅二三支烟的功夫,那拖缆又挂上了拖轮。

　　"德大"轮拖着平台,徐徐向前。船员们的脸上,出现了笑容。为船长那大海般的气魄,也为自己对船长的信任。

　　郑秋墨望着排开去的海浪,心中并不乐观。路程还远着呢,风浪还会寻衅。果然离美国越来越近时,他们又遇到一股11级的狂风。但仍被郑秋墨顶住了。

　　哦,大海的对手!

《上海救捞报》1987年10月1日整版、《劳动报》1987年10月14日副刊整版、《中国救捞史回忆录》第二辑1988年全文收录

第九部分　生死关口看言行　长使英雄泪满襟 ◀

请记住陈松伟的遗言

"大家工作紧张,要注意劳逸结合。"这是"时间透支者"——陈松伟留给科技人员的遗言。读后,久久难以忘怀。

听说,记者是噙着泪,向哭泣着的人们采访后撰写的;编辑亦是怀着沉重的心情,编完此稿的。52岁的高工陈松伟作为副院长,连续三届市劳模,连续9年优秀共产党员,没有躺在荣誉堆上,他把一分钟当两分钟、三分钟使,终于透支了生命的全部时间,用行动在实现"四化是干出来"的愿望,其精神实在令人可敬、可佩!然而,他毕竟去了,而且是抱着遗憾去的。

不知诸位听没听到过这样一首顺口溜:"青年知识分子开欢送会(指人才外流),中年知识分子开追悼会(指白头送黑头),老年知识分子开恳谈会(指聘请发挥余热)。"笔者尚不知顺口溜的真实性有多大,但其中反映的中年知识分子未老先衰、过早死亡较多的问题,却时有所闻,不免让人心中惴惴的,好难受。

有资料表明,从1901年颁发诺贝尔奖以来,获物理学、化学、生物学和医学奖的300多人中,三分之一以上是中、青年,还有人对古今中外的著名科学家进行过统计,从公元600年到1960年,1 243名科学家、发明家,大多在30岁左右就有重大发明成果。

由此可见,中年是科技人员创造成果、作出成绩的黄金时代,这时候由于患重病,而过早谢世,显然是国家的重大损失。

诸位一定还记得,在华怡、蒋筑英等一些中年科技人员因操劳过度去世后,不少同志提出了很好的建议,呼吁关心科技人员的身体健康;呼吁不要总是在人死后,才想到去宣传他们的事迹。遗憾的是,我们今天不得不又看到了这样的事例。显然,对一些超负荷运转、肩挑重担的中年科技人员,如何关心他们的身体健康,还应该得到有关领导应有的重视。

当前,正处在深化科技体制改革的时刻,也正是科技人员投身主战场大显身手的良好时机,更需要有劳有逸,注意自己的身体。尽管中国的知识分子"价廉物美",但正如弓弦,超过绷紧的极限,自然会断裂。因此,科研单位的领导更应主动

> 日晷有道难忘的弧

关心他们,并采取切实措施,为他们排忧解难。记者在采访中得知,九院领导对陈松伟以及其他科技人员的关心可谓不少,陈松伟对其他职工的关心更不少,问题是有时关心别人的基层领导,往往忘了或难以"关心"自己,这就要求上级主管部门层层关心,以保证广大科技人员心情舒畅、精力充沛,去揭开更多的科举奥秘。不能不说,这也是尊重知识、尊重人才的一个必不可少的方面吧!

爱因斯坦有个公式——$A=X+Y+Z$。其中,A 代表成功,X 代表工作,Y 代表休息,Z 代表少说废话,愿我们每一名科技人员都记住陈松伟的遗言。

《上海科技报》1988 年 12 月 16 日

第九部分　生死关口看言行　长使英雄泪满襟

长使英雄泪满襟

有人说,他是六盘水的儿子,他虽不是六盘水人,却在六盘水走完了生命的历程;有人说,他是祖国的儿子,他走南闯北,在一系列的重大工程中,为祖国添上耀眼的色彩。他,王鹏飞,中铁四局六处工程指挥长,一个普通的共产党员、工程技术人员,而他的事迹却"长使英雄泪满襟"。

1997年,中铁四局六处参加上海松江污水处理工程建设,由于地质、资金和管理等诸多原因,施工受挫,原经理请辞。王鹏飞临危受命担任该项目经理。两个月后,工程就赶了上去。工程完成后,他又率队从上海奔赴山高路险、条件恶劣的乌蒙山区,担任水柏铁路工程指挥长。2000年6月2日深夜,他冒雨在导坑上巡视,突然发现山体在开裂。"要塌方,快撤。"他大吼一声,一边指挥工友撤离,一边抓住绳索从导坑飞身而下,一把推开电焊工,又一脚蹬出工程部长。10名工友全部获救,而他却被塌落的土石埋在洞中……

"捐躯赴国难,视死忽如归。"王鹏飞是祖国的骄傲,是人民的骄傲,也是许许多多专家、教授和工程技术人员为了科研、为了祖国建设"献了青春献终生,献了终生献子孙"的生动写照。

《上海科技报》2000年9月29日

▶ 日暑有道难忘的弧

祖国利益高于一切

当年,著名科学家钱学森获知全国就要解放,新中国即将诞生时,他坚决要求回国。由于美国当局的阻挠,回国历程历经磨难,其中包括坐牢,受监禁,还要经常接受美国政府的审讯。有一次,美国检察官讯问钱学森:"忠于什么国家的政府?"钱学森回答:"我是中国人,当然忠于中国人民,所以我忠于对中国人民有好处的政府,也就敌视对中国人民有害的任何政府。"

国庆前夕,读了这则报道,钱老的爱国主义精神、优秀的民族气节,更加令人肃然起敬。老一辈科学家始终视祖国的利益高于一切,新一代的科学家同样也视祖国的利益高于一切。本报(《上海科技报》)上期刊登的中科院上海有机所研究员马大为,"为了祖国,要做就做得最好"就是明例。

面对科学家,我们要说,祖国利益高于一切,共和国记住你们,人民感谢你们。

《上海科技报》2001年9月28日

第十部分　奖励岂能替代分配 专家待遇理应提高

全国劳模包起帆曾经在取得80多项发明、为企业增创经济效益数千万元以上时，获得众多奖励，可在收益上没有增加一些分配。上海市劳模张近林培育高产良种，为"五谷丰登，六畜兴旺"立下汗马功劳，然而家里连像样的四方桌都没有。尽管他们高风亮节，都在不同场合用言行表示，他们的发明和付出绝不是为了个人的利益。但是，从分配体制改革层面，不得不为提高专家们的待遇、收入多费一些口舌。

第十部分　奖励岂能替代分配　专家待遇理应提高

包起帆——鲜为人知的故事

朋友,你到过海港吗?你知道缆桩吗?它默立大江两岸,矮小粗犷,貌不惊人。然而,当暴雨袭来,涌浪打来之际,是它擒妖降魔似的将巨轮紧紧牵在自己的手中。

全国"五一劳动奖章"获得者、优秀科技工作者、市三届劳动模范、上海港木材装卸公司工艺科科长包起帆,就是这样一座坚实的"缆桩"。

一

"这抓斗中闭锁装置想得巧妙。简单、实用、安全,在国内外是个独例。"

今年6月初,20多位专家、教授、工程技术人员来到木材装卸公司,现场观看抓斗操作,鉴定通过了由包起帆为主设计的15吨单索多瓣抓斗。这项革新项目宣告了生铁装卸时需人工"喂网络"历史的结束。

"小包,你又为装卸工人立了一大功劳。"

人们高兴之余,又想起了他在木材抓斗设计中的辛劳。

原木装卸素有"木老虎"之称,稍有不慎,巨大的原木发生滑动、弹跳,就会造成重大伤亡。1971年,包起帆曾经目睹他的同学、同组工人黄瑞森被一根滑动的原木撞断数根肋骨,造成终身伤残。包起帆的左脚也曾被原木敲成髁骨骨折。

1977年,他考进了业余工大学习机械理论。1981年,他调入了工艺科担任技革员。就在这时,单位又连续出现几起伤亡事故,为此,领导号召职工献计献策,降服"木老虎"。30岁的包起帆提出:"让我来试一试。"

埋头苦思,通宵达旦,画了几十套图纸,做了近百只抓斗模型……

几个月奋斗,第一只抓斗终于试制出来了,现场试验一次能抓三五根原木。

但是,这仅是起步,抓斗本身还不完备。1983年他扎进业务科,从12年来4万多张木材装卸作业票中,拿出了木材抓斗有关安全、效率的有力数据,然后向港务局领导疾书,要求大胆推广木材抓斗,歼灭"木老虎"。

他的呼声得了局领导支持。副局长刘桂林带了一个工作组,在木材公司推广木材抓斗,进行木材装卸工艺控制的探索。

1985年,木材抓斗作业量占公司木材装卸总量的87％。抓斗的平均舱时量比人力作业提高了53.7％,大小事故减少了150％。

在8年多的时间里,他革新的项目达30多个,其中3项获部、国家级成果奖、发明奖。

二

1984年下半年,木材抓斗在全国港口推广,40多家兄弟港口单位纷纷派人来木材装卸公司取经。包起帆热情地、毫无保留地向兄弟单位传授技术,提供图纸与资料。

木材抓斗变得如此吃香,作为主要设计者,如果想要"发财",当"万元户",并不难。

他的一个在开发公司的同学聘请他去做顾问,答应津贴不少于他的工资,他推辞了。晚上是他的"黄金时刻",他要用来为国家作创造。

两个郊县社办厂的人乘着轿车,提着大闸蟹找到他家,要求接洽抓斗制造业务。包起帆未收礼物,倒送给来人一句话:质量、信誉才是企业求生的正路。

1985年9月,江苏某机械厂厂长来联系承接抓斗制造业务。他把包起帆拉出办公室,悄悄说:"现在外面图纸来往,都是私对公。只要你肯把图纸给我,我可以付2 000、3 000块给你作报酬。这事只有天知、地知……"

包起帆扬起眉毛严肃地说:"钱再多,我不想拿,图纸是属于公家的。你要技术转让,就该公对公。"

"那么,我们聘请你当业余技术顾问,每月津贴100元。"厂长迅速从包里抽出一张聘书,向包起帆递去。

"这是损公肥私,我不干。"包起帆回答得干脆利落。

事后,有人对他说:"你真傻。这种钱是不拿白不拿。"

包起帆推了推那副老式的黑眼镜说:"我是党员,我从来没有拿过这样的钱,也不想拿。"

有风就有浪,江浪总想冲上码头,摇撼缆桩,而缆桩却毅然稳稳地站在原处。

三

包起帆获得了成功,但他始终忘不了成长的土地,装卸工人的土地。

1986年4月,交通部给木材装卸工艺发明发了3 000元奖金,包起帆分到了800元。他不声不响地分别给两位长期受工伤的装卸工人寄了100元。

两位工人收到钱后,非常激动。周振天在给公司的信中写道:"今天上午,我又收到了一张汇款单,上面汇有人民币100元,并在附言条上写着代表公司党员和群众对我们因工致残工人的关心和慰问。我看了以后心情万分激动,泪水止不住淌了下来。我再三考虑,认为他这种助人为乐的精神和情意,我要收下。但他所寄给我的这笔钱我不能收……"

另一位工伤工人王伟民在给《新民晚报》的信中则写道:这是包起帆第三次把得到的成果奖金寄给我。

包起帆革新创造的价值少说有五六百万元,得到的奖金亦有数千元。可是,包起帆每月交给妻子的仍是百余元工资。他有一个贤惠的能够理解他的妻子。

《上海科技报》1986年7月5日,与资深记者林晓明合作采写

▶ 日晷有道难忘的弧

张近林——金色的种子

宝山县罗泾乡助理农艺师张近林,不仅培育了名扬四方的高产良种"泾大一号"大麦、"铁桂丰"晚粳稻,而且是养兔养猪的能手。然而,近年来罗泾乡"五谷丰登,六畜兴旺",农民都富了,他却两袖清风,手头还未曾"活络"。这是为什么?我们到罗泾乡采访以后,才揭开了谜底。

自己家里连像样的四方桌都没有,却无私地把致富的"诀窍"教给乡亲们。他说:"大家先富,我就跟上来。"

穿过几幢新落成的楼房,到了张近林的家。他的家虽是两层楼房,但与本村二十几家全部翻新的楼房相比,却显得陈旧又不协调:推开他的家门,只见屋里空荡荡的。一张木板床,几只掉了漆皮的破箱子,一张破旧的小桌,一台缝纫机和一台奖来的半导体收音机算是珍贵的东西了。这与村里几百户农民讲究现代化的摆设、高档的衣着相比,又显得十分"寒酸"。

这不是因为张近林没有勤劳致富的本领,也不是他不想富,只是他想到:十一届三中全会以来,党制定了正确的农村政策,我们农民是该勤劳致富了;但是作为一名共产党员,不能忘记吃苦在先、享受在后的传统。他常说:"大家先富,我就跟上来。"

人们记得,他从1961年开始,经过20多年的含辛茹苦,培育了"泾大一号"和"铁桂丰"高产良种,并分别于1984年和1985年获得上海市农作物品种审定委员会颁发的"技术鉴定证书"。"泾大一号"在上海、福建、浙江、江苏、湖北四省一市种植了100多万亩,增产部分的价值达1 370多万元。"铁桂丰"在上海市郊推广种植了16万亩,增收360万元。

消息传开后,张近林远近闻名,到他家来求经的人踏破门槛,许多人还来信讨教。他总是有问必答,有求必应。

有一次,几个素不相识的江苏农民跑来请教。他们边问、边听、边记,还试探着问:"张师傅,你能不能跑开几天到我们乡里去给大家都讲讲?"张近林想,本来自己培育良种就是为了让国家和集体都富起来,哪能把它作为自己的私有财产藏起来? 于是,他笑着说:"好吧,我跟你们去。"

他带着良种,随几个农民来到了江苏无锡甘露乡。刚落脚,就被当地的农民围住了。这个问:"你培育的良种,我们这儿能不能种?"那个问:"什么时候播种、施肥最好?"张近林笑了,像开记者招待会似的,详细介绍了良种的习性和播种的要点。然后,他来到田里,察看了农作物的布局,又捧起泥土,分析了土质,询问了当地的气候,认真探索了增产的奥秘。当地的乡领导特意为他安排了3天游玩的招待计划,并准备了钱和礼物。张近林知道后,连连摆手说:"不要破费了,我们都是农民……"说完,他就走了。

张近林有了勤劳致富的"诀窍",就毫无保留地传授给他人。几年前,他老伴养了几十对兔子,这本是自己致富的"摇钱树",他却先后送给乡亲16对;还根据有关报纸杂志登的养猪催肥资料,自己掏钱买来了配料,送给养猪户。女村长张秀兰赞许道:"老张要是花一半精力在家,他早就成万元户了。"

他立下"军令状",帮助穷得叮当响的塘南队富了,按协议可得奖金1 000元,他却推辞道:"我是为了集体致富,不是为了自己赚钱。"

"只要大家安心务农,科学种田,明年生产队准比今年增加1万元收入。"张近林对持怀疑态度的农民说,"不信的话,我们立个'君子协定',要是增加了这个数,我拿1 000元;如果不满1万元,我愿赔偿1 000元……"

这是1982年的秋天,张近林受公社的委托,和另外两名干部一起到海红村塘南队"蹲点"。海红村是全乡的穷村,塘南队又是穷村中的穷队。以前来"蹲点"的干部不少,但没有一个快快活活离开的。此刻,张近林在说大话吧?几个好友劝他说:"老张,你是个种子迷,还是去研究种子吧,别湿手沾面粉,在塘南出丑了。"

张近林笑了笑回答:"良种是要培育,可培育出来的良种不能发挥作用,岂不更叫人伤心?"

"军令状"好立,真要干起来,到底不像锄草一样容易。张近林来到农民的家里。有人对他说:"咱队80多个强劳力都外出去做小工了,田里无人,连菜秧都要向人家讨,哪还富得起来?"张近林又来到田里,只见250多亩地里庄稼少,杂草多,稻子和棉花的布局又很不合理。病症找到了,他就用培育良种的劲头干起来了。他把出外做小工的农民请回来,分给他们责任田。接着,他教大家科学种田,在已调整好的土地里,撒下自己培育的良种。一片片翠绿的禾苗,长势很好,接着是一串串金黄的稻穗。大伙见了,都笑出声来。这天,出纳员高兴地公布:"今年(1983年),我们生产队开了历史先例,与去年相比,农业收入增加6 848元,增长18.3%;成本减少5 500多元,降低40.2%;集体共计盈利1.2万多元。农民分配增加8 111元,增长47.4%。第一次成了海红村的'富'队!"哗,大伙都乐了,奔走相告,像过节一样。

欢乐之余,乡亲们自然想到了当初的"君子协定",拥着张近林去领1 000元。可是,一连几次,张近林却婉言谢绝道:"我不是为了拿1 000元才帮助你们的。现在塘南队的'穷帽'摘掉了,我比拿了这钱还高兴。"乡党委书记陆国栋对他说:"老张,既然是订下的协议,你就把钱拿去吧!"但他仍不肯收。至今,那1 000元仍旧搁在队里。难怪有人竖起拇指说:"了不起,像张近林这样的共产党员我服帖!"

他家中的整窝兔子死了,损失少说有5 000元。当听说乡政府要撤掉"亏本"的种子站时,他就舍弃"小家",向乡政府请求道:"我来承包种子站,不要国家一分钱。"

1985年开春的一天晚上,张近林一进家门,老伴就对着他哭开了:"你只顾着种子,自己的家还要不要?"儿子也有点伤心地说:"你尽干些不'实惠'的事,自己到兔房去看看!"张近林到那里一看,也傻眼了,18只兔子全躺倒,瘟死了。

这些兔子是老伴用心血喂养大的,按当时的兔价,少说也值5 000元。这是一场不小的"天灾"呵。张近林也很难过,他耐心地安慰老伴。可是道理好讲,损失难补呵!一连几天,老伴还是伤心地掉泪。恰恰在这时,他听说自己所在的种子站,因为8年内一直亏损,乡政府准备暂时撤掉它。

8年中,种子站为国家培育了许多良种,也不知增收了多少粮食。然而这些收获是间接的,不能直接纳入种子站的账簿中去。良种是种田人的命根子,种子站是培育良种的"摇篮",撤掉种子站,岂不断了庄稼人的一条活路?张近林越想越急,骑车直奔乡政府。

"中国10亿人口都要靠田吃饭,没有良种,怎能提高产量?"张近林据理力争道,"有了良种,全乡两万多亩地,每亩增收100斤,就是数十万元呵,远比种子站'亏损'的数字大。"

上级领导颇有同感地说:"老张,我们也不想撤啊,可你知道,全乡刚开始富,而每年要拨出1万元来给种子站,一时也有一定困难啊……"

一个大胆的想法在张近林的大脑中形成了:"要不,我来承包,不要国家一分钱。"终于，乡领导被他的精神感动了。

　　承包种子站的事传开后，还在为死去的兔子伤心的老伴嚷道："你逞什么能？人忙煞，工资仍旧是57元。你还是省点精力，回家搞搞副业，把损失补回来。"一些好友碰到他也劝道："老张，上面要你承包是顺水，你自己要求承包是逆水，亏了本，还不是自己倒霉？"张近林明白他们的话并没有恶意，可他想，自己是共产党员，怎能不顾"大头"，去抓"小头"？他开导老伴说："兔子死了，我也痛心；不过你算算看，要是没有良种，国家要受多大损失？"老伴和一些好友知道他的心，张近林认准的道，是不会回头的。

　　果然，他把被子铺盖也扛到种子站去了。他从发挥30多名职工的积极性入手，在培育种子的同时，养了几千只鸡，40只兔子（下半年又繁殖到100只），办起了农副产品供销店、书刊装订场……

　　转眼到了1985年底，种子站不仅没有伸手向上级要1分钱，还破天荒盈利4万多元！乡亲们感激地说："张近林这个'种子迷'，心中有集体，有我们，就是没有他自家呵！"是的，张近林这个道地的"种子迷"，作为一个共产党员，他把全心全意为人民谋利益的"金色种子"，撒向了众乡亲的心田。

　　《支部生活》1986年第11期，与资深记者陈子法合作采写

▶ 日暮有道难忘的弧

为提高院士待遇叫好

青岛市最近规定,在国家和省已经给两院院士享受待遇的基础上,又为他们每人每月增加1 000元生活补贴,每年提高1万元活动经费和进行一次体格检查,每月提供免费使用因特网180小时等等。读了这则消息后,忍不住要为青岛市的举措叫好!

我们正处在社会重大变革过程中,知识将作为经济发展的新杠杆,撬动人类社会阔步发展。可以说,轻视知识、不尊重知识的人和行为越来越少,但是,对于掌握知识的人特别是对于科学家的认识和重视就显得不足了。众所周知,体育明星、电影明星乃至歌星、舞星,从学生到职工,往往都知道。这些明星的待遇也时见报端,出场一次,动辄数千数万元,有的还要价数十万元。笔者并非患"红眼病",问题是为我们社会作出重大贡献的科学家的知名度,根本不能和上述明星相比,至于待遇就更不用说了。可能是笔者孤陋寡闻,尚未见有在火箭发射、卫星上天、大桥横空、地铁启动等等重大项目中,有关科学家和工程技术人员获得什么巨额报酬,听得多的则是他们"献了青春献自身,献了自身献子孙"的可歌可泣故事。

走笔至此,窃以为,青岛市的这一举措不仅仅是减少了两院院士的后顾之忧,切切实实为他们做了几件好事,更重要的是兑现了向整个社会所作的承诺,政府和人民时刻惦记着有功之臣。正如邓小平同志在1992年春视察南方时所说:"我要感谢科技工作者为国家作出的贡献和争得的荣誉。大家要记住那个年代,钱学森、李四光、钱三强那一批老科学家,在那么困难的条件下,把'两弹一星'和好多高科技搞起来。""我们自己这几年,离开科学技术能增长得这么快吗?"

《上海科技报》1998年4月17日

让知识分子富起来

杭州市委副书记沈者寿将卸任的消息一传开,王复民、张承军等10多位高级知识分子急了,准备联名写信给市委,说是从1994年以来,每年写给他的群众来信200多件,其中大都是来自基层的普通知识分子;说是群众来信中反映的大到发展方向问题,小到职称、房子、户口等生活问题,沈者寿事必躬亲,乐于帮忙。于是,人们动情地说:"这样的领导干部太少了,我们希望他继续留任。"

读了报端的这则消息,不禁对沈者寿这位爱民公仆肃然起敬。感叹之余,又想起事情的另一方面,那就是知识分子政策已经落实这么多年了,知识分子的疾苦还有这么多,好在有这么好的领导干部,才使知识分子感激涕零。但是,这毕竟不是办法啊。我们说,知识分子大都是体谅国家和集体困难的,一般情况下都能顾全大局,都能依靠自己微薄有限力量"下定决心""排除万难",比如,那位年年被评为优秀幼教工作者的教师,长期以来一家三口借住在4平方米的房子里;再比如,一位演员为艺术3次进藏,然而在排练时,竟连买点矿泉水的钱都没处报销。倘若没有人写信,上级领导怎么知道,又怎么去解决?为此,记者在想,在一部分人先富起来的同时,能否让知识分子当然包括社会科学和自然科学工作者都富起来?

应当承认,随着改革开放的深入,知识分子的政治地位、社会地位明显提高,但是经济地位没有相应跟上,脑力劳动者往往囊中羞涩,有的连"打"一次"的"、买几两"毛峰"都"捻"不开。这样长期下去,怎么可能让他们再有精力去发挥"知识"的资本作用,去创造知识经济时代呢?正如邓小平同志早就指出的,我们要在进一步提高科技人员政治、社会地位的同时,提高各种专家的物质待遇,在工资级别上破格提升,工资的差距要拉大些,真正有本领的人、对国家贡献很大的人,工资应该更高一些。

"些小吾曹州县吏,一枝一叶总关情。"新的一年又开始了,我们再等来信来访才去关心体贴知识分子,显然是讲不过去了。不妨改变一下思路,采取一些新的动作,从措施上、制度上真正落实知识分子经济待遇的"政策",使知识分子的经济地位与政治、社会地位等同起来。换言之,让知识分子富起来!

《上海科技报》1999年1月8日

► 日暑有道难忘的弧

为按技术要素分配鼓掌

我国第一项拥有自主知识产权的一类生物新药"注射用重组链激酶",5年成功治疗2 000多名急性心肌梗死者。上海医科大学的领导将部分成果转让收益的25%,即304.6万元兑现给课题组,其中担纲人宋后燕教授获120万元。这是本报(《上海科技报》)上期刊登的国内首次提出按技术要素分配的消息,读后忍不住鼓起掌来。

鼓掌,为其在分配制度上的突破。党的十五大提出了重要的分配制度理论,即把按劳分配与按生产要素分配结合起来。上医大积极探索和建立从属于按生产要素分配的按技术要素分配制度,从而为贯彻落实市政府"十八条"政策,推动创新和科技成果转化,取得实质性进展。

鼓掌,为其触及了敏感问题,摒弃了一系列陈旧观念。可以说,那种"拿手术刀不如拿剃头刀""造原子弹不如卖茶叶蛋"的年代已一去不复返了,但并不是其他思想问题都解决了。比如,有人认为科技人员拿单位的工资,享受单位的福利,成果转化后还要得到那么多收益,这怎么行呢?甚至还认为这是国有资产的流失。其实,不去设法激活科技人员主动转化成果的"源头",国家每年投入的巨大科研经费必然有一部分要化为泡影,也就造成更大的国有资产的流失。为此,市委领导指出,这种创新劳动已经彻底模糊了"上班"与"下班"的界限。所以,在分配制度上,在明确利益主体上,也要彻底突破传统的、不合时宜的职务发明与非职务发明的界限,按创造性劳动的本质实施利益分配。

鼓掌,为其让知识分子的经济与其他地位等同起来了。宋后燕教授与同伴首次尝到了知识作为资本投入科研、投入市场后,得到了"创造性投入的回报"。这真正体现了知识的价值,使知识分子也能迅速富起来。正如邓小平同志所期望的:我们要在进一步提高科技人员政治、社会地位的同时,提高各种专家的物质待遇,在工资级别上破格提高。工资的差距要拉大些,真正有本领的人,对国家贡献很大的人,工资应该更高一些。

《上海科技报》1999年3月31日、获上海市科技新闻奖三等奖

奖励不能替代分配

老劳模包起帆取得80多项发明,为企业增创经济效益数千万元以上,由此而获得众多的奖励。可他在收益上增加一些分配了吗?没有!新劳模张玮完成了100多项工业改造和安装工艺,一年就为企业增加效益1 000多万元,由此也获得众多的奖励。可他在收益上增加一些分配了吗?没有!尽管他们和许多科技工程人员一样,并没有因为作出贡献而要求收益上的大比例分配,但这是客观存在的、以奖励替代分配的不合理现象。

我们说,奖励是给予有重大贡献或功绩人员作为激励的荣誉和物质。分配是按一定的标准或规定,对在这方面付出劳动的人包括脑力劳动人员所分发的货币、实物等。两者相同点是都对作出贡献者给予激励,不同点是,奖励是分配以外的物质鼓励,其表现形式大都与荣誉证书一起发给。分配是对政策的兑现、制度的落实,其表现形式主要是货币收益。这两种形式都十分重要,如今我们还应该特别关注分配领域中的新变化。

党的十五大在理论上有两个重大的突破,一个是公有制可以有多种实现形式,还有一个就是在分配制度上明确提出,要在按劳分配为主的情况下与按生产要素分配结合起来。按生产要素分配就包括按资本、劳动力、土地、技术、管理和信息等等分配,十五大突出了"资本和技术"要素。在现实经济中,技术和信息已成为重要的生产要素。按专家的说法,按技术要素分配,可包括三种形式,即以专利形式获取专利收益,以技术入股形式获取利润分红,以人力资本的形式获取人力资本收益。欣喜的是,有单位已开始尝试着按技术要素进行分配。前一段时间,上海医科大学宋后燕教授的一类生物新药"注射用重组链激酶"成果转化后,产生了巨大的经济效益,由此,她得到了"创造性投入的回报",分配到120万元。笔者在想,倘若上医大的做法在其他研究系统、企事业单位都能得到认同、认可,形成制度,广大科技人员的主观能动性就能充分发挥出来,大批的成果就会源源不断地流向社会,流向市场。遗憾的是,我们的观念往往还停留在十五大以前,我们的做法大都还停留在对按劳分配的补充上,即广泛开展市、区或者本系统本部

▶ 日暑有道难忘的弧

门的评比和奖励活动,尚没有从根本上解决分配问题,自然也就免谈会对经济发展产生深远而重大的影响。

邓小平同志曾说:"现在要进一步解决科技和经济结合的问题。所谓进一步,就是说,在方针问题、认识问题解决之后,还要解决体制问题。"分配体制改革已在理论上有了重大突破,在实践中也开了先河。在此基础上,我们把精力、财力集中在分配制度的改革上,让科技人员合法地、理直气壮地获得应有的收益,是否是时候了?

《文汇报》1999 年 6 月 21 日

第十部分　奖励岂能替代分配　专家待遇理应提高

为科技功臣喝彩

在市委、市政府隆重召开的上海市科学技术奖励大会上，黄菊同志代表市委、市人大、市政府和市政协，向所有获得国家和上海市科学技术奖励的科技人员，表示热烈的祝贺和崇高的敬意，并向全市的科技工作者致以亲切的慰问和衷心的感谢。这番话，也表达了1 674万上海市民的情意。

江泽民同志曾明确提出："要树立全民族的创新意识，建立国家的创新体系，增强企业的创新能力，把科技进步和创新放在更加重要的战略位置，使经济建设真正转到依靠科技进步和提高劳动者素质的轨道上来。"这是我们实施"科教兴国"和"可持续发展"战略的必要途径。上海的广大科技人员在市委、市政府的带领下，走在这条金光大道上，发挥自己的聪明才智，发扬勇攀高峰的钻研精神，瞄准国际科学前沿，围绕国家经济主战场，在过去的一年里，取得了一大批成果。在获奖成果中，有一个显著的特点，那就是科技创新能力明显增强，原创达到7成；科技成果转化明显加快，直接为市场服务开发的项目达到6成。

在这次奖励大会上，上海科技奖励工作也作了重大改革，在加大奖励力度的同时，还依据《国家科学技术奖励条例》，同国家科学技术奖励相对应，调整奖项设置。这是尊重知识、尊重人才的又一体现。我们相信，在市奖励大会的春风吹拂下，上海的科技人员将会以更高的热情、更新的姿态，投入上海21世纪的建设和发展中去！

《上海科技报》2001年4月18日

> 日暑有道难忘的弧

祖国的骄傲　民族的脊梁

"搞原子弹不如卖茶叶蛋""握手术刀不如拿剃头刀"的年代早已一去不复返，尊重知识、尊重人才的氛围也已全方位逐步形成。在现代化建设和改革开放的实践中，我们越来越深刻地认识到，同历史上任何时期相比，中国人民从来没有像今天这样，对自己的知识分子提出如此广泛、如此迫切的要求，给予如此崇高、如此珍贵的荣誉。不是吗，前天，在市委、市政府隆重召开的上海市科学技术奖励大会上，表彰了上海市科技功臣谷超豪、刘建航；表彰了上海市科学技术进步奖获得者2 542人，325个单位。

当今世界，科学技术飞速发展，科技创新已经成为21世纪经济和社会发展的主导力量。特别是我国加入了世贸组织，对科技工作来说，既是机遇也有挑战。面对新形势新任务，我们要做到黄菊同志在表彰大会上提出的一系列要求，其中在加快完善人才机制方面，要大力倡导"勇于创新、敢为人先、鼓励竞争、容忍失败"的创新氛围，不重资历重潜力，营造一种有利于人尽其才、人才辈出的创新环境，从而形成可持续的创新能力。

江泽民总书记曾在《爱国主义和我国知识分子的使命》讲话中提出："在知识分子队伍中，涌现的一批又一批优秀人物……他们真正是祖国的骄傲，民族的脊梁。"在此，我们不仅要向获奖的科技人员致敬祝贺，更要向他们认真学习，为上海的建设，为祖国的昌盛，为人类的进步，奋发有为，勇攀高峰。

《上海科技报》2002年3月20日

第十一部分　学历能力不该割裂　同行一家何必相轻

　　长期以来,职称晋升中的弊端颇多,往往把钻研学问同创造财富分开,把学术水平与实际运用分开,把才能与职称分开。这样,一大批具有真才实干的青年人或者年事已高从事实际工作者,被严格的论资排辈和不可逾越的"四大硬件"拦在相应职称的大门外。然而,一些因"硬件"齐全而无"真才实干"者,却"蹲在茅坑不拉屎",有的对"相亲"的同行还恶语"相轻",不仅伤害了科技人员的积极性,还在社会上造成了很恶劣的影响。更使人惊讶的是,一些地区还出现了"读书有什么用,不如早赚钱"或者随意休学的愚昧世态。

第十一部分　学历能力不该割裂　同行一家何必相轻

干你的,别理他

　　有朋友来电,唉声叹气。再三追问,方知近日火烧天气还受怨气。原来他是普通的科技人员,所在企业正在大减员,由于手中有一项发明尚在进行过程中,他暂未被列入下岗人员名单中。谁知,职工中的闲话四起,甚至有的人指责他"搞发明是假,赖在厂里是真",也要把他赶下岗。

　　挂断电话,笔者心里充满各种滋味。且不说企业领导的明智举措,就闲话而言,细细想来,其实也是见怪不怪了,因为大凡发明人都有过类似甚至更糟的遭遇。

　　众所周知,活了84岁的大发明家爱迪生,各种发明加起来当有2 000项,平均每15天就有一项新发明。但是,在漫长的发明生涯里,常常要遭受暴风雨般的冷嘲热讽。就说他研究电灯的事吧,当时有人指责他"根本不懂科学理论""完全是感情冲动"等。甚至有人板起脸孔骂他,往他脸上吐唾沫。好在他还是默默地坚持试验。又如,我国著名发明家抓斗大王包起帆,10多年前开始搞木材抓斗时,装卸作业区有许多人不相信真能成功,有位干部还瞪着眼神气地说:"包起帆的抓斗搞成功了,我就从办公室爬到区(公司)门口!"也好在包起帆没有被吓倒,令人信服地发明成功许多种抓斗。

　　发明是一项思维与动手结合的艰苦工作,不可能寄希望于一天或几天内完成,必然要有一个孕育、试验、失败、再试验,直至成功的过程,因此,既然有志于发明,就不要怕这怕那,相信随着时间的推移,那些"好事者"会逐步醒悟。不是吗,爱迪生的电灯发明成功后,曾经谩骂过他的人纷纷在报上发文致歉,一位有相当声望的人物还在会上说:"过去,我们对爱迪生有过不少冷酷的指责,其中我本人也许称得上是最严厉的一个……现在,除了甘拜下风以外,是不可能再有什么其他表示的了。"

　　看来,该向那朋友打电话再说几句了,特别要关照一声,对待那些酷爱散布流言蜚语者,最好的办法是:干你的,别理他!

《上海科技报》1998年8月21日

▶ 日暮有道难忘的弧

不宜提倡大学生休学创业

随着知识经济时代的到来,"知本家"悄悄走出高等学府的大院,成为成功创业者的耀眼新星。一时间,从比尔·盖茨到杨致远,已是人们议论的话题,已是大学生们向往的休学闯天下的楷模。这本无可厚非,问题是,大学生休学创业成功者毕竟是少数,大多数是在学有所成后显露头角的。为此,笔者以为,不宜提倡大学生休学创业。

众所周知,大学时代是人生积累知识的黄金时期,是突破自身脑力限制而得到空前解放的阶段,特别是人类已经进入了新千年,对自然界的认识能力得到了明显的提高与深化,也就是说人对自然的关系已由"解释"逐步过渡到把握,人们从生产过程的主要当事者,已转变为监督者、调节者来控制生产过程。因此,可以毫不夸张地说,不断扩大人们的智力,已成为决定生产力、竞争力和经济增长水平的关键因素。倘若大学生在这个关键时候,急着去找机会,甚至"八字尚无一撇"就急着弃学创业,那往往会在市场经济的大海中翻船喝水。北京的大学生刘庆峰"一夜之间"成为百万"知本家"后,对媒体发表的见解,可谓很有代表性。

他说,大学生正处在积累自身实力的时期,他们更需要的是磨炼。把创业当成一个课题,让他们参与企业的部分运作对成长是有好处的,但把主要精力放在创业上面绝对不是件好事。他还联系自己的创业过程说,大学生积累的实力和"真正"的机会相契合时,才可以去创业。前几天在上海交大演讲的张朝阳也有类似的见解,这位搜狐总裁告诉渴望创业成功的大学生们,有一个好的想法固然很重要,但更关键的是要有一种实干精神,因为有想法的人很多,但真正成功的人很少。

综上所述,没有"水到渠成"的时机,没有敢揽"瓷器活"的实力,大学生们还是不要盲目休学创业为好。有一则古老的谚语说的就是这个理:"多则价廉,万物皆然,唯独知识例外。知识越丰富,则价值就越昂贵。"

《上海科技报》2000年3月24日

第十一部分　学历能力不该割裂　同行一家何必相轻

用知识打开再就业之门

"你爱人上岗了没有？"有朋自远方来,劈头就问,似乎是本该有的一种问候礼节。的确,随着机构精简、企业重组,下岗或者再就业牵动着每一个国人的心。不是吗？上海市委书记黄菊在市政协专题联组讨论会上强调,要做深做细特困群体救助工作,积极创造岗位让更多人就业。市长徐匡迪也在人代会上指出,全社会都要关心下岗职工再就业,企业干部要带领下岗职工再创业。面对方方面面的关注、关心,下岗职工群体或个人怎样进行自我救助呢？本报(《上海科技报》)今日第四版"专稿特稿"推出的《寻找就业金钥匙》一文,颇有启迪。其中突出的一点是转变观念,用知识"包装"自己,使自己尽快成为适应社会需要的"复合型"人才。

你看,年近五旬的马大嫂花钱请护士、营养师补上食疗营养课,然后在居委会、妇联和工会等组织的带动下,创办家庭疗理服务业。一年多来,她的客户已增加到800多户,然后又招了几名下岗职工。再请看,26岁的复员军人陈永旭,下岗后学习康复护理和智力教育知识,特意为肢体障碍的有病儿童,创办了一家集理疗和智力教育为一体的家庭幼儿园,目前这个幼儿园已有20名儿童。

走出一步,天地宽。再就业需要社会的扶植,再就业更需要下岗者、分流者或者提前退休者发扬自强不息的创业精神。众所周知,大发明家爱迪生,仅上过3个月小学,大企业家托马斯·沃森(IBM的创始人),当推销员时几经失业,但他们都靠顽强的毅力创造了受世人钦佩的业绩。我们也相信,下岗职工特别是下岗的科技人员等知识分子,在为国家做出重大牺牲的同时,会再次付出学习新知识的代价,去换取新的职业,这样,一定会受到人们进一步的尊敬。正如江泽民总书记最近在内蒙古考察国有企业时,对创办幼儿园的下岗工人郭香菊说:"像你这样的下岗职工自谋职业,不仅自己走出困境,还能帮助别人,了不起呀！"

《上海科技报》1999年2月10日

▶ 日暮有道难忘的弧

让天下儿女都念书

"养儿不念书,等于一口猪;全家不念书,等于一窝猪。"曾去安徽歙县采风,当地经济尚不发达,却处处能闻读书声。在观看大学士牌楼时,有农民还边用石块在平锅上压煎油饼,边对笔者说了这句顺口溜。此话过于夸张,过于尖刻,可毕竟反映了当地村民自古以来对文化教育的重视。

应该说,随着科教兴国战略的实施,对少年儿童文化的教育,对劳动者素质的教育,有了空前加强,像歙县这样的事例不胜枚举。但是,我们也不得不痛心地看到,尚有不少国人认为,好多大老板文化程度不高,有的甚至斗大的字不识几个,可赚钱的本事却不低。所以,他们往往对子女的读书问题不当一回事。不是吗,近闻湖北省荆门市团林铺镇的一对夫妇,不让12岁的女儿和10岁的儿子继续上学。其中,做母亲的还对前来劝说的村民说:"我自己的孩子自己教育,不要别人管!要是犯了法,我宁愿坐牢,死也不送孩子上学!"显然,其行为严重违反了《未成年人保护法》《中华人民共和国义务教育法》。最后,在拘留所待了4天后,做母亲的才幡然醒悟,被提前解除拘留。当天下午,她牵着两个孩子的手重返学校。

此事已过去了,可悲的是教训远没有被世人汲取。在外来人承包工程队中,在集市贸易市场,在个体摊贩上,都可瞧见十几岁的儿童在搬砖弄瓦,在吆喝生意。这种"拔苗助长"见钱眼开的做法,这种愚昧落后轻视教育的世态,剥夺了未成年人接受教育的权利,严重摧残了青少年的身心健康。

《战国策·赵策四》曰:"父母之爱子,则为之计深远。"我们的一些"孔方兄"们,请想想歙县农村的顺口溜,请记住那对夫妇的教训,从孩子的将来考虑,从国家的未来着想,让天下的儿女都能高高兴兴地背着书包上学去。

《上海科技报》1998年7月29日

第十一部分　学历能力不该割裂　同行一家何必相轻

功名只向马上取

本报（《上海科技报》）前些时刊登的上海展望集团总裁罗正年有句口头禅，叫做"自己提拔自己"。说是他从国有企业的一名操作工人，逐步成为车间主任、副厂长，一直到现在民营企业集团公司总裁，总结一下，竟然没有一次是伯乐相中他的，没有一次是领导提携他的。每一次"跳跃"，都是靠自己的实绩"毛遂自荐"，都是靠自己对自己的"提拔"重用。听起来似乎有点玄，其实，每次"提拔"，是他对自己的才能的一次正确评估；其实，每次"提拔"，不是简单的职务提高，而是他要求自己综合素质的提高，特别是当上了集团的一把手后，他仍然"提拔"自己。当然，这个"自己"已经成了企业家，成了企业在市场中揽取胜利的法宝之一。于是，他能大胆聘用包括世界著名动物营养学博士、美国专家波西曼先生在内的一大批博士和硕士等人才；于是，他的集团欣欣向荣，4年中资本和产值年均增加50%以上，去年产值已达4亿元。自然这是后话。

这里还要说的是，在不同于罗正年"用人观"的一些现象中，有一个突出问题是不少"人才"，特别是一些具有大学学历的"人才"，往往抱怨怀才不遇，叹息人间伯乐太少。由于"伟大的抱负"不能实现，就垂头丧气，就自怨自艾，结果，一次又一次丧失了在岗位上增强才干，在实践中显露才能的机会，显然也就谈不上被领导看中，被企业重用了。古人说的"才须学也，非学无以广材，非志无以成学"就是这个道理。笔者曾在人才市场碰到一位"常客"，他是一名知识分子，自以为学富五车，不重用是人家不识货。为此，他跳了四五次槽，都难以如愿以偿。据他自述，正是"30亮相，40吃相"的黄金年龄段，不愁等不到大的企业、好的位置和高的薪水。此话已经说了一年多了，而他仍在人才市场"流浪"。

"功名只向马上取，真是英雄一丈夫"。罗正年"自己提拔自己"，在市场经济的大潮中显露了英雄本色。那些每天"守株待兔"，希望遇见伯乐者，不妨试一试"自己提拔自己"的做法，或许也能闯出一片亮堂堂的天地来。

《上海科技报》1999年6月30日

▶ 日暑有道难忘的弧

李嘉图与"武大郎"

　　20世纪50年代后期,曾与福特、通用汽车公司鼎足而立的美国克莱斯勒公司,陷入了危机四伏的绝境。面对14万名雇员,董事长李嘉图焦急地唉声叹气。相隔没多久,亨利·福特二世将功绩卓著的艾柯卡从福特公司总裁的宝座上踢了下去。李嘉图闻讯后显得非常高兴与激动。那天,经朋友牵线搭桥,李嘉图和艾柯卡在纽约会晤。他把克莱斯勒公司所面临的困境,如实向艾柯卡交了底,还表示欢迎他到公司任职,挽救日趋下跌的颓势。经过深思熟虑的艾柯卡,决定接受这一重任,但提出了一个条件,必须让他放开手脚去干。"这个公司只能有一个老板。如果你和我们一起干,那就必是你。"李嘉图开诚布公的态度感动了艾柯卡。果然,艾柯卡接替了李嘉图职位后,在公司内采取了一系列的改革创新举措,其中,他在3年内把35位副总经理解雇了33位,同时又招聘了一批精明强干的人才。靠这些人才的支撑,他力挽狂澜,终于使公司起死回生。至1984年,他不但召回了已被解雇的工人,还使公司赚取24亿美元利润,比前60年的总和还多。

　　我们也都在为国有企业摆脱困境呼唤人才的重要、人才的紧缺。然而,事实却常常叫人啼笑皆非,看到听到较多的是与李嘉图相反的中国"武大郎开店"的用人方法。一些单位往往需要人的时候花言巧语,把本企业的小环境形容成人间天堂;使用人的时候豪言壮语,好像是有求必应,胸脯拍得震天响,可事实是讲过即做过,"空头支票"开出几十张,评价人的时候恶言恶语,原因很简单,害怕他人政绩超过自己,影响自己特别是第一把手的形象。甚至,形成先是流言蜚语,接着诬陷、迫害的"三部曲""怪圈"。当然,这种浪费人才、摧残人才的行为难以持久,更难以形成气候。最终,既害了自己,受到众人的唾弃,又苦了企业,一时难以呈现像克莱斯勒公司那样的振兴与发展。

　　"得贤者昌,失贤者亡。"我们不妨学一学李嘉图留人的思路,摈弃"武大郎开店"失人的做法。正如上海市委书记黄菊近日指出的:"创造容得下人留得住人的社会环境。"我们只有在知识和人才上占优势,才能在国际竞争中掌握主动。

《上海科技报》1999年9月8日

第十一部分　学历能力不该割裂　同行一家何必相轻

变钻研学问为创造财富

　　工程技术人员按传统标准晋升的学历、资历、论文和奖项"四大硬件",首次被高新成果转化的杰出业绩所替代。按照新的《上海市促进高新技术成果转化若干规定》,前几天,上海76位技术人员获相应专业职称,其中40位突出者获破格晋升,而且,有的一无大专文凭、二无全民编制、三无中级职称;有的临近退休,走出院校下了"海"。真可谓"青山缭绕疑无路,忽见千帆隐映来"。听了这则消息,笔者感触良多。

　　长期以来,职称晋升中的弊端颇多,往往把钻研学问同创造财富分开,把学术水平与实际运用分开,把才能与职称分开。这样,一大批具有真才实干的青年人或者年事已高从事实际工作者,被严格的论资排辈和不可逾越的"四大硬件"拦在相应职称的大门外。相反,有的因"硬件"齐全而无"真才实干"者,却"蹲在茅坑不拉屎"。无疑,严重伤害了其他科技人员的积极性。

　　其实,无论从社会发展史还是企业发展过程来看,都不可缺少"无职称"的大批科技精英。比尔·盖茨就是一例。他20岁那年,大学未毕业就创立了微软公司,至30岁已拥有10亿美元的财富。如今,其生产的软件,几乎是世界各地电脑使用者之必需品。世界著名的科学家和发明家爱迪生更能说明问题。他没有受过什么正规教育,更谈不上拥有大学文凭,然而,在他的一生发明中,仅在专利局登记过的就达1328种。面对这些事实,我们能说,比尔·盖茨、爱迪生不是高级工程师,不是人才吗?!众所周知,知识、科技成果、技术创新已不是经济增长的"外生变量",而是经济增长中内在的、不可缺少的因素。这一切都必须通过科技人员的创造性劳动才能实现。我们有理由相信,上海的这一举措,必然会推动科技人员从钻研学问朝着创造财富方向转化。正如古人所云:"我劝天公重抖擞,不拘一格降人才。"

《上海科技报》1999年10月29日

▶ 日暑有道难忘的弧

愿同行变"相轻"为"相亲"

我们紧握新千年的重锤,正要去撞响龙年的金钟,发出那祥和的奋发的腾飞的轰鸣。此时,我们的思绪已经飘逸,想得很多又很远。就在我们回顾科学技术给人类带来恩惠的同时,我们又不得不惊讶地看到,每当一项新的发明、新的发现、新的成果问世时,往往会涌起一股反科学的潮流。更令人遗憾的是,潮流的中心人物有不少还是有名望的科学家或权威人士。比如,爱迪生发明的电灯轰动美国时,《纽约日报》曾于1880年1月6日发表社论,其中引用一位著名电气学家的权威性意见说:"(电灯)可能会是昙花般地热闹一时,但过不多久,爱迪生的名字将同他的电灯一起一样销声匿迹。"

比如,当飞机掠过我们头顶时,能否想到1902年时,美国天文家、数学家、海军科学顾问西蒙·纽科姆的"告诫":"靠比空气重的机械飞行即使并非绝对不可,也是不现实的,毫无重要性可言。"

究其原因可以说很多,也很复杂。但同行相轻不能不说也是其中一个比较突出的问题。这类现象过去有,现在也有;国外有,中国也有。多次荣获市劳模的科技工作者许宏纲就是一例。20世纪90年代初,他在全国电气节能交流会上,宣读了一篇节能控制器的技术论文。谁知,引起了一连串的问题,其中就包含着个别"相轻"的因素。当他发明的交流电机固态节能起动器在油田开始运用时,又有工程师不相信,甚至认为他弄虚作假做了手脚。

随着科教兴国战略的实施,可以说,直接"相轻"的现象在减少,而间接"相轻"的现象仍不少。在采访中常听到什么国际一流啦、填补国内空白啦、尚未见报道啦等等言词,其中大多是个别科技人员过分拔高自己成果的作用,无意间却贬低了同行同类成果的技术含量。

有哲人曰:"人借助科学,就可以纠正自然界的缺陷。"同样,我们借助科学,借助科学思想、科学精神、科学方法,也可以纠正自身的缺陷,从而变科技界的同行"相轻"为"相亲"。这权作为我们对新千年第一个春节的祝福吧。

《上海科技报》2000年2月2日

第十一部分　学历能力不该割裂　同行一家何必相轻

要引进人才更要留得住人才

本报(《上海科技报》)上月刊登的《人才,抢逼围》一文,从一个侧面反映了上海方方面面重视人才资源,重视人才引进的火爆景观。这对占领人才制高点,掌握21世纪的高科技主动权,无疑是一项非常重要的战略。不过,这里还要啰唆的是,我们的目光在朝外寻觅人才时,不妨关注一下内部的育人留人"柔性"环境,看一看现有的用人制度、用人标准是否适应新形势、新发展。不然的话,引进再多再好的人才,也会很快流失,甚至会"殃及池鱼",造成更大的被动。因此,从这个意义上来说,有无开发、使用和留人的机制,要比单纯的引进人才来得紧迫,来得重要。

记者曾采访过"中国蛇王"徐之伟,其创办的隆力奇集团年销售量已达6亿元以上,靠什么有如此神奇的发展?徐之伟说:"企业靠市场,市场靠产品,产品靠质量,质量靠技术,技术靠人才。"他采用递进修辞,把人才作为企业第一资源和压轴之本颇有启迪。在他的企业里,现有员工1 700多人,其中有大中专学历的各类专业人员500多人,而且平均2.5名员工中就有一名大学生。这些人才通过多次的试岗、选岗,几乎都找到了合适的岗位、合适的待遇,所以他们对企业称心,对工作用心,成为高标准工艺流程和高起点"智能集约"的基石。

前几天,上海市人才工作会议提出了用人制度要创新,实行聘任和聘用制,给"特殊人才"开辟快车道等。市委领导还要求从实际出发,积极探索"人才柔性流动""主动出击""综合激励"和"精英人才"重点倾斜等9个方面的人才机制。为此,进一步树立人才是第一资源、人力资本超前投资和以人为本的观念,充分认识要引进人才更要留得住人才的战略意义,才能像隆力奇那样营造开发人才、使用人才,使人才能够脱颖而出的环境。

《上海科技报》2000年3月10日

> 日暮有道难忘的弧

时间是个伟大的作者

"古圣先贤都无比看重时间,把时间视为速度,看成力量,比作金钱,等同生命,认为浪费别人的时间是谋财害命,浪费自己的时间则是慢性自杀。"政协主席李瑞环在全国政协九届三次会议闭幕讲话中,阐述的时间与空间构成物质存在的基本形式,再次告诫我们要惜时如金,与时俱进,否则就会误人误己,误事误国。

我们只要稍稍回顾一下,就会惊奇地发现,先人们大都对时间有过极高的评价。南朝梁萧绎《纂要》曰:"一年之计在于春,一日之计在于晨。"唐朝王贞白《白鹿洞二首》曰:"读书不觉已春深,一寸光阴一寸金。"晋代傅玄《杂诗》曰:"志士惜日短,愁人知夜长。"清朝魏源《默觚·学篇三》曰:"志士惜年,贤人惜日,圣人惜时。"《旧五代史·晋书·安重荣传》曰:"须知机不可失,时不再来。"像这样的诗词还可以找出好多,像这样的道理世人知道的也真不少。遗憾的是,就在我们以只争朝夕的精神,扬起科教兴国的大旗,通过改革和扩大开放,综合运用我国在资源、市场、技术、人才、智力和体制等方面的有利条件,形成新的发展优势的同时,我们也不得不看到李瑞环所指出的许多不珍惜时间的现象:"大量宝贵时间或消耗在人浮于事、互相扯皮中,或浪费在文山会海、空话套话中,或耽误在无事生非、无谓争论中,或损失在盲目决策、胡乱指挥中,或荒废在无所用心、无所事事中,甚至消磨在灯红酒绿、纸醉金迷中。凡此种种,实在令人痛心和忧虑。"

走笔至此,想起戏剧大师卓别林的名言:"时间是个伟大的作者,它会给每个人写出完美的结果。"正如莎士比亚所说:"放弃时间的人,时间也放弃他。"我们正在按照九届全国人大三次会议通过的各项决议,一条一条地落实,一天一天地实施。时不我与、时不我待、时不再来,引用一位海外哲人的话:"我愿意手拿帽子站在街角,请过路人把他们用不完的时间投在里面。"

《上海科技报》2000年3月17日

第十一部分　学历能力不该割裂　同行一家何必相轻

才 与 财

都说网站是几家欢喜几家忧,今日开张几家,明日牺牲几家;都说网站是"烧钱"的活儿,几百万元、几千万元往往会打"水漂"。然而,成立3年的谷歌(Google)网站不仅每天吸引了全球过亿次的访问量,而且赢利来源稳定,发展潜力很大。究其原因,说来十分简单,靠才学、才能和才干赚钱,说白了,就是才变财。

谷歌创立之初,两位创始人拉里·佩奇(Larry Page)和谢尔盖·布林(Sergey Brin)认定技术是成功的关键,他们凭借过硬的计算机本领开发出的高效搜索算法,立刻得到了用户的青睐,连其竞争对手也不得不承认:"谷歌是这一领域的领头羊,其技术远远超出了对手。"针对网站上遍布散乱的广告,谷歌的主页始终保持着清新的风格,就此反而赢得了广告商的好感。在2001年7月份揭晓的第5届互联网大奖"威比"奖评选中,谷歌的内容、结构、导航系统、视觉设计、功能性能和互动性等方面都有高人一筹的地方,也都获得了最高分。

自从互联网泡沫破灭以来,各家网站颁布的消息无外乎倒闭、赢利预警或是裁员,谷歌未上市就实现赢利的实例,不失为一条网站发展的新路。那就是,必须依靠才学、才能和才干,人无我有,瞄准潜在的发展方向;人有我精,抢占技术制高点。这样,网站"忙哉",也就不会成为脱离财的空中楼阁。

网站的生死之争如此,其他企业的生存发展也是如此。

《上海科技报》2001年8月29日

▶ 日暑有道难忘的弧

科坛也要防"黑哨"

好在国人警惕性高,在观看甲 A、甲 B 球赛时,尽管叫好喝彩喇叭声不断,还是从那战火缭乱的绿茵场上听到了"黑哨"的尖叫声;好在中国足协的魄力大,决定对吹"黑哨"者进行查处,并且联合各个方面共同打击足坛腐败。

"黑哨"足坛有,科坛有没有呢?笔者以为,哪些地方缺少宽松民主、探索求真的环境,哪些地方就会产生类似不正常现象。比如有些人不重视新人的原创性,仅以资历、名望作为学术标准,对创新人才的成长,公开、公平和公正评价体系的形成,显然会造成误导。特别是还有一些人,对评价对象的科学、技术和经济内涵缺乏分析、考证,仅凭一些"关系",一些"科"外活动,就随意冠以"国内先进""国内首创""国际先进",或者"重大科学发现""重大技术发明""重大科技成果"之名,这就与足坛吹"黑哨"有些相似,不同的是他们并非管理人员罢了。

据说,中国足协"打黑"取得突破性进展,继一名裁判主动退回所收浙江绿城俱乐部 4 万元黑钱后,又有个别裁判主动向中国足协承认错误。同样叫人高兴的是,科技部部长徐冠华在全国科技工作会议上,对我国科研评价体系存在弊端的痛陈,就像是对科坛的警示。而且,几年前由科技部、教育部、中国科学院、中国工程院、中国科协联合发布的《关于科技工作者行为准则的若干意见》,对防止科坛"黑哨"、打击科坛腐败都做出了明文规定。

《上海科技报》2002 年 1 月 11 日

第十二部分　专家良言切勿小觑
　　　　　　　诚信两字莫当儿戏

　　23名武警战士列队经过横跨两岸的人行虹桥,数十名群众东来西往,享受着桥梁给人类带来的恩惠。不料,惨案发生了,曾被誉为"引彩虹,落人间"的虹桥突然垮塌……悲痛之余,人们想起了3年前虹桥建造和落成时,有一名技工发现问题,几经奔走呼吁,未被人理睬。其实,不听专家良言,以及把诚信当儿戏等造成的教训还不少哩。

"乱出手"与"不出手"

该出手时要出手。换句话不知能否这样表述:不该出手时莫出手,或者说该出手时不能不出手。遗憾的是,事情往往并非这样。这里不妨举两例:

曾作为国家有色金属工业"重中之重"项目规划建设的中州铝厂,目前企业总负债却已达35.2亿元。用厂长的比喻来形容是:"能放100个馒头的蒸笼里只放了10个馒头,还得用同样大的灶和同样多的柴火方能把它蒸熟。这10个馒头卖得再贵,也收不回蒸熟100个馒头的成本,注定越卖越赔。"

今天本报(《上海科技报》)载文称,我国20年里重复投资引进20多套乙烯装置,其中一套的代价高达十几亿元乃至几百亿元。然而,据世界银行统计的十大乙烯生产国家和地区投资效益排名,我国却为最后一名。有专家叹息:"如能把少引进一套乙烯装置的钱,投到科研开发中去,中国的乙烯技术可能早已居世界先进水平。"

前者是不该出手乱出手,后者是该出手时不出手。不同的行为却反映了一个共同主题:决策失误。

我们说,一个项目的确立,至少要从宏观到微观,又从微观到宏观,进行可行性研究和反可行性研究。具体地说,从调查研究着手,然后进行系统分析、科学预测,最后才能拟订方案。类似上述事例的发生,很大程度上是因为在复杂的国内外市场竞争中,决策人员违反客观规律,仅凭拍脑袋想当然,仅凭经验去操作,或贪大求全大手大脚,或优柔寡断缩手缩脚。这些问题的产生,大多是对科学技术进入决策领域的重要战略意义认识不足,对决策科学化民主化的价值和重要性缺乏深刻的理解。因此可以说,"出手"与否、"出手"轻重,与企业发展、行业前景至关重要。正如万里同志曾指出的:从决策的作用看,在一切失误中,决策的失误是最大的失误。

《上海科技报》1998年5月29日

▶ 日暑有道难忘的弧

预则立，不预则废

东南沿海地区有一家生产功能性饮料的民营企业，为了做大蛋糕，去年投入200多万元广告费进军上海市场，结果效果远不是想象那样，销售收入仅130万元，弄得决策者进退两难。

近又闻，上海饮料企业"正广和"的老总，针对北京地区自来水质较硬且水中钙镁离子含量高的现状，挥师北上，采用国际上先进的反渗透水处理设备和相关的水处理技术，因地制宜投产质优价廉的高品位"正广和"纯水系列产品。据媒体称，此番进军，"正广和"如鱼得水，广受欢迎。

人说"要想富，走水路"（指生产饮料、桶装水等），两家企业都与"水"有关，两家企业也都是一个做法，往外扩大，争取更大的市场份额。不同的是，前者败北，后者大胜。究其原因，应了古人老话，"凡事预则立，不预则废"。应该承认，这个道理大家都知道，可真正把其作为一门科学来对待，认识其重要意义，并把它应用在实际工作中，看来尚不多。

我们说，预，即预测，预先推测或测定。预测科学作为一门独立的学科，其功能是正确地掌握对当前的决策具有重要作用的未来不确定因素或未知事件，提供信息和数据，以形成可行性方案为决策与规划服务。因此，预测是决策的先导，是决策的基础。企业要拓展业务，扩大生产规模，特别是要进入一个新的地域、新的领域，当然要进行一系列的预测。上述一"废"一"立"两则例子就是生动地说明了有关预测，或者预测是否正确对企业生存所起的关键作用。我国尚处发展阶段，即使发达国家也是十分重视企业的长期预测，如美国的企业，仅委托预测机构进行预测的每年支出就达千万美元以上，而因预测获得的利润则相当丰厚，大约是预测投入的50倍。

综上所述，不搞预测，不会预测，必定导致决策的失算、失利，发展思路的错位、越位。当然，在预测中决不能求助算命卜卦，也不能凭主观猜测臆断，只能依靠科学，依靠预测科学，舍此别无选择。

《上海科技报》1998年7月24日

第十二部分　专家良言切勿小觑　诚信两字莫当儿戏

面临灾害　并肩作战

　　长江水位已经持续一个多月居高不下，大堤由于长时间、高水位的浸泡，抗洪能力减弱，防洪形势十分严峻。沿江各地数百万军民响应党中央的号召，把抗洪抢险工作作为当前头等大事，日夜坚守在漫长的大堤上。朱镕基总理两次亲赴前线，代表党中央、国务院亲切看望救灾军民，并做出了重要指示。

　　与沿江地区共饮一江水的上海人民，时刻关心长江的严重灾情，并把灾区人民的困难，看作是上海人民的困难、上海科技界的困难。

　　当前，上海也有可能同时出现洪涝、暴雨、台风和大潮汛的侵袭，本市的防汛设施还存在不少薄弱环节，特别是从8日开始，逞威上海的"秋老虎"使本市的最高温度连续超过38.2摄氏度，到昨天止，上海已出现今年第20个35摄氏度以上的高温天气。据气象部门分析，由于盘桓申城的副热带高压没有减退的迹象，近日又没有北方冷空气南下，所以高温仍在持续。

　　面对凶猛洪水、持续高温，我们一方面要全力支持长江沿江各地的抗洪救灾工作，为坚持在长堤的军民增添信心和力量。另一方面要贯彻徐匡迪市长受黄菊委托，在市政府工作会议上传达的紧急会议精神，立足于防大汛、抗大灾，切实落实各项防汛责任制，随时准备抵御可能发生的各种灾害同时袭击，特别是有关科研单位和科技人员，要尽快设法建立具有特大城市特点的防灾救灾科学体系。

　　今天，长江抗洪抢险到了最紧要的时刻，我们要响应党中央的号召，如本报（《上海科技报》）所报道的这些单位那样，战胜罕见的高温，努力生产，确保实现经济增长的目标，以实际行动支援抗洪第一线的抢险斗争，把自然灾害的损失降到最低限度。

《上海科技报》1998年8月12日

▶ 日暑有道难忘的弧

"三知"与"三不知"

知识经济、信息、基因、克隆……这些新名词在生活中出现的频率越来越高，使用的范围越来越广，然而，我们对其真正含义知道多少，看来颇成问题了，其中有一部分人还一问三不知，这就难免会对工作带来难度，甚至会造成损失。

说起"三不知"，先要弄清楚什么叫"一知"，什么叫"三不知"。邓拓先生曾在《燕山夜话》中介绍得十分透彻。他从明代姚福所著的《青溪暇笔》所作的考证，追查到《左传》。原来事情是由晋荀瑶率师伐郑而引起的。当时荀文子认为对敌情不了解，不可轻进。于是他说："君子之谋也，始中终皆举之，而后入焉。今我三不知而入之，不亦难乎？"由此可见，所谓"三不知"是说对一件事情的开始、经过、结局都不了解，而所谓"三知"就是"始中终皆举之"的意思。

"三知"与"三不知"弄清楚了，那么再回到开头所说的问题。就说知识经济吧，这一名词已成为人们议论社会发展的"焦点"，拆墙联盟的"热点"，新闻报道的"卖点"。这种空前重视知识的现象，是实施科教兴国战略的重要基石。然而，在拍手叫好的同时，我们也看到了事情的另一面。

最近，中国经济景气监测中心对京沪两城市居民随机问卷调查显示，对知识经济的由来，仅百分之四的被调查者称"完全清楚"，百分之九十六者"不清楚"。不是吗，一些见诸报端的个别企业，在调整结构、资产重组，特别是在与其他单位的业务往来、结合时，都戴上知识与资本的结合，或者发展知识经济的重要举措等桂冠。似乎，知识经济时代猛地形成了。其实，这很可能是"三不知"造成的误区。

综上所述，在信息瞬变、知识创新的时代，我们务必不断学习、不断研究，尽可能了解事物发生和发展的"始、中、终"三阶段完整历史过程，避免出现"三不知"的尴尬局面，特别是要警惕"三不知"者自以为"三知"，指手画脚乱吼一通，这不仅会成为人们饭后话题，而且很可能错失改革良机。

《上海科技报》1998年9月18日

第十二部分　专家良言切勿小觑　诚信两字莫当儿戏

专家建议值千金

　　鄱阳湖区锣鼓山地区在发生特大管涌时,当地干部群众想尽办法都未能奏效。江西省水利厅人称"老行家"的万争鸣赶到现场,经仔细察看后,当即建议钻洞灌浆。在他的指导下,将拌着水泥制成的泥浆,顺着大堤上面挖开的小洞,一铲一铲地往里灌,终于制止了管涌,保住了堤内十多万亩粮田和数万群众的生命财产。当九江市城防墙决口后,正在当地抢险的防渗漏专家杨光煦闻讯后,连夜起草了"溃口封墙闭气实施方案"。在解放军和武警官兵的实施下,堵口合龙了。

　　专家们运用现代水利知识和技术,大胆提出建议,进行抗洪抢险的实例可以举出许多,人们也真正尝到了科学技术奉献的"恩惠"。然而,这里要提问的是,平日里科技工作者的建议,有没有享受如此重视的"厚遇"呢?答案是不够理想的。就拿本报(《上海科技报》)所编撰的内部资料《科技工作者建议》来说吧,自1995年至今已刊登了近200位科技人员,特别是科学家的良好建议。这些建议大多来自社会基层,有实例,有分析,有决策,所以针对性强,操作性也强。应该说,有的建议经上级领导批示后,很快得到了重视。遗憾的是,还有不小的部分石沉大海,没了下文,以至有人逐渐产生了"白天白提,晚上黑(瞎)提"的想法。别的不谈,就以建议市政建设应"见缝插绿"为例,专家不止一次呼吁,但最后还是建议管建议,操作管操作,有关部门仍然"见缝插楼"的多。难怪有人惊呼,上海快变成水泥森林了。

　　古人说得好:"泰山不让土壤,故能成其大;河海不择细流,故能就其深。"我们要发扬江泽民同志高度概括和精辟阐述的"万众一心、众志成城,不怕困难、顽强拼搏,坚韧不拔、敢于胜利"的抗洪精神,那么就要倍加重视和发挥广大科技工作者的作用。要知道,他们的建议值千金呵!

《上海科技报》1998年10月23日

▶ 日暑有道难忘的弧

信息过强过滥都有害

"我们正将自己推向一个超出常规生活速度的境地。电气技术将人类思维速度加快到惊人的程度,但人类的身体还是老样子。这一差距带来了许多压力。"美国多伦多大学马歇尔·麦克卢汉中心的研究主任纳尔逊·萨罗的这番话,道出了人们在信息汇成的海洋中如何把握"游泳"的技术、如何把握生存的本领等等一系列问题。

众所周知,随着社会的发展和竞争的加强,信息对人类社会各方面的作用越来越突出;人们对信息术语的解释也越来越多,仅《简明信息知识词典》就收集了社会科学、自然科学和工程技术领域中常用的信息术语 2 400 余条。然而,面对铺天盖地涌来的信息,人们到底能消化多少呢?应该承认这与人们的肠胃一样,是有限度的,信息饮食过强过滥都会对人体造成损害。

人们常说,老年人往往从早上张开眼睛就打开电视机,一直到晚上屏幕上出现"雪花"为止。他们从电视中所接受的信息可谓多矣。但是,这样无选择无目的地网罗信息,显然是无质量的。因为你占有了电视,电视也占有了你。不仅大量电视信息根本就来不及消化,而且长时间地看电视,忽视了其他活动,对老人的身体就会造成很大的危害。

人们也常说,信息时代,竞争胜负主要看所把握的信息有多少。其实这是一个误会。比如,有一家烟草公司,投资 7 600 万元在电视台大做特做广告,想用滚动式的方法引起消费者对新推出的香烟的注意。结果呢,连大城市的市民都难认可,更何况在全国范围内大面积地赢得丰收呢。再比如,有一家民营企业把握"要想富,走水路"的信息,办起了一家饮料公司,并迅速在大城市花 200 万元做广告,结果同样,信息发生错误,200 万元的广告打水漂不算,企业也因此债台高筑。

信息运用难度的确很高,过强人们难以消化;过滥,人们又难以选择,上述两例就是佐证。因此,对信息的运用错位、越位或者不到位的做法、想法都是不足取的。正如哲学家菲利普·诺瓦克所说:"每天有数以万计的单词,以脉冲方式通过我们苦恼的大脑,外加大量其他的视听刺激,难怪我们觉得精疲力竭。"

《上海科技报》1998 年 12 月 23 日

第十二部分　专家良言切勿小觑　诚信两字莫当儿戏

但愿不再是杞人忧天

面对新落成的大桥,倘若有人说:"这桥有毛病。"准会被指责:"桥有毛病?是你有毛病!"倘若有人说:"这桥先天不足,会垮塌的!"这就不仅仅是被指责的问题了,说不准会被定为诽谤罪。

事实往往不是以人的主观意志为转移。就在今年1月4日傍晚,23名武警战士列队经过横跨两岸的人行彩虹桥;数十名群众东来西往,享受着桥梁给人类带来的恩惠。不料,惨案发生了,曾被誉为"引彩虹,落人间"盛举的重庆市綦江县城綦河(长江支流)的虹桥突然垮塌,40人遇难,其中就有18名子弟兵。

悲痛之余,人们想起了3年前虹桥建造和落成时,有一名周姓焊接技工发现问题,几经奔走呼吁,未被人理睬。竣工之日,他痛心地关照家人:"不要轻易过桥,出不了几年它就可能要垮!"还有一名刘姓小学生在作文中写道:"桥上的铁棒有裂缝,我看见了好几条,我觉得太危险了,好像马上会落下来,我飞快地跑下了大桥。"看来,本文开头的假设有了依据,且不幸被言中。

"见兔而顾犬,未为晚也;亡羊而补牢,未为迟也。"惊愕之余,理应对该事故进行反思,把有关责任人推上审判台,可能更重要的还是国人都要记住这个教训,特别是城建部门要举一反三,对已知的类似"豆腐渣"工程,或者现在看来微不足道、却有可能酿成"病变"的隐患,进行分析诊断,然后制定对策,控制事态发展。记得本报(《上海科技报》)也早在1996年4月26日的第一版,就刊登过上海园林设计院高级建筑师顾正的呼吁,其中针对林立的摩天大楼,他指出狭谷效应将使一些高楼表面因承受风荷过大,玻璃幕墙会出现雪崩损坏;建筑群间的空气会形成死区,造成严重空气污染等等。为此,他建议办一家城建"医院",作为政府的智囊团,有组织地对城市建设开发中所产生的各类问题,设"专家门诊"或"坐堂医生"进行咨询。可能是"人微言轻"吧,这么好的建议却一直没有被引起多大重视。

教训惨痛,代价沉重。今日重新提议办一家城建"医院",但愿不再是杞人忧天。

《上海科技报》1999年1月20日

▶ 日暑有道难忘的弧

荷露虽团岂是珠

"草萤有耀终非火,荷露虽团岂是珠?"白居易的这两句诗是说,事物的外表虽然相似,而实际上真伪有别。也就是说,假的无论如何酷似真的,终究是假的。遗憾的是,大自然的假象骗不了人,而人为的假象却骗得了人,且祸国殃民危害颇大。

比如,曾被作为綦江县形象工程的彩虹桥,竣工时被媒体称为"引彩虹,落人间""长虹卧波,綦城一景"。不料,3年后竟然整体垮塌,造成40人遇难的惨案。又如,宁波招宝山大桥设计时,被一家市政设计院以设计超前、桥型美观而中标。谁知,大桥尚未合龙,大梁两处断裂。调查显示,设计不合理。比如,綦江彩虹桥垮塌的第5天,福建浦城水北大桥3号拱架在施工中坍塌,死亡7人,重轻伤18人。再如,重庆百位专家组成的"检查团",检查出96项市政工程有一般隐患,10项工程质量存在重大结构安全隐患……

桥啊桥,本是沟通江河两岸的纽带,本是人们通向致富的途径,令人痛心的是出现了一些非"珠"的"露水",导致了一幕又一幕的惨剧。本报(《上海科技报》)曾以"但愿不再是杞人忧天"为题,呼吁创办城建"医院",对现有的工程质量问题进行诊断、治疗。似乎在这基础上,更有必要防患于未然,查一查尚在设计或者施工中的工程,是否为了"献礼"掺和了"赶进度"的"泥沙",为了"形象"助长了单纯追求美的"杂草"?含有此类情况的工程,往往是尚未竣工便决定了短暂的命运。排除腐败、瞎指挥等因素,可以说能掌握工程命运的是工程实施中的广大科技人员。

朱镕基总理春节前指出:"工程质量特别是基础设施工程质量是百年大计,必须坚持质量第一,确保万无一失。"我们的工程技术人员,尤其是工程设计人员,切莫为了一时的名和利,设计似"火"非"火"的"萤火虫"工程,施工似"珠"非"珠"的"露水"建筑,最终成为历史罪人,背上千古罪名。

《上海科技报》1999年2月24日

不履行诺言酿恶果

麦克·利奇是美国商界的后起之秀,他经营项目有粮食、糖类、石油、金属和军火等,每年的交易额高达100亿美元。与他形成鲜明对照的是世界最大的贸易公司之一菲利浦·所罗门公司总裁杰尔森,因不履行诺言,致使得力助手辞职另组公司,并成为自己的劲敌,令其公司损失惨重。

原来,20世纪70年代初,各石油输出国想尽办法使西方各大石油公司陆续实行国有化。这样一来,西方发达国家与石油输出国之间关系十分紧张。面对现状,在国际石油市场中占很大比重的所罗门公司决定转移中心,集中资金做金属买卖。这时,已为公司引来大量美元的得力助手麦克·利奇又献上一计:"我们可以借助原先的关系买中东的石油,然后再以高价辗转卖给西方各国,这不是公司得天独厚的机遇吗?"杰尔森听了直点头,于是,将中东石油生意交给了他,并勉励道:"希望你成功,奖金么,仍按老规矩……"

利奇很快与一个中东国家石油商达成协议。这笔生意使所罗门公司获得了巨额利润,并一跃成为世界最大石油商。按照老规矩,利奇应获得100万美元的奖金。谁知,杰尔森觉得这个数目太大了,不想兑现诺言,几次三番地哄骗利奇,最后与利奇分道扬镳。

"言必信,行必果",诺言不履行,噩运随后行。可以说中外杰出企业家,无不强调信誉第一、忠诚为上,把"信"作为立身之本,作为实施各种战略战术的基础。不过,叫人费解的是,在用人过程中,我们所看到听到的往往是类似上述的事例,特别是一些心术不正者,一旦有人做出了成绩,不仅不会兑现诺言,而且会耍尽手段,占有他人的政绩、他人的功劳,直至集体的荣誉、集体的资金。看来,这不只是方式方法的小节,而是品质与人格的大是大非问题。可以说,像这样的人掌管企业,一则内部很难有三日太平,二则大量人才会离他而去,三则再好的企业也会败在他手中。

"行路难,不在水,不在山,只在人心反复间。"我们的企业特别是正在实行改制转制的国有企业,在用人特别是建立人才队伍时,常温杰尔森不履行诺言酿成恶果的教训,不无益处。

《上海科技报》1999年10月8日

▶ 日暑有道难忘的弧

评价结论随意不得

新春走亲访友,难免谈起科技界的趣闻轶事。其中,对个别人有失于科技工作者行为准则的言行,颇有微词。说是"鉴定"会、"研究"会、"推广"会……有"会"必赴,有请必到。不管是什么厂商、什么产品,到会吹捧一通,酒后拍拍屁股走路;你请说你好,他请说他好,评价结论的分量远在广告允许的范围之上。说穿了,醉翁之意不在"会",在于红包宴席中。

我们说,专家教授等广大科技工作者是先进生产力的开拓者。他们的严肃态度、严格要求和严谨方法早已受到世人的尊重和钦佩。因此,我们在倡导学术上的百花齐放、百家争鸣,鼓励和支持新发现以及新理论、新学说创立的同时,对于一些缺乏科学依据、未经严格科学验证的现象和观点,特别是对于一些厂商心怀叵测,私自拟就的某一项技术、某一项产品评价结论,不能不负责地拿来在公共场合或者通过大众媒体进行传播。遗憾的是,上述那样的事例屡见不鲜,严重的还在言词中滥用"国内先进""国内首创""国际先进""国际领先""填补空白""重大技术发明""重大科技成果"等夸大性词语。这样,误导了消费者对市场的认识,损害了科技工作者的公正形象,严重的还将影响到国家改革开放和稳定。有人一度错误地乱捧"法轮功""信息茶"等就是佐证。

有人说,种瓜得瓜,种豆得豆。是啊,大话、假话、空话毕竟上不了桌面。妄想运用"美丽"的谎言中饱私囊混日子,那只能是危险地"走钢丝",到头来往往会受到世人的唾弃,直至惩罚。不是吗?春节前,科技部、教育部、中国科学院、中国工程院和中国科协就已联合发布了《关于科技工作者行为准则的若干意见》,其中指出,广大科技工作者要以高度的社会责任感,坚决抵制唯利是图等各种不良行为,坚决抵制不认真负责、不实事求是、在评价结论中弄虚作假的行为。触犯法律的,要依法追究有关当事人的法律责任。看来,科技工作者的"评价结论",不是于国于民于己无关的小事哩。

《上海科技报》2000年2月16日

莫等井涸知水贵

在肯尼亚东北部干旱地区的塔瓦克村,一天,村民们赶到邻近小城的水库里取水。突然,一群猴子窜出来,用石块和木棍进行阻击。然后,猴子们以"胜利者"的姿态开始饮水。这时,握着砍刀和其他农具的村民再次赶了过来。经过两个小时的厮打,有10个村民受伤,10只猴子被打死。余下的猴子四处逃走了,可村民们更担心了,他们就担心附近的大象、狮子和豹等动物仿照猴子,来和人类"争水"。

万物生存离不开水。在大自然里,植物和土地也会和人类发生类似争斗。就拿我国来说吧,仅2000年入春以来,西北、华北地区连续发生12场扬沙、沙尘暴天气。这种恶劣天气发生的时间之早、频率之高、范围之广、强度之大,为50年罕见。其直接原因是气候异常,但重要原因是一些地区毁林毁草、乱采滥挖,引起了大面积土地失水,植被严重破坏,生态环境日益恶化。从某种程度说,可谓植物和土地在同人类"争水"。

走笔至此,可能会有人说,上海属海洋性气候,雨水充足,土地湿润,特别是随着科学技术的发展,哪家水龙头拧不出水,哪家为饮用水忧愁过?似乎上海不愁用水。其实这个观点是不正确的。有资料显示,本市水资源总量虽然充沛,但可供饮用水仅占地表水资源的20%,已被列为全国36个水质型缺水的城市之一;联合国专家也预测,本市将可能成为21世纪饮用水严重缺乏的世界重要城市之一。看来,"阿拉"市民对水的概念要有一个全新认识。

时值上海节水宣传周,经常想想人与动物"争水"的情景,经常看看沙漠向城市不断逼近的现实,对我们珍惜水、节约水,全面落实本市今年节水措施500项,降低水的消耗、提高水的重复利用率不无益处。总之,莫等井涸知水贵,但愿人间水长流。

《上海科技报》2000年5月19日

▶ 日暑有道难忘的弧

水也成害　旱也成害

《管子·度地篇》中说:"善为国者,必先除其五害。"即"水一害也,旱一害也,风、雾、雹、霜一害也,厉一害也,虫一害也。"管仲还把水列为五害之首,特向齐桓公建议,找有经验的水利人员,担任水官,随时修浚水道。后来,历史上出现了许多讲水利的人士,有的见解还远在管仲之上,但他讲的道理至今仍管用。

就在两年前的这个时候,我国江南、华南地区连续降暴雨和大暴雨,局部地区暴雨成灾。同时,长江遭受了继1954年之后第二次全流域性洪水的侵袭,干流几处重要河段相继出现了历史最高水位,特别是沿江的武汉、九江和南京等大城市,都经历了一场严峻的抗洪救灾的考验。提起洪水,世人难免还胆战心惊的,可今年这个时候,北方却发生了严重的旱灾。有消息称,截至5月16日,全国作物受旱面积1.9亿亩,干枯690万亩,因旱有1 560万人,1 310万头大牲畜发生临时性饮水困难。其中,曾饱受水害重灾的武汉市出现了120年未遇的特大春旱。目前,北方的旱情仍有继续恶化的趋势。

水也成害,旱也成害。倘若我们把责任全推在厄尔尼诺身上,是讲不过去的。洪水过后,就有不少专家对生态环境破坏所导致的后果,作了精辟的论述。面对这次旱情,同样有专家提出"中国缺的并不是水"。73岁高龄的中国气象科学研究院研究员张家诚说:"中国缺的是科学!"言辞虽尖锐了些,但颇能说明问题。拿灌溉技术来说吧,早有成果表明,华北地区冬小麦在收获前浇水一至三次足矣。然而,成果推广3年,仍有"大批死角",大部分地区还认为越浇多越好,甚至为浇1亩地,要放掉1 000至2 000吨水。这样大肆"挥霍"水资源,再"富有"的国家也难以承受啊!

《荀子·修身篇》中说:"良农不为水旱不耕,良贾不为折阅不市。"洪水和干旱,从自然现象看,没有什么奇怪,重要的是不能任其泛滥成灾。为此,在抗旱的同时,务必要消除不科学、反科学的观念和行为,大力推广和运用能降服灾害的新技术、新发明、新成果,至少将灾害可能造成的损失,控制在最低限度。兴许笔者所议是"马后炮",但古人的教诲呢?专家的建议呢?

《上海科技报》2000年5月31日

第十二部分　专家良言切勿小觑　诚信两字莫当儿戏

别把专家意见当耳边风

又听说国家干部严重失职渎职案,又读到 1 亿多元人民币打"水漂"的荒唐事。报载,重庆市政府邀请光电专家对华蜀集团引进的 LCD 设备进行评估。结果发现,"华蜀"花 670 万美元买来的 LCD 设备,价值最多仅为 80 万美元,是一条不具备生产能力的不完整的试验线,根本生产不出合同规定的 LCD 产品,更不具备年产 1 万片的生产能力。大部分设备出厂已 10 年以上,又封库多年,残值仅为 4 万美元。

有关责任人原重庆市副市长和原重庆市经委主任等已被查处,但此案留给我们的教训颇多,其中在该项目立项和实施过程中,负责人恣意否定有关部门和专家的意见,草率决策,就很值得我们深思。

众所周知,在项目的提出、制定、考察、引进以及具体实施过程中,都应进行科学决策,也就是运用科学的理论和方法,系统地分析主客观条件,研究同类项目在国内外运作情况,从而在多种预选方案中选取最优方案。从现代科学技术和经济发展的趋势来看,项目中的科技含量越高,专家的意见越重要;项目越重大,专家的意见也就越关键。然而,在现实工作中,有时存在"讲起来重要,忙起来次要,决策时不要"的现象,追求单纯的"意见一致",也就往往会产生决策的盲目和失误。因此可以说,听不进不同意见,就不可能有真正的决策,这在国际大公司的管理中几乎成为惯例。比如,有一次通用汽车总经理斯隆主持高层管理人员会议,讨论某项决策。当大家都点头表示同意时,斯隆却说:"现在我宣布会议休会,这个问题延期到我们能听到不同意见时,再开会决策。这样,我们也许能得到对这项决策的真正了解。"

万里同志曾指出,决策的失误是最大的失误。专家的意见,特别是专家的不同意见能帮助管理者决策,而不应成为决策的障碍。倘若我们在决策时,能充分重视和听取专家的意见,不仅会减少决策的失误,而且有可能堵塞玩忽职守、以权谋私等腐败现象的通道哩。

《上海科技报》2000 年 6 月 7 日

▶ 日暮有道难忘的弧

科学管理拒绝愚昧作业

江门市一家烟花爆竹厂,2000年6月30日库存的10吨火药掀起冲天大火,两层共3 000多平方米面积的厂房全部被炸毁,造成36人死亡、160多人受伤、30多人失踪。这一重大爆炸事故引起了中央高度重视,江泽民总书记作了重要指示。广东省委、省政府召开了现场会,并举一反三采取了防范措施。上海也不例外,对安全工作做了重点研究和部署。

"木之折也必通蠹,墙之坏也必通隙。"爆炸事故的原因说是有人敲铁钉引起的明火,显然,这与不实施严格的科学管理,不遵守应有的操作规则有关。这不,这家厂由于不注意安全生产,存在不少事故隐患,2000年4月4日,江门市公安消防局责令他们限期整改,但工厂仍未采取有力措施,抱着侥幸心理,我行我素,终于酿成大祸。

"科学技术是第一生产力"的论断已日益深入人心,同科学技术紧密相关的科学管理,在生产力发展中的重要作用也日益显示出来。可令人遗憾的是仍有不少人对科学管理缺乏全面的正确的了解,认为这是"软指标",完成不完成不碍大事,只有产量、市场和资金才是"硬指标"。于是,把血泪筑成的教训丢脑后,把用科学方法建立的制度放一边,违反科学,甚至违反最初级的常识,最终受到科学的严厉惩罚。可以说,最近的一些大事故,都与这种思想意识有关。比如,江西省铅山县无证经营爆竹作坊,被县有关部门通知取缔。谁知业主为躲避再次检查,将未被收缴的火药藏匿在租用的民房内,结果在6月25日点明火时引发火药爆炸,业主与其他3人丧生。比如,四川省南充市一艘铁皮机动船,核定载客数是40人,6月13日,却载了80来人(确切数字尚在调查中),后在河道当中翻船,全少20人丧生(具体数字也尚未理清)。再比如,合江县由小货船改装的客货混用船在汛期只能载70人,然而,6月22日载了200多人,后因大雾使船体触礁倾覆,至今已打捞起130具尸体。

其实,科学的管理可以协调生产力中各要素、各环节、各方面的关系,让其能充分地发挥自身的作用,从而使人的因素和物的因素在生产过程中实现最佳结合,取得最佳的整体效益,这也是保障安全生产、文明生产的基本条件,更直接地说是保障操作者或者服务对象身体健康,乃至生命安全的决定性因素。最近所发生的一系列惨痛教训再次告诫我们:科学管理,拒绝愚昧作业、野蛮操作。

《上海科技报》2000 年 7 月 7 日

> 日暑有道难忘的弧

拔 与 藏

又到年底结账时,秘书忙着写总结,财会忙着搞核算。何况,来年是崭新的世纪,谁不想带着喜悦,带着希望,去拥抱2001年的春风。

每到年底结账时,又会听到一些不和谐之音。概括说是两字:拔与藏。所谓拔,是一些效益不高或者经济滑坡的企业,有的为了向股民"交待",玩数字游戏,拔高年报数字。有的为了"超"承包金额,捞取各种嘉奖,就拔高数字做假账。所谓藏,是指一些效益十分可观的企业,怕"露富"怕"冒尖",怕"鞭打快牛",怕"枪打出头鸟"。于是,要把当年的功绩藏起一大截,特别是一些民科企业的老总,用各种名目掩饰账目,唯恐被人发觉真实数字,有的甚至把财产转移到境外。

年底结账时,为了个人的名誉、利益和欲望,瞒上欺下,任意拔高完成指标数的行为,往往是与贪污腐败连在一起的,最终倒霉的是自己,严重的还会进班房。那种心有余悸,千方百计"藏"数字的做法也不足取,当然,这种极不正常的现象,有其诸多原因,其中就反映了在发展民科企业过程中亟待解决的问题。但是,我们要相信党的政策,相信改革开放带来的新机制,要充分看到调动亿万人求富思变的创新、创业潜力,是解放和发展生产力的重大的战略,随着"私人合法财产不容侵犯"的条文进入宪法,类似的后顾之忧就会淡化。

正值年底结账时,对于"数字"该怎么样就怎么样,不用"藏"更不可"拔"。

《上海科技报》2000年12月29日

第十二部分　专家良言切勿小觑　诚信两字莫当儿戏

遗　憾

"年底蛮好全部抛掉,现在套牢了。""唉,啥人晓得,有赚不抛反被套牢。"股市自有不测风云。进入2002年以后,股指如捆上铅块,直往底下沉。1600点……1514点……1500点……1400点……什么技术面、什么强硬支撑、什么整数心理关,一一被神话般地轻巧击毁。股民们大眼瞪小眼,唉声叹气,都在后悔当初怎么一点感觉都没有。

谁知,1月23日下午,股指又像睡醒的野牛,从1340点开始直往上蹿,几个小时猛涨近百点。股民们笑逐颜开,高兴之余又后悔起来:"蛮好前几天再补仓,多吃一点。""唉,胆子实在太小,不然的话,至少几千元赚好了。"

久涨必跌,久跌必涨,本是股市的起码常识。然而,绝大部分股民很少为寻找此规律做"功课"。于是,随着这几天的大震荡,股民们又发出接连后悔、接连遗憾的叹息。

走笔至此,突然想到类似的叹息现象在我们的日常工作中是否也有呢?答案是肯定的。别的暂且不谈,就说面对入世吧,几年前大伙就在议论"狼要来了",而极少有企业去认真研究一下对策。如今,"狼真的来了",而又有多少企业准备好应对的良策了?

国外有哲人说过:"不会从失败中寻求教训的人,通向成功的道路是遥远的。"为了避免不必要的遗憾,从股民们老是遗憾的叹息中汲取点什么,领悟点什么,看来不是没有益处,至少可以少一点遗憾。

《上海科技报》2002年1月30日

▶ 日暮有道难忘的弧

不听专家言　坐牢在眼前

　　这不是危言耸听,更不是无中生有。信不信？报载,1989年8月,时任重庆市副市长的秦昌典不采纳权威咨询公司的意见,不听取有关专家的忠告,也不向市委、市政府汇报,花626万美元从美国引进液晶显示器生产线。其实,这是一套不完整的试验线,还造成285万多美元的借贷款利息的损失。为此,重庆市第一中级人民法院最近做出一审宣判：以犯玩忽职守罪判处秦昌典有期徒刑6个月,缓刑1年。

　　随着社会主义市场经济的发展,企业重组、资产重组,或者新工程上马、新项目立题等等,参变量之多、运作规律之繁,输入和输出的信息量之大,都是以前的经济框架所无法比拟的,仅靠一两个人拍脑袋、想当然是绝难驾驭的。只有依靠有某项技术擅长,或者对某一学问有特别研究的专家,才能从战略到战术,从宏观到微观,从显在功能到潜在效果,进行一系列方案论证以后,做出正确的决策。

　　这方面成功的实例很多,就拿笔者前几天听到杰时杰公司董事长杨桂生所介绍的立题程序来说,就颇能说明问题。他们每年底要为次年的项目立题,也就每年在这个时候邀请方方面面的专家教授来论证。然后,再正式立题。这样,不仅避免了好多"弯路",更重要的是企业从几年前60万元借贷款到如今已年进账数亿元。

　　由此看来,听不听取专家的建议,发生的后果大不一样。当然,兴许有人会说,像重庆那位副市长坐牢的事毕竟是极个别的。如果这样想,那么,不听专家言,吃亏（损失）在眼前就不是"个别"的了。

《上海科技报》2002年5月24日

第十三部分　彭加木考察时失联
　　　　　　老记者破弥天大谎

　　那年,全国学习的榜样彭加木在新疆罗布泊考察时失踪。境外有媒体竟然以头版头条套红标题,刊登彭加木逃离祖国,出现在美国华盛顿一家饭店的耸人听闻消息。彭加木不可能是那种人！她采写了《找水井,他并没有准备远行》后,又与记者郁群合写成12篇《彭加木的故事》,揭开了所谓"出逃"的弥天大谎。

　　她就是《解放日报》发表长篇通讯《活着就要闹革命——记英勇顽强战胜病魔,赤胆忠心为党工作的共产党员彭加木》的作者毛秀宝。其实,她在采写科学家的同时,也成为科学家的朋友。她为洪国潘、居文明等科学家在媒体上鸣不平,她采写的《谢希德访美归来话超导》,被全国著名媒体纷纷转载……

毛秀宝和她的科学家朋友

上海新闻界老前辈、上海科技报社原副总编辑、上海市女记者联谊会原理事长毛秀宝老师，1月21日在新加坡探亲期间突发疾病，溘然长逝。本报（《上海科技报》）特刊一篇旧文，以缅怀逝者、激励生者，推进科技传播事业更好发展。原文1991年发表在《新闻记者》杂志，本次刊载略有删节。

——编者

38度春秋，38载记者生涯。

毛秀宝用饱含的情，细腻的笔，在讴歌科学家和其他科技人员的同时，塑造了自己——中国女记者的形象。

彭加木——在她的笔底永存

"毛秀宝，你写的文章刊登了！"瑞金医院的医生捧着《解放日报》，对躺在病床上的她说，"彭加木的事迹真动人啊，我们是流着泪读完的。"

她撑起身子，赶紧打开几乎占满整个版面的《活着就要闹革命——记英勇顽强战胜病魔，赤胆忠心为党工作的共产党员彭加木》的长篇通讯。她双手颤抖着，忘了当时写文章的艰辛，忘了自己的病痛。

这是1964年的春风剪绿时。

她去生化所采访，有人向她推荐说："你该写写彭加木。他患着重病还到新疆去搞科研工作……"

彭加木，当时还是一个名不见经传的科技人员，但他献身祖国科研事业的精神，不正是知识分子为改变中国"一穷二白"面貌努力奋斗的写照吗？要尽快把他的事迹传播于全社会。那时，她还在《解放日报》当科技记者。编辑许寅听到后，也受了感动，主动提出与她一起去采访。

不料，有人却在座谈会上说："彭加木有什么可宣传的，他研究的又不是什么尖端课题……"还有的说："开着车去新疆兜兜风，也是蛮惬意的。"平时温和的她

▶ 日晷有道难忘的弧

坐不住了,当场与同行们据理力争。强烈的记者使命感,促使她把彭加木甘当铺路石的精神呈献给读者。接连几天,她白天采访,晚上挑灯疾写。谁知,她与许寅合写的7 000多字的通讯还未印成铅字,她却病倒了。除胃溃疡、神经衰弱外,又新添血小板减少症。医生说:"这是疲劳过度对你的'惩罚'。"

刊登在1964年4月6日《解放日报》头版头条的这篇通讯,像一块巨石投入了平静的湖面,全国10多家省市报纸纷纷转载。不久,全国掀起了学习彭加木、甘当铺路石的热潮。《解放日报》还开辟专栏,登载来信来稿。把各报有关这一内容的剪报叠起来,超过一虎口。

到了1978年11月,她闻讯彭加木遭受"文革"迫害后重获青春,毅然返回天山脚下,再当铺路石子的事迹,又按捺不住要为科学家继续讴歌的强烈愿望,与许寅合写了《重访彭加木》一文。于当年11月14日在《解放日报》发表,再次引起了很大反响。

1980年下半年,她从广播中听到彭加木在新疆罗布泊考察时失踪的消息,像有一块铅压在心头,匆匆去生化所了解情况。不久,香港《中报》以头版头条套红标题,刊登彭加木逃离祖国,出现在美国华盛顿一家饭店的耸人听闻的消息。

彭加木绝不是那种人!她对他太了解了。她和记者郁群又一次来到彭加木的家。她看到了刚从新疆运到的彭加木的遗物:几件绒线衫裤,常用的抗癌药物,还有考察时拍摄的胶卷底片、考察日记,以及一分为二才啃过一两口的馒头……

根据判断,彭加木是为了找水而不幸遇难的。1980年11月21日,她和郁群采写的《找水井,他并没有准备远行》一文,在《上海科技报》发表了。此文再次引起了读者的注意。中新社记者请她和郁群以此文为基础,写成上、中、下3篇文章,在国外华侨报刊上发表。关于彭加木的谣传被澄清了。同年,她又利用多年积累的资料,与郁群合写成12篇《彭加木的故事》,在《上海科技报》上连载。

"每逢佳节倍思亲。"羊年第一天,她又放弃休息,和报社总编等同志一起,上门去向著名科学家张香桐、王芷涯、洪国藩、王茜文、夏凯龄和严文英等人拜年。他们还特意赶到彭加木的家,向彭加木的爱人、上海植物生理所研究员夏淑芳问好。她抱起才5个月的夏淑芳小孙女,高兴地逗趣说:"长大了,要成为你们家中第3代科技工作者啊!"

对不该发生的事——她的笔尖锐锋利

1984年的一天,她收到上海生化所研究员洪国藩的一封来信,面有愠色,一反常态。

第十三部分　彭加木考察时失联　老记者破弥天大谎

洪国藩在英国剑桥做访问工作时,用省吃俭用节约下来的钱买回了一部分生物催化剂——酶。估计在国内搞基因结构研究的试剂还不够,生化所又根据他的要求,花 4 821.95 美元,于 1983 年 4 月 27 日向国外订购了一批。哪里想到,直至 1984 年 3 月 26 日才到达生化所。其中国内辗转运输达一月余,且没有按照超过规定的运输期限必须用干冰保存的要求,只是在室温中存放,以致酶失去了活力,成了一堆废物。

平日里,她与世无争,与人无争。然而,她那温和的性格中,包含着刚直。此时,她被这位科学家爱国、忧国的精神所感动。一种记者的使命感驱使她马上去了解,去调查……

"再也不该发生此类事件了!"1984 年 4 月 14 日,她的调查附记在《上海科技报》头版头条发表了。文中把民航、海关、进出口公司以及交通运输等部门在管理上的问题,一一曝光在读者眼前。出版那天的上午,电话铃声迭起,《文汇报》《光明日报》和《人民日报》的记者纷纷来电,要求转载。

时隔不久,她又获悉上海医药设计院工程师居文明,被黄浦区科协节能研究会推荐为市科协三大代表候选人,可所在单位却以站不住脚的理由不予同意。就在 1982 年,她与记者郁群一起披露了上海医药设计院不公正对待 10 名工程师,反对他们业余进行科技咨询活动的事件。显然,这次是对居文明等 10 人的继续歧视和压制。她再次沉不住气了,以《居文明为什么不能当代表候选人》为题的长篇调查报告,在 1984 年 4 月 21 日的《上海科技报》头版头条与读者见面后,读者、科技人员和市人大代表纷纷来信支持。报社也连续发表评论员文章,并展开较长时间的讨论。

科技人员感谢《上海科技报》,感谢她和其他记者又一次为他们说话。岁末时,居文明还给她寄来了贺年卡,上面写着"一帆风顺",以此表示对她的祝愿。她含笑把它压在玻璃方板下。

"对不起"——成了她的口头禅

除夕夜。爆竹声声。

她匆匆朝家中走去。她答应按时到家,同丈夫、女儿和儿子一起欢聚。然而,与科技人员联欢,商议如何在节日向科技人员进行采访等活动,也往往在此良宵。她的允诺老是落空。

"对不起,我又来晚了。"她望着围坐在桌旁等她的一家人,内疚地说。

"来,为我们的革命妈妈干一杯!"儿子为母亲斟上酒,风趣地说。

▶ 日暮有道难忘的弧

"哈哈……"笑声融进了除夕的夜幕中,谁也没再提起她的晚到。

兴许她丈夫黄世洗高级工程师也是科技人员吧,一家人对她的工作特别理解、支持。

"欧美同学会要组织去南京旅游,你去吗?"一次,丈夫征求她的意见。

南京,她还未曾去过,能与丈夫一同去观光,更是令人向往。谁知,行期临近了,她接到了新的采访任务,只好向丈夫抱歉说:"对不起,下次去吧。"可是,第二次说得好好的,一起去厦门,最后又是那句话:"对不起……"

"对不起"几乎成了她在家里的口头禅了。她出生在上海,家乡宁波一次也没有去过。丈夫多次劝她一起去"寻根"。到头来,还是那句话。

女儿和儿子似乎也习惯了,母亲总没有时间照顾他们,也没有时间照顾她自己。就说有一次吧,她为赶写一篇稿子,又熬夜了。次日一早用餐时,她的脑细胞还在稿子的内容上运转,顺手挖开面包,本想放些福建肉松的,谁知错把咖啡倒了进去。咬一口,又苦又涩,自己也哑然失笑了。

其实,她很想多给一些母亲的爱,多尽一份妻子的情,只是苦于没有时间,只好把爱和情寄托在笔上,多写几位科学家,多写一些科技界的新闻。

开辟专栏——让科坛明星闪烁光彩

是啊,她太忙了。她是《上海科技报》的副总编辑,审稿、签清样都要管,可她再忙也不会忘记科技人员。在她倡导下,《上海科技报》自1988年4月8日起在第一版显著位置,以图文并茂的形式新辟"科坛明星"栏目,到目前已宣传刊登了160多位科学家的事迹。1988年11月18日,她在第一版上发表了《百星科为先》的署名文章,大声疾呼:"要尽力使一大批至今默默无闻的、知者不多的科技界老将、中坚、新秀美名远扬,在灿烂的群星中,闪烁出夺目的光彩。"

她是说了就做的人。去年(1990年)6月14日,她和摄影记者一起赴上海农学院,采访在单克隆抗体研究方面取得重大成果的副研究员陆苹。尽管陆苹第二天就要飞往美国,与纽约一家公司进行合作研究,但还是热情地接待了她。没几天,"科坛明星"栏目里就以逼真的图片、生动的文字,向科技界、向社会传播了陆苹的科研成就和精神境界。

当她得知微生物专家周光宇,在国外讲课时受到启发,把祖传的儿童玩具七巧板发展成为多功能的智力玩具时,就邀请摄影记者和报社技术服务部经理一同上门去采访。现在,"宇光七巧板"已申请了专利,参加了"星火杯"非职务发明竞赛。她在今年(1991年)9月21日"科坛明星"栏目的文字说明中写道:"当人们拿着七巧板拼出无穷变化的图形,进入一个奇妙世界的时候,是否会知道,这是出自科学家周光宇的巧妙改革呢!"

她把科学家引为自己的朋友,科学家也把她引为自己的朋友。正如她在《业务工作报告》中所说:"在科技界的朋友越多,了解的情况越多,对完成采访任务也越有利。"

就说1987年的春天吧,一场可能引起工业和有关学科领域革命的"超导"研究,在全世界达到了白热化程度。她及时向谢希德教授采访了国际上超导研究的进展、中国的现状,以及上海要组织力量进行重点研究等内容。

1987年4月13日,《访美归来话超导——访固体物理学家、复旦大学校长谢希德教授》一文在《上海科技报》头版头条发表了。从第二天开始,《文汇报》《新华文摘》和香港《大公报》等报刊相继转载。这篇专访先后被评为1987年上海市好新闻一等奖、全国科技报好新闻一等奖、全国好新闻二等奖。这是历年来全国科技报好新闻作品中获奖层次最高的一篇。

"主任记者毛秀宝写了那么多科学家和其他科技工作者的先进事迹,真该写写她自己。"人们常这样说。是的,党没有忘记她,科技人员没有忘记她。自中共十一届三中全会以来,毛秀宝多次被评为市科协先进工作者、市优秀新闻工作者和市三八红旗手等。1991年1月15日,她又被评为全国优秀新闻工作者。

《上海科技报》2014年2月19日、原刊《新闻记者》1991年第6期,与高级记者徐鞠如合作采写。"科坛春秋"微信公众号2015年7月全文转载、道客巴巴网站2017年5月转载。

第十四部分 "塔梁索"饱含智慧奥秘 共和国竖起赞美拇指

180根碗口粗的钢索,从坐落在浦东浦西那154米高的H形主塔两侧甩出,牵拉起南浦大桥主桥。你可知道勾勒大桥雄伟身躯的塔、梁、索三者的故事吗?其实,154米高的两座H形主塔,里面原来是空的;846米长的主桥,竟然是卧在黄浦江上面50米高处漂浮;180根重1 400多吨的牵拉钢索,却会随着气温变化伸长或缩短。

这一切,如同"一年一个样,三年大变样"的都市"变脸",都闪耀着城建专家的智慧与工人们的汗水结晶。自然,共和国不会忘记他们,就像那南浦大桥的H形主塔,竖起赞扬的大拇指。

第十四部分 "塔梁索"饱含智慧奥秘 共和国竖起赞美拇指

建筑群英——老将出山

"我虽然离休了,但还要为上海的工程建设好好干一场!"嚯地,身带伤残的原建工局老局长激动地站起来,有力的手指随着铿锵的话音挥向空中。

顿时,掌声响彻整个会场。一个由建工局老知识分子为技术后盾的"上海市工程建设技术咨询公司"问世了。

这是1988年乍暖还寒的季节。在商品经济社会的激烈竞争中,这家高层次技术密集型公司,是草是花?人们瞪着眼睛,观望着,期待着。

春华秋实。当年年底,传来这家公司的喜讯:这些原与经济无缘的老知识分子努力将科学技术和管理经验转化为生产力,在不足一年的时间里,完成技术咨询项目20多个,会计业务咨询15个,承接中外合资工程的建设监理项目2个,获合同价款100多万元,年终纯利润15万元之多。

带着对老将们的敬意,我来到上海市工程技术咨询公司采访。深夜,我凝视着案头的一本本采访本,眼前,又浮现出一位位老将清晰的面庞……

秦惠民、裘静之——中国为什么不能有自己的"格里希"?上海为什么不能有"技术顾问工程师"?大胆的设想,在两位老总心田打下桩

行,还是不行?说,还是不说?总工程师秦惠民推推鸭舌帽,又扶扶眼镜,心中难以平静。

兴许是受外国专家格里希帮助中国企业发展的影响,前几年,在讨论上海450米高电视塔方案时,曾有人想邀请瑞典"滑模"专家来帮助咨询。秦总提出我们自己干。后来反复权衡,还是没有请。

又有几次,他上北京开会,或许是有友朋从远方来,本是同行,话题转入他想的问题。

"北京早就有老知识分子组建的建设技术咨询公司了,上海怎么还没有?"

▶ 日晕有道难忘的弧

是啊,上海建工局有不少离退休工程技术人员,有的被外省市来上海的施工单位聘用了,有的还在家中当"马大嫂"(买汰烧),何不把这些高智能的财富集中起来,像格里希,像外地的知识分子那样,把实践经验、理论知识的能量,再次释放出来呢?

几乎是同时,刚迈入古稀之列的原建工局技术处处长裘静之,也被这个问题所困惑。他有不少老同学在北京工作,或来往书信,或相见叙谈,同样感到把已经离退休的老技术专家组成一个高技术型技术咨询机构的必要。

秦惠民与裘静之的想法不谋而合。两人的思路犹如正负电流相触,立即迸出了火花。

"你的设想好,老秦!"

"老裘,年龄不等人啊,我们动手吧。"

在场的建工局叶政青副局长,也按不住心头的激动,支持说:"算上我一票。"秦总、裘总四目相对,会意地笑了。

如同入云的建筑物,他们的设想实打实,有着深厚的地基。不是吗,秦总于20世纪50年代初,就在上海工业展览馆(原中苏友好大厦)施工中,果断巧妙地指挥,把30吨重、约80米高、包镏金(约300两黄金)的尖塔,一次成功吊装在大厦顶端。以后,他又担任虹桥机场施工处副处长。即使在"文革"期间,他戴着"反动权威""臭老九"的帽子,还在金山石化总厂的建设中负责技术问题。20世纪80年代前后,他负责研究的课题"砌块建筑抗震试验"获上海市科技进步二等奖,钢模板的推广也获全国建筑会议二等奖。1988年,由他负责研究成功的"商品混凝土成套技术"获上海市科技进步一等奖;市科委与市建委共同委托的"高层建筑内浇外挂的天线成套技术",他又与另一位副局长在一起攻关。自然,这是后话。

1940年毕业于复旦大学土木工程系的裘静之,几乎与秦总一样,也在国内一些重大建设项目中建立过功勋。新中国成立以后,他先后参加过长春第一汽车制造厂、洛阳拖拉机厂、虹桥机场、嘉定卫星城、闵行一条街等工程的指挥与施工。唐山大地震那年,已经年过花甲的裘总,率领建筑大军,赴唐山帮助再建城市,恢复生产。他在建筑理论研究方面也颇有建树,由他负责的"通风风调规范",获国家技术进步三等奖;由他主持的"地基基础技术",获建设部二等奖。

这些技术,这些经验,难道都把它们埋在大脑皮层下?不!说干就干,他们找到建工局局长石礼文、党委书记王世雄。这两位具有开拓精神的局领导热忱地表示支持,并嘱咐队伍要简、人员要精。

在两位老总的四处活动下,工程建设技术咨询公司的筹建工作很顺利,建工局领导还专门拨款20万元,后又增拨100万元,并调拨了两间宽敞的办公室。老年工程技术人员从"报效无门"到"报效有门",喜悦之情溢满了秦总、裘总和其他离退休知识分子的脸颊。他们一边筹建公司,一边就着手开展了业务。

谁知,第一项业务就碰到了棘手问题。那是为金陵综合业务大楼进行技术咨询。那里施工场地小,地下管道纵横,稍有不慎,就会波及周围建筑的安全。秦总、裘总亲临现场,先后召开了五次论证会,还邀请了本市部分高校和科研院、所的建筑行家,作为特邀顾问共同研究。最后,终于确立了采用钢筋混凝土板桩技术的施工方案,不仅缩短了工期,还节省造价20万元。

成功的消息不胫而走,工程建设技术咨询公司的名声也随之打响了。这可是活广告啊,不少单位纷纷慕名找来。事后,有的单位还送来了"通力合作,友谊长存"的大匾。秦总、裘总面对丰硕的成果,却并不太乐观。显然,他们清楚,这仅仅是开始,前面的路还很长、很长。

王国良——像战争年代辗转南北那样;新中国成立以后,在国内外的重大建设项目中,立下几多功勋。而今,又努力为公司"加固地基"

1988年深秋的一天,几十个人围坐在长方桌边。一方是中华人民共和国首家建设监理机构——上海市建工局的工程建筑技术咨询公司的代表;一方是中日合资的上海国际贸易中心大厦筹建组的负责人。会议在极其坦诚又极其认真的气氛中进行。双方代表达成了基本协议后,有代表请咨询公司的顾问、原建工局局长王国良说几句。

王国良燃上一支烟。他的左眼不好使,但右眼炯炯有神,似乎望得很远、很远。

"这是我们国家第一次由自己监理建设项目,为了成功,我补充两点:一是请国贸大厦的领导不要向我们公司派出的工程技术人员请客送礼塞红包,一经发现,要作为行贿、受贿处理。二是有关工程质量的命运问题,我们监理人员负责到底,但希望我们监理人员签了字,你们才能付款……"

"哗——"他的话声刚落,掌声就响起。

树老根深啊!

王国良,1940年就参加抗日战争,是叶飞的老部下。在"靖泰战役"中,一颗子弹从左眼射入、由右耳边穿出,差点夺走了他的生命。新中国成立初期,他从部队回地方,率领建设大军,到洛阳3年,建起了高大的建筑物、宽敞的道路、拖拉机厂、矿山机械厂等。1957年,他折回上海,帮助扩建钢铁厂、指挥改建虹桥机场、建造松江军工厂。1966年,他又奉命,以国家组织的基地党委委员和副指挥的身

> 日晷有道难忘的弧

份,来到贵州帮助建设。"文革"中,他的精神和身体受到严重摧残。1969年,他又抱病赶到南京梅山钢铁厂,矗起了两座高炉。1971年,他带领600名专家、技术人员组成的援外队伍,赴阿尔巴尼亚扩建钢铁厂。其间,他接到医生通知,胃里有东西,要住院开刀。可那时,总工程师心肌梗死,自己再住院,任务怎么办?就这样,他常按着肚子,一干就是十几个小时,有时难过得连饭都咽不下。1977年,他的身体尚未痊愈,就到了市建工局,任党委书记兼局长,主持全局工作。一年后,他又去指挥宝钢工程施工。当时,他走路都不方便,浑身冒冷汗。可意想不到的事偏偏找上他。那是临出国考察前,他在北京被自行车撞倒,造成骨折。遗憾的是8小时的手术,结果还是没有接好,只得再开刀。这样,在短短的几年中,身体受到了严重的影响。1980年,他再次回到市建工局任局长兼党委副书记。此时,又逢企业扩权改革之时。难怪建工局的职工说,我们的老局长犹如开路机,总是在先前没人走过的路上开进;他又像一名魔术师,总是能战胜一个又一个的困难,在国内外的重大项目中取得成功。

1988年初,新任建工局局长石礼文请离休的王国良再度出山,担任公司的顾问。显然,他又遇到了一个崭新的课题。

他一来,就拿出了当年转战南北的刚毅精神。他说,咨询公司要有自己的特色,绝不能混同于社会上那些经不起竞争的公司。他说,我们是为建筑行业服务的,服务者首先步子要正,外出工作,不准受礼,不能吃招待饭。果然,这些话都成了公司的规矩。

瞧!国贸大厦监理会议刚结束,王国良就和经理俞松祥一起,召集有关监理人员进行技术和纪律培训、教育。瞧!这些建设监理人员在工地上夜以继日。

咨询公司的同志都说,王国良的语言、行动,像一道道指令,时刻影响着公司,加固着公司的"地基"。

阮正——1943年起在新四军里就拨算盘的老革命、老会计,如今,又把"一支笔"精神带到了公司

她的步子正,心眼好;她的算盘子拨得笃笃脆。1953年从部队复员后,她就在上海建工局任财务科科长,后升为财务处处长。1978年又当上主管财务的副局长。她是全局出了名的"一支笔"好当家。咨询公司成立后,自然忘不了她。

1988年3月,离休3年的她,在家围着4个子女的小孩转。为革命忙了大半辈子的她,该享享天伦之乐了。孙子、外孙们高兴,她也乐,圆脸上常堆满了笑,花白的发间镶嵌着难得的童心。是啊,她理该当这个义务托儿所"所长"、幼儿园"园

长"啦。

"老阮,我们公司请你出马当顾问,为我们核算经营把把关。"咨询公司的顾问王国良、经理俞松祥来找她了。

阮正的子女知道后,犹豫了一阵。他们都想,母亲已年过花甲,家里又不愁吃的穿的,何必再去操劳?再说自己的孩子在母亲身边,能从小受到良好的教育。转而又想,母亲这位老革命,小屋能拴着她的心吗?于是,都赞同地说:"妈妈,你去吧,家中的困难我们来克服,你是应该为国家发挥余热的。"

她笑了,为子女们的支持感到高兴。本来,她除了家务外,还担任着上海建筑业会计学会会长、上海建筑联合会顾问等社会职务,这下就更忙了。

她一到公司,就埋入了账本堆里。她心细、眼尖,胸中有一把丈量账目的尺。果然,她在公司筹建的几个月里,发现有一笔账,似乎不大合适。原来,当时在公司任职的离退休老干部,奖金工资关系都不在公司,而在筹建过程中,他们都十分辛苦,所得的报酬又不多,逢年过节,公司领导就提出一笔钱,作为给他们的津贴。显然,领导是出于好心,并不知道不符合财会制度。于是,她在经理等人的支持下,提出了整顿财会制度的建议。然后又在局劳动处、财务处的帮助下,制订出了具体的考核制度。从1988年下半年起,又把大家的奖金都划入公司,具体分为一线和二线,严格以按劳分配的积累分配法进行分配。

同时,她又根据自己财会方面的特长,提议倡办了会计咨询部,与立信会计事务所挂上钩,还聘用了几位兼职的特约会计师。会计咨询部开张不久,就与8家企业签订了常年会计顾问协议,以及验资查账等项目,并且收到了显著的经济和社会效益。有一次,在建工局所属的二建服务公司受聘的特约会计师许永年,发现了几笔账目混乱。其中,有的是服务公司与银行账目合不拢,多出2.3万元;有的是在工资含量包干中的账目少10万元利润,连支付职工的工资都会遇到困难;还有的把38根桁梁成本3次入账。当老许把账目递给服务公司领导看后,一时并没有引起多大的重视。老阮闻讯后,急了。她想,我们当顾问,既然看到了问题,就要认真帮助解决。很快,她和老许一起来到了服务公司。这下服务公司的干部忙开了。她知道,公司的领导还在把她当阮副局长看待,就开诚布公地说:"这次我是作为服务单位,向你们来汇报工作的。"一下子,把两者间的距离拉近了。然后,她把上述账目混乱问题的严重性,强调了一番。服务公司的领导你看我,我看你,不知怎么办才好。她呷了一口茶,眯眯一笑,说道:"关于桁梁重复进账的事,只要立即改正就行了。至于少收的10万元,也只要派人去收款单位催款就成。只有与银行的账目不符的事,比较麻烦。我和老许商量了,可以倒过来查,就是先派人到江苏去,查一下收款单位是否收到两笔账,然后再到银行去查……"

▶ 日晷有道难忘的弧

服务公司的几位领导信服地点着头,悄悄地在笔记本中记下了良策。没几天,有消息传来了,江苏方面没有这两笔进账。那么,显然是银行记错了。一查,果然是银行的计算机出了故障。

面对服务公司的感激,阮正丝毫没有沾沾自喜的样子。她紧紧握着"一支笔",仿佛这是财会制度上的一把锁。她要严格把好关,不使国家蒙受损失,不使咨询公司丧失信誉。

彭大用——有风险,才有出山的价值;有社会效益,才有消除疲劳后的喜悦

彭总自称年纪不大,在老总们面前,仅是个小弟弟,可也已57岁啦。

天气好热,又有好几天没下雨,工地上的泥土渴得裂开了嘴。此时,正是1988年的盛夏,他和裘总等同志在宁波为国际大厦的地基问题绞尽脑汁。

大厦主楼高37层,与3层服务楼、7层综合楼连在一起,地下室有7米深。原设计中,地下室应同时开挖,后为了考虑经济效益,筹建处要求先建造综合楼,早日营业。而这时,主楼工程刚开始打桩。在主楼工程继续打桩的同时,综合楼工程开挖是否安全? 施工单位纳闷了。经向北方某大学咨询,提出要在中间打一排灌注桩,作为隔断支护措施,但必须花费20万元。这笔巨款,筹建处哪能承担得起? 他们想到了上海工程建设技术咨询公司。

彭总他们一到宁波就分析开了。宁波的土质与上海差不多,为从社会和经济效益考虑,是不是采用其他的办法?

他们冒着酷暑,日夜测算、分析,根据工程经验提出了初步方案,又赶回上海召开专家听证会,并与同济大学教授反复计算,又借用电脑进行科学鉴定。最后,终于大胆地写出了新的咨询报告:改原准备用的灌注桩为放坡开挖,并进行原位监测。这样,总共费用2万元,仅占原要求费用的十分之一。

起先,施工单位半信半疑,可是,到了1989年春上,工程进展顺利,大厦打桩完工,综合楼也顺利开挖完毕,而且节省了大量的钢材,缩短了工期。于是,施工单位满意了,国际大厦筹建处也满意了。他们称赞说:"咨询公司的办法呒告话头了(宁波话:非常好)!"

彭总有着丰富的基础工程经验。他曾在许多重大工程中(包括援外工程)解决过难题,还撰写了不少重要论文。他主持开发的"软土层中的无撑锚大型地下连续墙结构"技术,在1987年国际深基础会议上发表,并荣获上海市科技进步一等奖、1988年国家科技进步三等奖。此项成果,在耀华·皮尔金顿浮法玻璃工厂

的"溶窑基础"施工中,一举获得成功。他曾带领中国土木工程学会代表团访问日本,促进国际技术交流与合作。他还是上海建工系统"文革"前任命的现在职的为数极少的工程师之一,是尚在职的、1982年第一批晋升为高级工程师的5人之一(另4人已退休)。

有人说,彭总是愈有风险愈有劲。这话一点不假。就说南京路福建路口的海伦宾馆吧。1988年上半年,他与其他同志一起接受咨询任务后,感到工程的难度很大,全工程占地11 600平方米,要开挖平均为8米深的大坑,而四周都是密集的高楼或交通要道,弄不好,房屋倒塌,交通堵塞,后果不堪设想,但他没有知难而退。在老总们的指导下,彭总与市建一公司马总、特基设计所方所长等一起,几次到现场,几度为此测算分析。经过上海地区高级专家论证,制定了安全可靠、技术先进的工程方案,终于使整个工程进展顺利。

1988年底,咨询公司承接了杨树浦发电厂委托咨询的任务。这项工程是要把240米长的22万伏电缆的顶管,从地下18米深度的一个工作井顶到另一个工作井,其中要横穿一个水处理车间和管道线路密集的地面。如果地面发生沉降,车间受损,管线断裂,会造成整个电厂瘫痪,杨浦区的发电,就会很困难。市有关领导十分重视这项工程。彭总和秦总邀请了上海地区许多著名专家、教授,第二天就赶到现场。那是寒风凛冽的三九天,刺骨的寒风吹得人直发抖。他们经现场察看、测量后,又作了反复研讨、论证。最后,由我国知名顶管专家、路平总工程师主持的用"洞口旋喷桩预加固"的咨询报告出来了。如同其他项目的咨询一样,施工单位也有人摇头:"这有什么用?"彭总一边耐心做说服工作,一边把责任承担下来,亲临现场参加顶管出洞的决战。工程开始的那天,从早上八时一直到晚上七时半,彭总始终在现场,不敢离开半步。成功了! 顶管顺利通过,所有地面建筑和管线安全无恙,发电正常! 施工单位、杨树浦发电厂的职工都舒心地笑了。

彭总稍稍松下了眉头,他的心头也甜着呢。显然,他想起了国家建设部总工程师许溶烈给他的信:"你们所从事的技术咨询工作,是非常重要的,大有前途的事业!"他深深感到,老局长、老总们的关心和支持是最巨大的精神力量,鼓舞着他们为我国年轻的技术咨询事业去开拓、去创造、去奋进,为国家做出更多的奉献。

俞松祥——曾获苏里南二级勋章,担任咨询公司总经理后,又继续展现着非凡的组织和指挥才能

他没有高大魁梧的身材,却有男子汉的气度;浓眉下,双目炯炯有神。

这位原市建工局二公司的经理,既有施工大型现代建筑物的丰富经验,又有

▶ 日暑有道难忘的弧

组织1万多名建筑大军的指挥能力。就在担任咨询公司总经理的前夕,他还率领建设者,在苏里南帮助建造室内体育馆。

时间要追溯到1985年的春夏之间。他奉命担任苏里南室内体育馆专家组组长,带领先遣组20多名工程技术人员率先到达南美洲新独立的国家。没有别墅,没有一间可睡觉的小屋,一眼望去,除了荒草,就是水泽。灼人的阳光,气温40多度;每日多则两三回,少则一回瓢泼的大雨。常常是汗水未干,雨水洗;哪是汗水,哪是雨水,难见分晓。

显然,任务比想象的要艰巨几个数量级。国内的劳防用品还没有到,他等不及了,与同伴一起,赤着脚,顶着烈日,在荒地上筑篱笆,建生活设施,一天工作10多个小时。晚上回到宿舍,累得连说话的声音都不见了。他是专家组组长,是代表中华人民共和国在履行崇高的国际主义援建任务。强烈的责任感和使命感,促使他带领全体工程技术人员,顽强地奋战在艰难困苦之中。

当地的华侨不时地来看望,既惊讶又好心地劝道:"俞组长,你们是请来的专家,这样没命地干,会被人瞧不起的。"俞松祥笑了笑,爽朗地回答道:"我们是来帮助建设的,自然要有真心实意的姿态……"慢慢地,他们的行动,他们的精神,感动了华侨,感动了当地人员。渐渐地,在空旷的原野上,一座占地8 000多平方米,拥有3 500个位子,总投资为800万美元的体育馆显出了雄姿。

工地上热闹开了,当地的报刊、电台、电视台的记者,苏里南总统和夫人、政府各部的首脑,纷纷到工地来采访、慰问。尽管由于对方原因,筹建工作拖延了3个月,可是,工程还是提前4个月完成。经来验收的专家检测,质量全优,达国家级标准。庆功宴会上,苏里南总统频频与俞松祥他们干杯,总统夫人还把苏里南二级勋章亲自挂在俞松祥的胸前。

这一年是1987年的第二季度。他刚回国,建工局领导就来请他担任咨询公司的经理。他暗忖,尽管自己有着三四十年的建筑经验,可在咨询公司工作的老同志,毕竟比自己年长,更富有经验,自己去掌舵能行吗?"我们相信你,俞松祥同志,请挑起这副担子吧!"局长、一些总工程师都这么说。

他上任了,他没有辜负重望。就像在苏里南工作那样,就像50年代参加洛阳第一拖拉机厂建设那样,就像60年代参加万吨水压机车间筹建那样,就像70年代参加闵行、张庙一条街新建那样,就像80年代指挥联谊大厦施工那样,他的组织才能再次显露出来,他的指挥能力再次受到人们的赞扬。

他广开言路,征求意见,不断深化内部机制的改革,在众人的支持下,先后健全了公司章程、人事组织与积累分配方案,完善了工作制度与纪律。公司人员也发展到23人,其中在职11人,聘用12人。

第十四部分　"塔梁索"饱含智慧奥秘　共和国竖起赞美拇指

他大胆开拓,根据公司职工和顾问的专长,拓宽业务路子,在公司原技术咨询的基础上,成立了建设监理部、会计咨询部、工程开发部、综合服务部和办公室6个部门。另外,他领导咨询公司在继续与建工局振新、装潢公司保持合作关系外,还与土方联合会、基础公司特种工程研究所、建工局施工技术研究所等单位建立了固定的合作关系。

他是公司的总经理,也是公司一名出色的实干家。可是当记者采访俞松祥时,他却哈哈一笑,谦虚地说:"我个人没什么,要写就写我们公司,写我们公司的老将。"逼急了,他就说:"我们公司正在激烈的竞争中发展、壮大,过二三年再来采访吧,那时,你们会看到另一番蓬勃的生机。"

1989年的春暖花开季节,我又听到一则鼓舞人心的消息:咨询公司正在洽谈黄浦江大桥和地铁工程建设监理业务。这是他们继中日合资国贸大厦、中美合资金桥大厦监理业务后,又将承接的两项重要的业务,而且监理的范围已从单项工程到施工全过程。

显然,这是咨询公司的老将们在继续塑造着中国老知识分子的形象。

呵,可信赖的上海市工程建设技术咨询公司!呵,可尊敬的建筑老将!

《奋进者的旋律》1990年

▶ 日暑有道难忘的弧

南浦大桥——共和国竖起大拇指

180根碗口粗的钢索,从坐落在浦东浦西那154米高的H形主塔两侧甩出,像一条条肌肉饱满的手臂,牵拉起南浦大桥主桥。继加拿大的温哥华安那西斯桥、印度的加尔各答第二胡格利那桥之后,人类又构筑了第三座叠合梁双塔双索面斜拉桥。申城,因此而增添了崭新的景观。

抬头望去,钢索随着南浦大桥逐段延伸,倏地,仿佛在春潮起伏的浦江上空,展开了4把巨大的竖琴。阳光和清风正在弹拨开发浦东350平方公里黄金宝地的序曲。这是上海将发展成为太平洋西岸经济、贸易中心区域之一的最初乐章。

翻开发表在1991年5月21日《支部生活》上的扉页寄语《哦,斜拉索》,新闻纸已经发黄发脆,然而,采访南浦大桥的不了情,仍像第一时间发生的那样,在硕大的黄浦江屏幕中滚动播出。可信,可亲。

上海市民的呐喊
浦东开发的呼唤

铺开去,铺开去。长105厘米、宽40厘米的画面。

瞬间,一座大桥如S形,横卧黄浦江上,升降式的。两头矗立着一对螺旋人行梯,蛋糕式的。桥面上车辆蜿蜒,足有几百辆。行人匆匆,数以千计。桥底大船徐徐,小舟争流。两岸,高楼连着大厦,起伏跌宕……

十个人看了,十个人道绝;一百个人看了,一百个人称奇。

画家说,仿佛是现代《清明上河图》;工程师说,莫不是黄浦江大桥的设计图。

这幅精细的钢笔画出自哪位大师?赞叹之余,人们问。

是他,年仅13岁的孩子,大同中学一年级学生孙尧,上海市红领巾理事会理事。

现在看来有什么稀奇呵,南浦大桥就在眼前,你想怎么创作都是小菜一碟的事,而小朋友画在1988年初,正是1987年12月10日陆家嘴轮渡站发生惨案的第二年,这就不一样了,这就像是代表上海市民在呐喊:大桥呵,大桥,黄浦江上为

第十四部分 "塔梁索"饱含智慧奥秘 共和国竖起赞美拇指

什么不能有一座这样的大桥?

是呵,我家住浦西的时候,在塘桥上海港煤炭装卸公司撬煤炭,逢中班 22 时下班时,赶紧去赶 22:40 时的轮渡,否则就要等 30 分钟、60 分钟。我家搬浦东后,每天又用自行车驮着儿子,从董家渡过轮渡送他去老西门上小学,然后,再骑到南昌路报社上班。碰到大雾天,黑压压的人群、自行车和运送蔬菜的人力车,挤满了轮渡站内外。我和千千万万的过渡客一样,多么渴望黄浦江上有一座桥呵。但是,只能停留在"宁要浦西一张床,不要浦东一间房"的叹息中。

孙尧的画,把整座城市的渴望表达出来了。果然,我和好友曹志兴一起采写的《走进五彩世界》长篇通讯,在 1988 年 10 月 21 日的《青年报》副刊整版刊出,文中还附载黄浦江大桥的全景和局部图。显然,大桥之作得到了编辑部的共鸣。没几天,又被人认同,一家杂志社全文转载。

大桥的创作具有很强的现实意义,南浦大桥在建时,我把原稿复印后,递给了大桥建设指挥部,主桥安装副指挥李义和其他管理人员都露出惊奇的目光,都不相信这是出自一位小朋友之手。自然这是后话。

巧在这一年底,1988 年 12 月 15 日,南浦江大桥打下了第一根桩。上海人"一桥飞架黄浦江"的梦想,终于得到实质性进展。

1990 年 4 月 8 日,中南海传来响雷,开发开放浦东的春风吹拂整座上海城。

1990 年 4 月 23 日,台湾有家公司的老总就赶到上海,打车往浦东去考察时,感受到两岸交通非常不方便,热切盼望南浦大桥能够早日开通。这家公司是搞高科技的,老板愿意穿针引线,准备带领数十家台湾企业的同行来沪,就开发浦东的事宜进行商谈。

要想富,走水路;要想富,先修路。就这个问题我于 1990 年 5 月 2 日编写了《台商对开发浦东颇感兴趣,盼望具体政策尽快出台》的"内参"。兴许是巧合,兴许有一定的参考价值,"内参"由党报转发至国务院,没多久,就传来了浦东开发向港澳台商倾斜的具体政策。

是呵,南浦大桥建造是上海几代市民的梦想,是浦东开发开放的序曲。

建桥大军的智慧
现代科技的集结

1991 年的大年初一中午,在南浦大桥浦西工地上,端着盒饭,与副指挥李义一起聊开了。

大桥是现代科技高度发展的产物,可以说,掌握大桥主要部分塔、梁、索三者结合的关键技术,也就赢得了主动权。李义说。

▶ 日臻有道难忘的弧

  塔、梁、索,这个题目很大很全,其中数据多,专业性的术语多,往往难以一次或者一天采访就能弄懂弄明白。但是记者的敏感性,使我感悟这里面有大文章可做。由于《上海科技报》受专业报的限制,时间上的劣势(周二报),不可能马上采访见报。好在这个题目不是新闻发布会上听来的,我就暗暗记下了,顺着这条"红线",着手寻找线索。

  当时,我正在由上海市委宣传部和复旦新闻学院联合举办的"上海市新闻干部高级研修班"学习。学习地点也比较远,在延安西路的上海戏曲学院,但是,只要一有空隙,我就往大桥的工地跑。有用的,没用的,只要感到是"新鲜的"就记下,积少成多,大桥塔、梁、索的神秘面纱逐渐被揭开了。

  就拿主塔来说吧。它是大桥的顶梁柱,但人们却不知道里面是空的,在2.8米×5.6米的"肚子"里,装有铁杆爬梯。内有垂直钢筋连接的骨架,外表由清水混凝土一次搅捣成型。主塔的施工要求非常高,下塔柱和上塔柱的斜率都不一样,但垂直误差都不能超过5厘米。在上塔柱的两侧,还留有22对间距为4.5米至9米不等的装钢索用斜孔。

  面对结构独特、工艺新颖、国外也不多见的工程,市建三公司的工程技术人员发挥群体智慧,与市建筑施工技术所、钢铁研究所等单位一起研制了"斜爬模"、冷轧钢筋等新工艺,以8个月的时间快速竖起了两座主塔,而且垂直误差不到3厘米,刷新了我国桥梁史上的一项纪录。

  日报注重新闻性、重要性,以报道大桥的进度为主,这就给专业类周报留下了较大的空间。但也增添了采写的难度,因为不仅不能缺失新闻性,还要增加知识性,甚至有悬念的故事性。时机终于来了,那是大桥合龙还有一个月光景,我采写了一篇3 000字通讯,刊登在1991年5月4日《上海科技报》的头版显著位置:

  (引题)南浦大桥还有48米就要合龙,且看大桥的主要组成部分——
  (主题)塔、梁、索的奥秘

  通讯以"塔、梁、索三者勾勒出南浦大桥的雄伟身躯……"开头。然后,把受众的眼球吸引在文中的三个小标题上:

  "154米高的两座H形主塔,里面原来是空的"
  "846米长的主桥,竟然是卧在黄浦江上面50米高处漂浮"
  "180根重1 400多吨的牵拉钢索,却会随着气温变化伸长或缩短"

  通讯从主标题到小标题,都具一定的悬念,使读者愿意读下去。文中还把设计与施工人员如何配合的细节,从具体的事例中展现出来。比如,主桥面在安装时要进行临时固定,这样第一段桥面(0号段)的安装,就成了关键的关键。因为它牵涉到承受1.2万吨米的弯矩力(M值)、500吨水平力。根据这个数据和标书要求需设计一个庞大的由万能构件拼成的棚架,安装在主塔的下横梁上。但是,制作和安装棚架的难度又较大,能否用其他办法来解决呢?承担主桥施工安装的市基础公司副总工程师唐明翰与"漂浮体系的斜拉桥施工阶段临时固定和抗风稳定研究"课题组成员王杰,和科技人员反复研究后,设计了4只3米多高的水泥支墩和8根拉力为200吨的锚固索,安装在主塔的下横梁上,用来临时固定0号段桥面。很快,这个方案经市政设计院的设计人员测算,得出了相同的意见。

1990年7月,当1号段桥面与已固定在水泥支墩上的0号段桥面相接时,仪器显示,弯矩值2 000吨米。当相应的另一块1号段桥面拼上0号段的另一头时,弯矩力几乎抵消了。而且桥面逐步从主塔分别向江心和岸边延伸,弯矩力也在逐渐减小(后又得知,大桥合龙那天,大桥设计师林元培就站在这里,当把用作临时固定的支墩炸掉后,主桥稳当地悬浮在黄浦江上空时,他才悄悄离开。不然的话,桥面受自身和牵引钢索热胀冷缩影响,后果不堪设想)。

由于手头掌握的资料比较齐全,一篇通讯很难消化,为此,我选择一个大桥即将合龙的重要时刻,又采写了另一篇3 000字的通讯,刊登在1991年5月25日《上海科技报》的头版显著位置:

(引题)南浦大桥仅剩12.2米最后一段桥面——
(主题)合龙,昨起进入决战

文中排列的三则小标题分别是:
"合龙前:实测距离,分析气温,进入贯通前的总攻"
"合龙时:先进行试拼装,同时确保东西桥梁在同轴线、同一标高上,等待温差对钢梁影响最小的一刹那"
"合龙后:立即对桥梁、附属、排水和道路工程展开通车前的决战"
在每一段的文中又选择了细节作为支撑,同样,还是以新闻性开路,专业性和知识性巧妙地编织在其中。

大桥合龙后,我又以《老天,你输了》为题,用1 200字的篇幅,采写了大桥合龙时的紧张时刻。

这样,连续三篇通讯,从不同的角度布局,融知识性、新闻性和故事性为一体,阐述了建桥大军的智慧,现代科技的集结,向世人再现了中国改革开放的"深圳速度"后,又一个"浦东速度"。

▶ 日暑有道难忘的弧

人民共和国的骄傲

人类造桥史的丰碑

1991年6月8日下午,黄浦江上第一座大桥——南浦大桥合龙了。显然,这是上海乃至全国媒体报道的重大新闻,同样,周报又落后了,好在习惯了重大报道的难处,也就提前作好了准备。那天下午5:30时,南浦大桥两根12.2米长的主桥钢梁准确就位,即将拧上螺栓合龙。这时,我拉着大桥总指挥朱志豪,在桥面上拖过一只草包垫在钢件上,席地进行了专访。

大桥合龙,是中国科技人员才华和智慧的显示,是工人阶级力量和大无畏精神的显示,总的可以说体现在大桥的"四高一低"上。朱志豪脱下安全帽,望着我疑惑的目光,介绍说,就是高水平、高标准、高速度、高质量和低消耗。

南浦大桥无论从设计、施工还是管理水平来说,都体现了现代化的高水平。他望着不远处的主塔举例说,两座主塔在施工过程中,内芯以8米长的垂直钢筋连接,采用了钢筋夹头等许多新工艺、新技术,使主梁每天升高1米,这都是超前的。至于高标准嘛,那就更不用说了,从立项开始,这指定是一座体现我们中国造桥水平的大桥。当然,我们按照党中央、国务院和市委、市政府的要求,采用第一流的标准、第一流的设计,来建造第一流的大桥。

由于采用高水平的技术工艺、高标准的设计和施工要求,所以也带来了高速度。朱志豪提高嗓门说,大桥从打下第一根桩至今,仅900天就合龙了,这么快的速度在世界上是没有的。安那西斯桥光主桥就花了整整3年,加尔各答第二胡格利那桥自1982年动工以来,至今尚未通车。说到高质量时,朱志豪的脸上泛起了红光。他说,154米高的主塔按高标准的要求,斜率不能超过三千分之一,封顶后测试,仅八千分之一。42万副螺栓的达标率为99.9%。他还说出了一连串的高质量数据。至于低消耗,他举例说,浦江缆索厂以工厂化的现代生产方式制造了196根钢索。特别是在采用了4万套高强螺栓时,原从国外进口3.2万套,我国制造8 000套,谁知进口的反而用不上,结果全部采用国产的。

起先世界上的一些桥梁专家并不相信"四高一低"的数据,有的说大桥完工最快也要5年。可是到中国来过后,他们的语气就不同了。接着,朱志豪说了一件鲜为人知的感人之事。

1991年4月,为南浦大桥贷款的亚洲开发银行聘请美国DRC设计与施工咨询公司董事长邓文中来中国观察。邓文中博士仔细察看了大桥施工安装以及构件制作单位后,给朱志豪打来了一封电函,说:我到上海来看了南浦大桥,尽管这座大桥是学习加拿大安那西斯桥建造的,但是现在大桥的水平已经超过了那座桥。看到建桥工人认真工作的态度,非常满意——中国已完全有能力承担建造达到世界水平的大桥。

是的,南浦大桥规模之雄伟,设计之严密,工艺之严格,技术之复杂,施工难度之高,建设周期之短,是我国桥梁建造史上前所未有的,在世界桥梁史上也不多见。

1991年6月12日,2 000字的《大桥总指挥谈大桥》专访发表,从而使《上海科技报》对南浦大桥有了较完整的报道。其中,《塔、梁、索的奥秘》一文获得上海市科技好新闻二等奖,我本人也收到了由"市重点工程实事立功竞赛领导小组"颁发的立功证书。后来,我和上海电视台《开心365》报道组一起,随林元培、朱志豪等10位上海市政建设重大功臣,赴香港考察青马大桥和尖沙咀等地的建筑,连续采写了《忽闻半山巡警来》《切斯,1997》等8篇随记,把我对大桥和大桥建设者的情感,都倾注在字里行间。很深,很沉。

如今,黄浦江上已经横跨8座大桥,南浦大桥工程还获得1995年国家科技进步一等奖。2015年1月5日,经国际小行星命名委员会决定,将国际编号为210230号的小行星正式命名为"林元培星",表彰在人类造桥史上有重大贡献的林元培院士。

如今,每次经过南浦大桥,抬头仰望两座H形主塔,目光常会定格在由中国总设计师邓小平题写的"南浦大桥"四个红色大字上。我想,这分明是共和国扬起巨臂,竖起满意的大拇指。

《脚印》2016年特别精装本

哦，斜拉索

180根碗口粗的钢索，从坐落在上海黄浦江两岸那154米高的H形主塔两侧甩出，像一条条肌肉饱满的手臂，牵拉起南浦大桥主桥。继加拿大的温哥华安那西斯桥、印度的加尔各答第二胡格利那桥之后，人类又构筑了第三座叠合梁双塔双索面斜拉桥。申城，因此而增添了崭新的景观。

抬头望去，钢索随着南浦大桥主桥逐段延伸，倏地，仿佛在春潮起伏的浦江上空，展开了4把巨大的竖琴。阳光和清风正弹拨着开发浦东350平方公里黄金宝地的序曲。这是上海将发展成为太平洋西岸经济、贸易中心区域之一的最初乐章。

自重1 400多吨的钢索，是大桥最关键的受力构件，牵拉起2.5万吨重的钢梁和混凝土桥面，待大桥开通后，重量还将增加到约10万吨。钢索的内芯，是一根根高强钢丝。最粗的一根钢索由265根直径7毫米的钢丝集束而成；最长的一根达223米，重20吨。在钢索的表层，又包上了黑色的PVC橡胶护套。这些钢丝手挽手，心贴心，忘我地奉献着，承受起600吨至上千吨的拉力。

钢索是大桥的命脉。寒风嗖嗖中，她会挺起胸；赤日炎炎下，她不会弯腰。根据热胀冷缩的原理，气温每升高或降低一度，钢索就要伸长或缩短5毫米，气温反差最大时，主桥前后移动将达64厘米。面对大自然的挑战，钢索自有一股顽强拼搏的精神。巧妙的漂浮体系，让跨越江面的主桥在钢索的牵拉下，悬卧在50米高的黄浦江上空。再在主桥与引桥相连接处安装了强弹性的"大位移伸缩缝"装置，使每天从桥面上通过的5万辆汽车，一路顺风，川流不息。

主桥的合龙迫在眉睫，大桥的通车也指日可待。此时，钢索的受力正在不断增强，它们坚定地经受着考验，却又沉默着，没有要求什么，只是更潇洒地显示出日益优美的造型。它们仿佛从一开始就明白，牵拉的不是普通的桥梁，而是通往新世纪、迈向理想彼岸的一道彩虹。钢索之所以这般顽强，这般有力量，是因为它们像大桥的建设者那样具有强烈的自豪感、使命感、紧迫感。

当南浦大桥"巨龙"般的雄姿凌空横卧于江波之上时，我们是自豪的——上海，终于有了与自己地位相匹配的象征。

哦，斜拉索！愿我们每个人都成为大桥的"斜拉索"。

《支部生活》1991年第10期《扉页寄语》

鸽子,稳健地飞翔吧

在人们不经意的时候,世间万物每每会来扣拨思维的弦,于是会引发起联想和思考……

清晨,一群鸽子,抑或扇动两翅,呈流线型的身体,快速向云端飞去,一路拍打着前进的节拍;抑或平展双翅,凭借气流,盘旋在高楼大厦间。洁白、乌黑、银灰……为城市点缀了几多色彩。

起风了,行道树瑟瑟发抖,窗户前的"万国旗"猎猎作响;雨来了,豆粒大的雨点,在水门汀上、房顶上,重重地敲下湿漉漉的印记。此时,有几羽鸽子,打了一个寒战,放慢了速度。又有几羽幼小的鸽子,翅膀一抖,左右摇晃,直往下沉。

本来,鸽子悬在空中盘旋,是利用了大气气流对身体的浮力。它们能在空中敏锐地感受到哪儿有上升气流,哪儿有下降气流。可是,这突然起的风,突然下的雨,一时间使它面临危机。好在鸽子的小脑蚓部较为发达,视叶也大,善于调节运动和视觉。于是,鸽群调整好速度,迎着风雨飞去。那几羽小鸽子,急促地拍动几下翅膀,借助下压的力气,重又腾空而上,向着鸽群追去。

我们事业的发展,其实也一样,如同飞翔中的鸽子,难免遇到不测的风、不测的雨。这时,就须从实际出发,及时总结、调整、平衡、充实。社会不就是在不断的变革中前进的吗?

今天,我们的改革在不断深化,党中央审时度势,采取了治理经济环境、整顿经济秩序的重要决策,以充分调动一切积极因素,切实保证改革的顺利进行,达到既定的目标。这也好比那穿越长空的鸽群,如果没有明确的目的地,没有凝聚力和向心力,一切飞行将会徒劳。

鸽群飞回来了。一羽、一羽……先是盘旋,然后舒张双翅,让空气自由地通过羽毛间隙,随后准确地停在主人的房顶上。有科学家做过试验,鸽子两眼之间的突起,在飞行中,能测量地球的磁场变化,能感觉地球的经纬度,从而辨别方位,选择新的方向。

空中响起了一阵鸽哨。那群鸽子又起飞了。呵,鸽子,稳健地飞翔吧!系着人们的希望,捎上人们的祝愿。

《支部生活》1988年第20期《扉页寄语》

▶ 日暮有道难忘的弧

横竖一丑牛　甘苦两秣马
——代　跋

农历1949年己丑年底,横着落地人世(上海周家嘴路)。生肖排名第二的丑牛,自古有老黄牛、孺子牛之称。站着开始迈步、上学、劳作,也就属牛、学牛、像牛,正直做人,俯首做事⋯⋯

《日暮有道难忘的弧》中《科学家就是重要人物》一文的感悟,是1987年我任职《上海科技报》的第二年,也是我第二次秣马厉兵,在方格子里动脑子"码"字,熟悉科技界、采写科学家的开始。记得前一次与"码"打交道,是在码头上拼体力"码"货。那是1968年11月(1967届初中毕业),18岁牛犊踏入上海港第七装卸作业区的第一天起,就与"撬煤炭、扛大包;流大汗,出大力"沾上"亲"。三九天,单衣外套一件棉背心,腰捆一条细绳(草绳居多),能在江风中过冬了;烈日下,衣裤湿了干,干了湿,跑鞋常可倒汗水。那时牛小力气大,干活还会找"窍门"。比如,撬煤炭时不用踩铁锹踏脚,左右手交替用力,铁锹就能轻松插入煤堆,每每下舱就有体弱工友等着做搭档(3~4人一个网兜)。抢船期"会战"时,随着起货机(码头上叫"关")小臂粗的钢索下探,我能双手接住10多斤重的大铁钩,奔着朝那钢丝网兜铁链猛地挂上去,然后一个鱼跃人翻到网兜后面,起货机就把上千斤重的整网兜煤炭吊出船舱。整个港区还没几个人能干这"技术活"。还有一次,卸矿石时腐蚀性很强的矿粉钻入体内,本就因汗水摩擦引起的烂裆,痛又难以启齿,就跑到船舱角落,背着人群,偷偷地往裤裆内倒饮料凉水。

那年头,时不时地有工友在作业时献出性命,我也曾从10来米高的甲板掉入船舱内,好在身体不自然地翻滚而下,加上舱底尚有一层煤炭,捡回了一条命。终究,日子还是在汗水中悄悄打磨过去,起先,只是冲走一时的艰辛、一时的无奈;慢慢地,沉淀下来的是敬畏、是思考,朦朦胧胧,开始寻觅生存和劳作的另一种选择⋯⋯

于是,我在藤制的安全帽里,放了一只碗和一本书。碗,喝水满足生理需求;书,迎合心理追求。《怎样维修收音机》《闹钟原理》(书店里没有其他知识书),稍

第十四部分 "塔梁索"饱含智慧奥秘 共和国竖起赞美拇指

有休息就翻阅,说实话,为新婚工友装配了好多架"红灯"。自己结婚时,凭着一把锯子、一把刨子和一把凿子,制作了全套家具,捷克样式还蛮应时的哩。

高考恢复后,安全帽里又多了自学复习资料。下班后,从董家渡摆渡后,骑着自行车赶到福州路上一个在五楼的大会议室听课。几年后,复旦大学10多门学科啃下来,进了宣传部门。这时,又开始自学新闻、诗歌和小说。我的第一篇新闻是发表在《解放日报》头版右下角的"豆腐干";第一次稿费是《江西日报》通过跨省市转账到港区财务科的1元钱;第一篇小说《最后一张船票》由《解放日报》《朝花》文艺专栏的编辑打好清样(记得编辑把我几代人的经历都问了个遍),两个月后,在等待版面时,自己抽回清样,由《上海海港报》整版发表。

1984年以后,在《解放日报》党刊《支部生活》发表了10多篇人物通讯,港务局没有"放人",但把我留在《上海海港报》。1986年《上海科技报》招聘,又被报社高层招为部下。从此,一生也就与"装卸"分不开了,只是角色完全不同。以前"码"货是体力劳动,创造的是经济财富。以后"码"字是脑力劳动,贡献的是精神食粮。可谓前后两半生都是以丑牛之憨劲,跨界投入两大秣马厉兵的人生主战场。"码"中有马,马石结伴;有甜有苦,有马有乐。于是,陈石笔名又有了其他寓意,也就延续至今,好多朋友连我学名都不熟悉了。

往后的日子,在一个崭新的领域,就消息的多层次标题、引人入胜的导语、不可或缺的背景,专访和通讯人物的特征描写,评论观点鲜明、论据充足、切中时弊等要素……从不懂到懂到深入探索。于是,从第二年开始就被提拔为采访部和编辑部主任,兼任第一版的编辑;没过几年,又被提携为主管报纸出版的副总编辑。按照报纸"期期有评论,版版有言论"的编辑思想,在组织统筹版面的同时,就要求自己动手写评论。

每每看好当期新闻稿源后,就科技界一个成果、一个事件、一个现象和一个细节,挖掘表象中掩盖的本质现象,判断思考读者感兴趣的问题,然后上联国家政策,下接读者地气,列出引论、本论和结论。在战战兢兢中落笔撰写,还要掌握有话则长,无话则短(长则千把字,短则二三百字)。于是,有了《日暮有道难忘的弧》选登的150多篇评论。在编辑的同时,我又经常利用"边角料"时间,去科技界采写重要事件,采写重要人物。于是,又有了数十篇人物专访和长篇通讯,《日暮有道难忘的弧》选登了其中的10多篇。

真该感谢科学家,真该感谢科技人员。是在采写他们的同时,学会了如何用心"码"字、用心做人。撰写编辑的科技新闻和科技新闻论文,有幸获得50多项省市级以上的科技新闻奖,其中一、二等奖占半。即使退休后,仍在与"码"字做伴,其中,以装卸工为形象创作的短篇小说《救人者》,获"文华杯"全国短篇小说大赛

▶ 日暑有道难忘的弧

三等奖(2014年)。还被聘为上海老新闻工作者协会第四、五届理事,浦东联络处主任。

平心而论,20多年前就有过出书的冲动,评论、通讯和科技新闻写作等书稿应该是现成的吧。可是看到了一篇报道,说是在废品回收站,常看到新出版的书本,有的连透明包装纸都未曾撕去。于是就打消了出书的念头。前几天,曾从事过新闻工作的儿子来看我两老,再次提议把我以前的作品汇编成册,说是对自己前半生"码"货、后半生"码"字的一个交代,说是30多年前所发表的《科学家就是重要人物》等文章仍未过时,在追"星"盛行的当今,仍需要全社会鼓与呼。儿子属马,看来又是我人生中不可或缺的快乐之"马"。

《日暑有道难忘的弧》,在亲朋好友和出版社编辑的热情帮助下出版了,可我清楚地明白,很多老记者老编辑,都有一大堆难忘的"真材实货"未曾亮出来。因此心里沉甸甸的,唯恐耽误读者时间,浪费珍贵纸张。于是,重复一句序言中的真心话:

"学古之道,犹食笋而去其箨也。"